京都《きょうと》東山邸《ひがしやまてい》の
小鳥遊先生《たかなしせんせい》

望月麻衣
Mai Mochizuki

ポプラ社

京都東山邸の小鳥遊先生

装画　いとうあつき
装丁　bookwall

第一章

1

　閑静な住宅街というのは世界中の至る所にあるだろうが、その地は一際ひっそりとしていた。いや、しているように感じた。日本有数の観光地、清水寺《きよみずでら》がすぐ近くにあるからなのかもしれない。

　二年坂、三年坂（産寧坂）、そして清水寺を含めた一帯は、『東山』と呼ばれている。

　東山の大部分はいつもお祭りのように賑やかだが、山の奥側へと進んでいくと静かで落ち着いた住宅街に出る。

『東山邸』と呼ばれる洋館は、京都東山の森閑とした住宅街に佇立していた。元は大正時代の華族が建てた屋敷で、建築士は鹿鳴館《ろくめいかん》などを手掛けたジョサイア・コンドル――ではなく、彼に師事した日本人だという。

『異国と自国の良さを取り入れた建物にしたい』というコンセプトだったようでサンルームもあれば、縁側もある、和と洋が絶妙に融合した建物だ。

　古びているため、『魔女屋敷』、『お化け屋敷』と揶揄されることも多いが、さほど陰鬱な雰囲気はない。ここの住人が魔女でもお化けでもなく、至って普通の姉妹だからだろうか。

姉妹の仲は良く、時に笑い声が聞こえてくるのだが——。

「うっ、うっ、うう……」

今日ばかりは、咽《むせ》び泣く嗚咽が、二階の窓から洩れていた。

「お姉ちゃん、泣いてたって始まらへんで」

「だって、書けないものは、書けないのよぉ」

泣いているのは、姉の方だ。

眼鏡を掛けていて、歳は三十代半ば。パソコンディスプレイを前にしている。額には冷却シート、セミロングの髪を後ろにひとつで結んでいるが、頭を掻きむしったのか乱れている。

今はデスクに突っ伏していた。

その一歩後ろで、妹が呆れたように、姉の背中の服を引っ張る。

「わざわざ担当さんが、ここまで来てくれて、応接室で待ったはるんやし、早く仕事を進めへんと」

「そんなこと百も承知だから。でも、無理、もう無理」

わっ、と姉は両手で顔を覆った。

「もう、毎度毎度、煮詰まるたびにそうやって醜く泣くのやめて」

冷たく突き放された姉は、顔を覆った指の隙間から、妹を睨むように見た。

「この場合、『煮詰まる』じゃなくて、『行き詰まる』ね」

「どんなにピンチでも、そういう突っ込みは忘れへんのやな」

「ピンチじゃなくて、大ピンチ！」

「知ってます。急に役者の不祥事が発覚して降板が決まって、急遽脚本を書き替えんとあかんって、もう百万遍くらい聞いた」

「百万遍も言ってないけどね。そしてわかってるなら察してよ。この大ピンチになにも浮かんでこない、愚鈍な脚本家の気持ちを！」

「お姉ちゃんなら大丈夫。がんばれ、小鳥遊葉月《たかなしはづき》！　押しも押されぬ人気脚本家！」

「それを言うなら、『押しも押されもせぬ』。さっきから大学生がそんな情けない言葉遣いしないで」

「ほんまにどんなに追い込まれてても、揚げ足取るのだけは忘れへんのやなぁ」

「それに、私は『押しも押されもせぬ人気脚本家』じゃないし。デビュー後、たまたま役者さんに恵まれてヒット作が何作かあっただけ。今は名前も出ない仕事を細々としている弱小脚本家なんだから。そんな私に才能なんて……」

ないのよぉおおお、と姉はデスクに突っ伏す。

姉の名は、小鳥遊葉月。

三十五歳、独身。脚本家で、筆名も同じだ。

まさに『修羅場』とも言える今は、目も当てられない姿だが、公の場に出る時は、綺麗に整えている。涼やかな顔立ちは知的と囁かれ、眼鏡を掛けて颯爽と歩く姿は、まさに仕事のできる女性である。

「そやから、泣いてたってしゃあないやん。その台詞かて百万遍聞いてるし。泣いてる暇があるんやったら、手を動かして。久々に来た名前の出る仕事って言うてたやん」

ぴしゃりと言った妹の名は、小鳥遊美沙《みさ》。

葉月よりも十三歳年下の大学四年生だ。

姉妹の雰囲気は、言葉遣いから雰囲気まで、まるで違っている。

姉の葉月は、東京生まれで、中学まで東京育ち。そのため、言葉は標準語だ。顔立ちはあっさりしていて、一見冷たげに見られがちである。

妹の美沙は、生まれも育ちも京都である。ぱっちりとした大きな目が印象的な可愛らしいタイプだ。

ふたりは、異父姉妹だった。

葉月の父は、京都出身だった。清水寺近くの『東山邸』で生まれ育ち、大学に進学時、東京に出た（決して上京とは言わなかった）。そのまま東京で就職し、母と知り合い、結婚した。

しかし、父は葉月が小学生の頃に病気で亡くなっている。

母は、父が亡きあとも、夫である父の実家『東山邸』へとよく顔を出していた。

父の両親は、『息子が亡くなったのに、こうして変わらずに来てくれるなんて』と母に感謝していたという。しかし、そのうちに母は、『東山邸』近くにある小料理屋『ぎをん』の店主と恋に落ち、再婚。

葉月は、母と共に東京から京都に移り住み、その後、すぐに美沙が生まれた。

そんなわけで、葉月と美沙の年齢が離れている。葉月にとって美沙は、妹というよりも姪に近い感覚だった。

無条件に可愛く、無責任にうんと甘やかしたものだ。

その結果、美沙は姉を心から慕うようになったのだが、愛情が深い分、遠慮がない。

ほら、と美沙は、葉月のマグカップにコーヒーを注ぐ。

「コーヒーでも飲んで」

「ありがとう」

葉月は、ずずっ、とコーヒーをすすり、

「気分転換にテレビでも観ようかな」

とリモコンを手に取って、テレビをつけた。

ぱっ、と画面に映ったのは、朝の情報番組だ。

おはようございます、とキャスターやアナウンサーが爽やかな笑みを浮かべている。

「もう、朝なんだ」

徹夜しちゃったなぁ、と葉月は遠い目で言う。

テレビの中の陽気なキャスターは、『今日の朝のゲストは、鈴木《すずき》英輔《えいすけ》さんです』と、嬉しそうに言っている。

わぁ、と美沙が顔を明るくさせた。

「鈴木英輔君や。BBの中で、一番カッコよかった子」

『BB』とは『BERRY《ベリー》・BERRY《ベリー》』の略であり、元々中学生男子四人で構成された、ダンスボーカルユニットだ。

そのメインボーカルが、鈴木英輔。

細身で高い身長、涼やかかつ輪郭のはっきりとした眼、通った鼻筋と、彼のルックスはずば抜けていた。アイドル並みの外見に本格的なラップとダンスで、『BB』は一時期かなりの人気を誇ったのだが、方向性の違いを理由に三年前に解散している。

中学生だったメンバーも解散した時は高校三年生になっていた。

真剣に将来について考え始めたのだろう、と世間は見ていた。思えば、それから彼の姿は見ていなかった。

やがて画面に登場した英輔の姿を見て、美沙は口に手を当てた。

「ちょっと見てへん間に、さらにカッコようなったはる!」

「もう二十代だろうし、大人になったってことじゃない?」

「そっか、デビューした頃は中学生やったし。お姉ちゃんは実物、観たことあるのん?」

「ない……」

葉月はテレビに目を向けたまま、コーヒーを飲む。

鈴木英輔は緊張しているのか、にこりともしていない。ぎこちなく会釈をしてから席についた。

『それにしても、英輔君、久しぶりだね』

『あ、はい』

『歌手から俳優に転身だよね。ドラマに初挑戦してどうでしたか？』

『どうって……、まぁ、精一杯やらせてもらいました』

『今夜九時から放送されるドラマは、サスペンスなんですよね？』

『そうですね』

『英輔君は、どんな役どころを？』

『そうですね。それはドラマを観てもらえば……』

『あ、まぁ、そうだね。今回、俳優として役を演じるのに工夫した点や、苦労した点なんかはあるの？』

『そう……ですね、色々ですね』

それだけ答えて、鈴木英輔は黙り込む。

『ああ、そっかぁ、慣れないことだから、色々ありすぎるよねぇ』

と、キャスターは、明らかに弱った様子だ。

葉月は顔を引きつらせて、テレビを消した。

「駄目、キャスターが気の毒で観てられない」

「お姉ちゃん、共感力高すぎや」

「だってなんなの、この男。わざわざ番宣に呼んでもらっているのに、全然仕事する気ないじゃない」

「そやけど、画面にあの美形が現れるだけで、大きな宣伝になりそう」

「どんなにイイ男でも、ああいうのは勘弁だわ。さっ、仕事しなきゃ」

おかげで気分転換になった、と葉月はマグカップを置いて、パソコンに向き合う。

「彼は元々、ボーカリストなんだし、話術を求めちゃ可哀相だよ」

「別に面白いこと言えって話じゃないの。テレビカメラの向こうには、自分を応援してくれているファンがいるはずなのよ。そういう人たちに対して笑顔のひとつも向けられないような奴は応援する気になれない」

ふむふむ、と美沙は納得する。

「テレビの向こうの人たちのことまでは考えたことあらへん。さすがお姉ちゃん」

「そりゃあ、曲がりなりにも脚本家ですから」

と、葉月は胸に手を当てる。美沙は、でっ、とパソコンディスプレイを指差した。

「ほんまや。そやから、今、煮……じゃなくて、行き詰まってんやな?」

葉月は、ぎゃっ、と声を上げる。

「思い出させないでよぉ。ったく、あの役者が不祥事なんて起こさなければ!」

「ひとり抜けただけで、そんなに大変なの?」

「端役が抜けたのとはわけが違うんだから……ああ、もう」

「代役は決まったの？　決まってないんやったら、鈴木英輔、指名して欲しいなぁ」

「どうして?」

「撮影現場を見学に行って、イケメンを拝みたい」

そう言って合掌した美沙を見て、葉月は、まったく、と肩をすくめた。

「残念だけど、代役はもう決まってるし、もし決まってなくても、鈴木英輔を指名したりしない」

「どうして?」

「ルックスの良すぎる男は使いにくい場合があるの。必要以上に存在感が出ちゃうし。今、困っているのは代役もそれなりに存在感があるからで……なんたって主人公をすれ違いざまにさり気なく刺す通り魔の役なんだよ? 警戒心の強い主人公が、不意打ちを食らうシーンだから」

「あー、その役はたしかに、地味な方がしっくりきそうやなぁ」

「でしょう? まぁ、今回の人は、鈴木英輔が代役を務めるよりはマシだけど。もし、鈴木英輔が代役だったら、目立ちすぎるから、着ぐるみでもかぶってもらわなきゃ……」

そこまで言って葉月は手を止めた。

「そうか、着ぐるみ。そうしたら良かったんだ」

葉月は大きく目を見開いたかと思うと、一気にキーを叩き始める。

どうやら突破口が開けたようだ。

「まずは、舞台を駅前に変えて、風船を配っている着ぐるみが……」

と、キーを叩きながら、あいつが走って、とブツブツ言っている。

「もう、大丈夫みたいやな」

と、美沙は、ホッとした表情を浮かべ、時間を確認した。

「それじゃあ、お姉ちゃん、私、そろそろ大学行くし」

「いってらっしゃい」

「しつこく言うけど、ディレクターさん、ずっと応接室にいたはるよ?」

黒崎《くろさき》さんって言ってたっけ、と美沙は昨夜を思い返しながら囁く。

黒崎というのは、番組ディレクターだ。

昨夜遅く、役者の不祥事と降板を直接伝えにきて、そのまま応接室に残っていた。

「応接室に行って黒崎さんに伝えて。『夜までには、必ず仕上げてメールで送りますので今日はもう帰ってください』って」

「そのくらい、自分で言うたら?」

パソコンに向かっていた葉月は勢いよく振り返った。

「なに言ってるの、今、黒崎さんに会えるわけないじゃない、このボロボロの格好、見てよ、こんな姿、見られたくないし!」

美沙はぽかんと口を開けるも、すぐに、はーん、と首を縦に振る。

「そっか、お姉ちゃんは、あのディレクターさん狙いやったんや」

「狙いとか言わないで」

葉月は耳まで赤くなりながら、顔を背ける。

「お姉ちゃんってば可愛《かい》らしいなぁ。わかった、伝えとくし」

美沙はそう言って書斎を出て、少しワクワクしながら応接室に向った。

黒崎とは家に招き入れる時に顔は合わせていたのだが、夜更けで頭がボーッとしていたため、どんな男性だったのか、ちゃんと確認しなかったのだ。


「失礼します」

美沙が応接室に入るなり、黒崎は腰を上げた。

主に担当者との打ち合わせに使う応接室には、ゆったりとしたソファと大きめの液晶テレビがある。

「先生の進み具合、どうですか？」

「あっ、はい。今もがんばって書いています。姉からの言付けなんですが、『夜までには必ず完成させるので、今日のところはとりあえず、お引き取りいただけたら』と。完成次第、メールで送ると言ってました」

美沙はしっかり敬語に言い替えて伝える。

「そうでしたか」

黒崎は安堵の表情で、胸に手を当てる。

「あの、もしかしてわざわざ、東京からここまで来てくれはったんですか？」

いえいえ、と黒崎は首を横に振る。

「当番組は、関西の制作会社が担当しているので、大阪からです」

そうでしたか、と美沙も少しホッとした。

葉月が京都在住ということもあるのか、関西の仕事を受けることが多い。

「そうだとしても、わざわざありがとうございます」

「小鳥遊先生には、色々と無理をお願いしてしまいまして」

そう、今回の仕事は突発的に舞い込んだものだ。元々担当するはずだった脚本家が体調不良で入院したため、急遽、葉月に白羽の矢が立った。

「いえいえ、姉に復帰のチャンスを作ってくださって、感謝しております」

「そんな復帰作でこのようなトラブルになってしまって、本当に申し訳なく……」

美沙はまた、いえいえ、と首を横に振る。話題を変えた方が良いと思ったのか黒崎は、それにしても、とぐるりと室内を見回した。

「いや、噂に聞いていましたが……驚きました。本当にすごいお屋敷ですね」

応接室の天井にはクリスタルのシャンデリアが煌めき、壁際には暖炉、その上に大きな鏡が飾られている。

「ありがとうございます。ここは、元々祖父母の家やったんですよ」

と、美沙は微笑んで答える。

正確にいうと葉月の父方の祖父・橘《たちばな》辰雄《たつお》の家だった。葉月の祖父母は、葉月が脚本家としてデビューした大学生の頃に立て続けに亡くなっている。

葉月は、橘夫妻の唯一の孫だった。葉月も一時は売却も検討したようだが、迷った結果、祖父母の想いが詰まったこの家を引き継ぐことを決めた。

そうして葉月は、大学卒業と同時にここに移り住んだのだ。

姉が家を出て行った時、美沙は小学生だった。

あの時はショックだったなぁ、と美沙は振り返る。

実家は伏見《ふしみ》――同じ京都市内だ。とはいえ、同じ屋根の下、一緒に暮らせなくなったのは辛く、姉が出て行った夜は寂しくて号泣し、泣きつかれて眠ったのを覚えている。

それから、夏休みや冬休みのたびに、美沙はこの家に来ていた。

姉に『自分の家に帰りなさい』と言われるのが嫌で、せっせと家事を手伝ったものだ。

それが功を奏してか、大学進学が決まった際、

『美沙、そんなにここに来たいなら、来てもいいよ。私もこんな大きな家を持て余してるの。本格的に家のこと手伝ってくれたら嬉しいし』

と葉月に言ってもらった時は、本当に嬉しかった。

そんなわけで、美沙は京都女子大学に進学し、この家から大学へ通っている。

ぼんやりと懐かしさに浸っていると、黒崎がいそいそと内ポケットに手を入れて、名刺入れを取り出した。

美沙は我に返って、彼の方を向き、あらためて観察するように黒崎を見る。

涼しげな容貌に、知的な雰囲気を感じられる好青年である。歳は、姉と同じくらい――三十代半ばだろうか。たしかに姉の好きそうなタイプだ。

「申し遅れました、私、黒崎圭吾《けいご》と申します」

と、黒崎は名刺を出す。美沙は名刺を受け取りながら、頭を下げた。

「わざわざご丁寧にすみません。あらためて、私は葉月の妹の美沙です、よろしくお願いします」

「妹さんだったんですね。先生とは話し言葉も違っていますし、秘書さんかと」

「はい。姉とは年も離れていますし、使っている言葉も違てるので姉妹だと言うと、よく驚かれるんです。姉は東京育ちで、私は生まれも育ちも京都なんです」

「美沙さんは、学生さんですか？」

はい、と答えると、彼は納得した表情を見せる。

「そうか、それで先生が描く大学生の描写がリアルなんですね。きっと、美沙さんの生活スタイルを見て、吸収しているんでしょうね」

吸収というより……吸い取られています。美沙は『もっと大学での話を聞かせて！』と、まくし立てる姉の姿を思い起こし、苦笑した。居候の身だし文句も言えないのだが。

「小鳥遊先生、かなりお疲れじゃないですか？」

「……はい」

「役者があんなことになってしまって、大急ぎで書き直しさせてしまうことになって、こちらも心苦しい限りです。あっ、これ、お渡しし忘れていました。先生がお好きだと言っていたフィナンシェです。一息つかれた時に……」

「ありがとうございます」

美沙は会釈をして、黒崎が差し出した菓子折りを受け取る。

それでは、先生によろしくお伝えください、と黒崎は『東山邸』をあとにした。

美沙は彼を玄関まで見送った後、葉月の書斎に戻り、

「お姉ちゃん、黒崎さん、今帰らはった。でっ、これ、お姉ちゃんの好きなフィナンシェって。きっと梅田《うめだ》の百貨店のや。ここに置いとくし」

と、菓子折りをテーブルの上に置いた。

葉月はパソコンの画面に向かったまま、ありがとう、と応える。

「それじゃあ、いってきます」

美沙は小さく手を振り、部屋を出た。


屋敷の外に出ると、木々の隙間から朝日が差し込んでいる。

水分を含んだ緑の香りを吸い込んで、美沙は体を伸ばし、歩き出した。

美沙は毎日、徒歩二十分先の女子大学まで、のんびり歩いて登校する。大学までの朝のウォーキングタイムは、一日の密かな楽しみだった。

こうして東山からの景色を眺めながら、大学に通えるのは、葉月のおかげだ。

葉月は大学生の頃に脚本家としてデビューした。

就職活動に難航し、大学四年の半ばになっても勤め先が決まらず、焦りや不安に駆られている時、たまたまテレビ局が主催している『ドラマシナリオ大賞』という企画を目にしたそうだ。

姉曰く、半ば現実逃避で、『東山邸』に籠り、シナリオを書き綴ったとか。

それが、見事グランプリを獲得し、ドラマ化された。さらに幸運だったのは、視聴率が取れたことだろう。

この成功を受けて、葉月は『東山邸』に住むことを決めた。ここで執筆した脚本がグランプリを獲ったのは、亡き祖父母のおかげと思ったようだ。

脚本家は、原稿さえ上げられれば、どこに住んでいようと支障はない。

家賃が掛からないのも魅力だったという。住んでからこの家の維持費や固定資産税に驚かされることになったのだが、それはまた別の話だ。

その後、葉月はヒット作を飛ばし続け、その名が知られるようになった。

美沙はというと、家事の主立ったことを引き受けていた。

なるべく近くで姉の心身を支えようと思っていた。

というのも、順風満帆だった葉月だが、ある出来事から、これまでのようには書けなくなってしまっていた。今は、小さな仕事をこなし、細々と生計を立てている。

そんな中、代打として今回の仕事が舞い込んだ。深夜枠のショートドラマだが、全三話を任せられたのだ。

久々の大きな仕事、さらにトラブルまであり、姉は手間取っているようだったが、ここは心を鬼にして、なんとしてもやり遂げてもらいたい。この仕事がキッカケとなって、姉が復活するのを美沙は期待していた。

美沙は空を見上げて、体を伸ばす。

姉妹ふたりの生活は楽しいものだ。ミーハーな美沙は、仕事を通してたくさんのタレントや俳優に関わっている姉の話に胸をときめかせるのだが、当の彼女はミーハーではないようで浮かれることはなかった。

姉がときめくのは有名人ではなく、大手広告代理店の男性だったりテレビ局のディレクターだったりする。が、その恋も成就したことはない。

姉は恋愛に臆病なきらいがあり、彼氏もなかなかできない。

それでいて、たまに妙なのと付き合って自己嫌悪に陥っているそうだ。これは姉の友人から聞いた話だが……。

「お姉ちゃんには、幸せになってもらいたいんやけど……」

美沙はすがすがしい朝の光の中、大学への道を歩いた。

2

鈴木英輔は朝の番組以降も、息つく間もなくテレビに出演していた。

午後からは新幹線に乗って大阪へ移動し、関西の番組に顔を出す。

言うことはすべて一緒。

『今日、夜九時からのドラマ、観てください』

そっと口角を上げて言い、会釈をするだけだ。

「流石に疲れてきた……」

生放送を終えた英輔は、控え室に戻るなり、どっかと椅子に座る。

「本当にお疲れ様でした。今日はもう、さっきのがラストですので」

と、マネージャーの田辺《たなべ》は、帰り支度をしながら話す。

「なぁ、なにか飲み物ある？」

「お茶系なら」

「炭酸系は？」

「ないですね。ホールに自動販売機があるので、買ってきますね」

「いいよ、気晴らしを兼ねて、自分で買いに行く」

馴染みのない関西のテレビ局が新鮮であり、観てまわりたい気持ちもあった。

控え室を出た英輔は、ホールへと向かい自動販売機で炭酸飲料を買って、踵を返し、元来た道を戻る。

今朝はたしか四時起きだった。

流石に眠い、と小さく欠伸をしていると、反対側から女性たちがホールに入ってきていた。

関西を中心に活動をしているタレントたちのようだ。

「今日のうちの番組にも鈴木英輔、出てたやん？　朝から系列局を飛び回ってるようやなぁ。これから俳優としてブレイクするんやろか？」

「どうやろ、あの様子だったらきっとこのまま消えて行くんとちゃう？」

「おっ、姐さん、辛辣ぅ」

「だって全然喋れてなかったやん。顔がええだけの男の子やったら、この芸能界にごまんといるし」

「せやなぁ」

彼女たちは、自分が聞いていることに気づいていない。

英輔は振り返って、『悪かったな』と言ってやりたかったが、なにも返せなかった。

再ブレイクを賭けて、朝から各局を飛び回って番宣をしてきた英輔だが、どこに行っても当たり障りのない話しかできなかった。

関東の番組は、そんな英輔でも、『それにしてもイケメンだねぇ』と持ち上げてくれたが、関西ではそうはいかない。面白くないのは仕方ないとしても、気の利いたことのひとつも言えない者に対して驚くほど冷ややかだ。

結局のところ、自分はなんの爪痕も残せなかったということだ。

敗北感を覚えながら、その場をあとにすると、控室から田辺が出てきた。

「では、英輔君、行きましょうか。本当にお疲れ様でした」

「今日の俺、どうだった？」

「言葉少なめなのが、寡黙で陰がある雰囲気でとても良かったと思います」

田辺は、『ＢＢでのイメージを大切に、鈴木英輔はクールなイケメンとして売り出していきましょう』と言っていた。

自分では納得がいっていないが、田辺がそう言うならば、自分はそれなりに良い仕事をしたのかもしれない。

「それじゃあ、今からホテルへ移動か？」

明日は、京都で仕事があり、今夜は京都市内のホテルに泊まる予定だ。

「はい。今夜の夕食は奮発したんですよ。なんといっても、京都の老舗料亭ですから」

と、田辺は少し得意げに言う。

「それいいな。美味いもん食いてぇ」

そんな話をしながら歩いていると、通路の先に見覚えのある男の姿が目に入った。

以前、なかなかの人気を誇っていた関西出身のシンガーソングライター『新太《あらた》』だ。

英輔はすれ違いざまに、「さまっす」と会釈をすると、新太は鼻で嗤った。

「お疲れ『ＢＢ』ちゃん。ええなぁ、お顔が可愛らしいと、歌わなくても仕事が来るなんて、ほんま羨ましい限りやで」

英輔はカチンときながらも、どうも、と返す。

「最近見ないと思っていたら、地元で活動していたんっすね。がんばってください」

芸能人に向かって、『最近見ない』という言葉は、タブーだ。

元ヤンキーと言われている新太は、血の気が多い。

「……んだと、こら」

好戦的に拳を握るも、関係者が「新太君っ！」と慌てて制した。

英輔は、そんな新太に構わずに歩き、建物を出る。

「英輔君、今の嫌み、クールでした！　良い返しでしたね」

興奮気味に言うマネージャーに、英輔は微かに肩をすくめた。

3

葉月が原稿を書き上げたのは、夕方五時過ぎだ。

先方にメールで送り、『ＯＫです。ありがとうございます』と、電話が入ったのは、メールを送ってから三十分後。このレスポンスの速さからしても、いかに現場が切羽詰まっているのかが伝わってくる。

なにはともあれ、葉月の仕事はここで終了だ。久しぶりの達成感から、よっしゃあ、と諸手を上げる。

「終わったあああ」

「お姉ちゃんやったやん！」

「うん、とりあえず寝る」

と、そのままソファに倒れ込み、四時間後。

葉月が目を覚ましたのは、夜の九時になろうという頃だった。

「お腹空いた……」

葉月はむくりと起き上がって、冬眠明けの熊が食べ物を求めるかのように書斎の中をうろついたあと、部屋を出た。

滑り台になりそうな階段の手すりに手をつきながら一階に下りると、リビングの扉のガラスから明かりが洩れている。美沙は、まだ起きているようだ。

扉を開けると、広々としたリビングが目に入る。

元々、サンルームだった部屋とつながっているため、壁一面が窓だった。格子状でブラウンの枠組みがレトロさを感じさせる。

リビングには三人掛けソファが一脚とその前にテーブルがあるだけだ。家具が少なくキッチンともつながっているため、実際の面積よりも大きく見えた。

美沙はソファに座った状態で、スマホを片手にテレビを観ていた。

「あっ、お姉ちゃん、起きたんや。朝までぐっすりかと思た」

「お腹が空いて目が覚めちゃった」

「なにか作るし」

「ありがと。でも、自分でするから、大丈夫」

ここ最近、忙しいことを理由に家事の一切を美沙に任せっぱなしだった。

「ちょっと飲みたいから、つまみにしようかな」

葉月は対面キッチンの中に入り、なにかあるかな、と冷蔵庫や戸棚を開ける。

プチトマト、ツナ缶、チーズ類、ベーコン、フランスパン等々が目に入り、これは良いと取り出した。フランスパンを切って、ツナとマヨネーズをあえたものを載せ、ピザ用チーズを振り掛ける。プチトマトをベーコンで巻き、爪楊枝で留める。

オイルサーディンの缶もあったから、それを開けて、耐熱容器に移し替えた。オイルサーディンは温めるとより風味が増して美味しくなる。葉月はオーブントースターの中に作ったものを並べ入れた。

「あー、なんだか美味しそうなもん作ったはる」

「多めに作ってるから、美沙も一緒に食べよう」

「おおきに。ポテサラの作り置きも出そ。あと、ワインも。赤と白、どっちがいい？」

「今夜は、冷えた白にしようかな」

「了解」

やがて、トースターから香ばしい薫りが漂ってくる。

チンッという音を確認して、葉月はツナトースト、トマトのベーコン焼き、オイルサーディン等を取り出す。

美沙はポテトサラダ以外に、エビとアボカドのサラダ、カプレーゼを用意した。

ふたりはできあがったつまみをテーブルの上に置き、お疲れ様、とワイングラスを片手に乾杯する。

「あーっ、仕事終わりのこの一杯、最高！」

「お姉ちゃん、まるで生ビールでも飲んだみたいや……」

「ビールでも良かったんだけど、今回の脚本でワインのシーンが多くて、もう飲みたくて飲みたくて」

「そういうものなんやねぇ」

そんな話をしていると、テレビ画面にドラマが流れ出した。

鈴木英輔の出演で話題になっているスペシャルドラマだ。

「楽しみにしてんや。鈴木英輔、どんな演技を見せてくれるんやろ？」

「私もちょっと気になるところ。テレビでの受け答えはイマイチだったけど、元々はミュージシャンで表現力はあるだろうし……」

そう話していると、鈴木英輔が画面に現れた。

やっぱカッコいい、と美沙は口に手を当てる。

『チガウって言ッてんダロ』

えっ、と葉月と美沙は眉根を寄せる。

『あー、わかッタ。オマエ、おれに、気があるんダロ』

英輔は、どんな素人目にもわかるくらい、大根だった。

『な、なに言ってるのよ、そんなわけないじゃない。失礼なこと言わないでください！』

主演の女性の演技が上手い分、

『ヤレヤレ、行ったカ……』

英輔の棒読みが、余計に際立って感じた。

「や、ごめん。もう観てられない」

「……顔が良い分、目ぇ惹くし、棒読みも目立っちゃうね」

番組を切り替えようとした時、画面上にテロップが流れた。

――実力派俳優、薬物取締法違反の容疑で緊急逮捕！

テロップには、俳優の名前も流れている。

美沙は「えっ」と目を見開く。

「これって、お姉ちゃんのドラマに出演していた……？」

私のドラマってわけじゃないけどね、と葉月は前置きしてからうなずく。

「こんなことがあったから、急遽降板ってわけ」

逮捕されたのは、容姿は地味めだが高い演技力で評価されている俳優だった。

主役を演じるタイプではないが、色々なドラマに出演し、脇を固めるタイプであり、誰しも一度は見たことがあるだろう。

衝撃的な速報を受けて、美沙はすぐにニュース番組に切り替える。

「にしても、多くの人がここでチャンネルを変えただろうな」

鈴木英輔、持ってないなぁ……、と葉月はつぶやいて頬杖をつく。

そのあとも葉月は、美沙の作ったつまみを口にしながら、だらだらと飲み進めた。

やがて、ボトルをすべて飲み干して、腰を上げる。

「ささて、お代わりを」

葉月がキッチンに向かおうとした時、美沙が申し訳なさそうに肩をすくめた。

「ごめん、お姉ちゃん。ワイン、切らしてる」

「それじゃあ、ビールを……」

「重ね重ねごめん。ビールはあるけど、冷えてない」

ええー、と葉月は顔をしかめて、振り返った。

「飲み足りないなぁ」

「買いに行こうか?」

「いやいや、それじゃあ、お義父さんのとこに飲みに行こうか。二次会だ」

美沙の父が店主を務める小料理屋『ぎをん』は、この家から徒歩圏内だ。

「わっ、行こ行こ！　お父さんも絶対喜ぶ」

「よし、出よう」

葉月はすぐさま薄手のジャケットを羽織る。

「えっと、お姉ちゃん、化粧はしぃひんの？　髪もぼさぼさやで？」

「いいって、もう暗いし」

「そういう問題なん？　ここは京都東山。少し歩いたら日本有数の観光地やで？」

いいのいいの、と葉月は帽子をかぶり、ショルダーバッグを手にした。

4

「お待たせしました、とっておきの夕食ですよ」

マネージャーが置いたのは、市販の弁当だった。

先ほど、京都のビジネスホテルにチェックインしたばかり。

シングルベッドとテーブルだけがちょこんと置かれているシンプルな部屋に入るなり、マネージャーは得意満面で、英輔の前に弁当を置いたのだ。

『いすず』とパッケージに記されている。京都料亭の寿司だった。

まさか夕食をここで食べるとは思わず、英輔は目を瞬かせる。

「老舗料亭に食べに行くんじゃ……？」

なにを言ってるんですか、とマネージャーは驚いたように言う。

「英輔君が京都の町中を歩いたりしたら、そこら中の女の子が奇声を上げて追い掛けてきますよ。あなたはこれからが大切な時なので、大人しくしていてください」

はあ、と英輔は気の抜けた声を出す。

「では、いよいよドラマですね。一緒に視聴しても良いでしょうか？」

「いや、ひとりで観たい」

「では、僕は隣の部屋にいますので、なにかあったら呼んでくださいね。朝は七時に起こしに来ますので、よろしくお願いします」

そう言って、マネージャーは部屋を出て行った。

部屋にひとり残された英輔はテレビをつけて、ドラマを視聴する。あらためて観ると、自分の演技の未熟さが際立っていて、思わず消したくなる。だが、映りは悪くない。自分の映りのみを気にしながら視聴し、気がつくとあっという間の一時間だった。ふと見ると、弁当は手つかずのままだ。

「それじゃあ、食べるか……」

蓋を開けて、もそもそと食べ始める。

さすが名店。味は満足だったが、量が少なかった。

空になった弁当箱を見下ろして、英輔は息をつく。

「全然、足りねぇ」

仕方ない、とリュックの中に入れていた帽子を出して目深にかぶり、黒縁の眼鏡を掛けて、こっそりと部屋の外に出た。

5

「さっ、あらためて」

「かんぱーい」

葉月と美沙は、祇園の小料理屋『ぎをん』のカウンターに座り、ビールジョッキを片手に乾杯した。

美沙は隣に座る葉月を見て、それにしても、と息をつく。

「ようその姿で外に出はったなぁ」

先ほどまで葉月は帽子をかぶり、ジャケットを羽織っていたから隠されていたが、今やどちらも取っ払っている。

今の葉月はボサボサ頭に分厚い眼鏡。上着はトレーナー、下はゆるめのジーンズと、まさに部屋着という装いだった。

店内には、ひとり飲みの年配客がまばらに存在している。

「いいじゃない、ここに黒崎さんが来るわけじゃないんだし」

葉月はあっさり言って、焼き鳥を口に運ぶ。

「そうやけど。出会いがあるかもしれへんで?」

「ドラマじゃあるまいし、出会いなんて、そうそう転がっていないわよ」

「それは、まあ、そうなんやけど」

美沙が納得していると、カウンターの向こうで美沙の父であり、葉月の義父である店長が愉快そうに笑った。

「ほんまに葉月は、オンとオフでは別人みたいやなぁ」

ふふっ、と葉月は串を手に意味深に微笑む。

「二面性のある女って神秘的でしょう？」

「ただ単に、普段がボロボロすぎなんや」

即座に突っ込む美沙に、「美沙、きっついこと言うやん」と店長は苦笑する。

その時、店の引き戸が開いて、男性が暖簾をくぐってきた。

帽子を目深にかぶり、黒縁の眼鏡を掛けた若い男だった。

「いらっしゃいませ」

店長が声を掛けると、男性は小さく会釈し、無言でカウンター端の席に腰を下ろす。

美沙は、ちらりと横目で見て、葉月に耳打ちした。

――ねっ、お姉ちゃん。帽子と眼鏡でよくわからへんけど顔小さいし、細身でスラッとしていて、モデルさんみたいやね。

美沙の言葉を受けて、葉月はカウンター端に座る男に一瞥をくれたが、特に興味は示さず、すぐに視線を戻して、ビールを口に運んだ。

――なんや、鈴木英輔っぽくない？

と、美沙が続ける。その囁き声が、店長に届いたようだ。

「そうや、鈴木英輔、今日は朝からようけテレビ出たはったなぁ」

「今日から連ドラスタートやったんや。やっぱりカッコ良かったし」

と、美沙は強く首を縦に振る。でも、と葉月が顔をしかめた。

「演技は散々で」

へぇ、そうなんや？　と店長が訊ねる。

「まさに大根って感じだった。ほんと、外見しかないって感じ」

「葉月も、きついなぁ」

「俳優さんは向いてないってことなのかな？」

美沙の問い掛けに、葉月は、うーん、と唸った。

「とりあえず、俳優は壊滅的だね。それじゃあタレントになれるのかと言えば、気の利いたことは話せないからそれも無理そう」

今朝の情報番組の受け答えを思い出し、美沙は、たしかに、と苦笑する。

「おそらく、事務所は彼を『クールな二枚目』路線で売り出しているんだろうと思うの。けど、それが、どうもしっくり来ていないんだよね」

葉月は話を続ける。

「なんていうか、似合わない服を着せられているように見える」

ふむふむ、と美沙は相槌を打つ。

「お姉ちゃんは、どんなふうに変えたらええて思てんの？」

「彼のこと、よくわからないからなんとも言えないけど、今は見た目だけで成功する時代じゃない。ちゃんと彼の持っている良さを生かしていかないと」

「外見やなく、内面の良さってこと？」

「そう。今の彼は自分を殺している感じで全然光ってない。視聴者はそういうのをしっかり感じ取るから、このままでは成功しないだろうなぁ」

葉月がそう話す傍らでカウンターの端の男性客が、届いたばかりのビールジョッキを手にし、一気に飲み干した。

「売り出し方を変えた方が良いってことや」

「私はそう思う。でも、変えないでしょう。事務所は売り出し方に自信を持っているだろうし、彼はきっと言いなりだろうしね。そういうのも伝わってくるから、私には全然魅力的に見えなくて。抜け殻みたいな顔して覇気のない受け答えして、なんだか、イヤイヤ芸能界にいる感じにすら見える」

その時、カウンター端の男が勢いよく立ち上がり、帽子を床に叩きつけた。

「あんたに、なにがわかるんだよ、このクソが！」

いきなり罵声が飛んできて、葉月と美沙は弾かれたように顔を向ける。

その男の姿を前に、葉月と美沙と店長は、ぎょっと目を見開く。

形が良い目、通った鼻筋、やや薄めの唇が、小さな顔の中にバランスよく配置されている。まぎれもなく、話題の当人――鈴木英輔だった。

「うそ、本人や」

他の客たちも鈴木英輔の姿に仰天して注目した。だが、客のほとんどが年配者だったため、ミーハーに騒ぎ立てずに固唾を呑んでカウンターを見守った。

葉月は息をつき、英輔を真っ直ぐに見据える。

「私たちは本人が近くにいるとは思っていなかった。ただの噂話のつもりだったの。ネット上での誹謗中傷は言語道断だけど、芸能界にいる以上、どこかで見知らぬ誰かに噂話をされるのは仕方ないと思う」

そこまで言って葉月は、でも、と続けて、謝罪した。

「不快な思いをさせたことは謝るわ。ごめんなさい」

それは英輔にとって思いもしない反応だったようで、彼は少しの間、呆然と立ち尽くしていた。が、返す言葉に詰まったようで、どっかと椅子に腰を下ろす。

葉月はその姿を見届けてから、小さく息をついた。

美沙はというと、こんな状況にもかかわらず、『うそうそ、鈴木英輔や、やっぱり実物はさらにイケメンや』と口に手を当てている。

そんな妹を横目に、葉月は、まったく、と息をついた。

もうこれ以上、ここで飲める雰囲気ではない。

「お義父さん、そろそろ……」

お愛想を、と言おうとした瞬間。

「……全部、あんたの言うとおりだよ」

と、英輔が吐露し、葉月と美沙は、えっ？　と顔を向けた。

英輔は、ビールジョッキの取っ手を強く握り、目を伏せて言う。

「事務所には外見に合わせてクールなキャラクターでいけって言われている。けど、『クールってどうやるんだ』と思ったら上手く喋れねぇ。演技だって台本覚えるので精一杯だ。どうやったら上手くなるのか見当もつかない」

けどな、と英輔は弾かれたように、顔を向ける。

「成功するって信じてやってるんだ、芸能界に嫌々いるわけじゃねぇんだよ！」

そう、と葉月は弱ったようにうなずく。

「あなたの気持ちも知らず、勝手なことを言ってごめんなさいね」

言葉は優しいが、タチの悪い酔っ払いをあしらっているようだ。適当に流されているのを察した英輔は、ちっ、と舌打ちする。

「あんた――」

「はい」

「『このままでは成功しない』って言ったよな」

「だから、それは……」

「それじゃあ、どうすればいいんだよ?」

「えっ?」

「俺がどうしたら成功するのか教えてくれよ!」

英輔は今までの鬱屈を吐き出すように、前のめりになって言う。

葉月は驚いたように目を見開き、店内に一瞬、静けさが襲う。

一拍置いて、葉月は、ふっ、と口角を上げた。

「いいじゃない。鈴木英輔。気に入った」

「はっ?」

「私が、あなたのヒギンズ先生になってあげる」

また、水を打ったような静けさ。

皆が固唾を呑んでふたりを見守る中、英輔は眉を顰めた。

「ヒギンズ先生って……?」

葉月は、はあ? と目を剝く。

「『ヒギンズ教授』を知らない? あなたそれでも俳優なわけ? ヘップバーンの『マイ・フェア・レディ』を観て勉強しなおしなさいよ!」

それまで黙って話を聞いていた年配客たちも、うんうん、と相槌を打つ。

「あの映画を知らん人間がいたとはねぇ」

「たしかに、それじゃあ、俳優失格だよ」

「でも、『ローマの休日』くらいは知ってるだろう?」

その言葉に、英輔は戸惑いながら答える。

「『ローマの休日』……、名前は聞いたことあるけど、観たことはねぇな」

ああもぅ、と葉月はお手上げのポーズを取った。

「信じられない、演技に携わる者が、あの名作を知らないなんて」

とブツブツつぶやき、鋭い眼差しを英輔に向けた。

「本気で立派な俳優になりたいなら、色々な作品を観るべきよ。特に名作と呼ばれる映画は今、世に出ているドラマの原点とも言えるものなのよ。もっと映画を観て勉強しなさい!」

思わぬ迫力に、英輔は少しのけ反りながら、「はい」とうなずいた。

第二章

1

ピンポン、ピンポン、とインターホンが何度も鳴らされる。同時にドンドンドンドン、とドアを叩く音も耳に届いた。

「あー、うるせぇ……」

うっすらと目を開けると、見覚えのない天井が見えた。

あれ、ここはどこだ?

「英輔君、時間ですよ、起きてください!」

マネージャーの声にハッと我に返り、鈴木英輔は勢いよく体を起こす。

ベッドと小さなテーブルくらいしかない狭い部屋。

そうだ、ここは京都のビジネスホテルだった。

ズキンズキンと頭が脈打つように痛い。間違いなく、二日酔いだ。

英輔がこめかみを押さえながら扉を開けると、

「おはようございます。失礼しますね」

と、マネージャーの田辺が勢い良く部屋に入ってきて、ベッドに一瞥をくれたあと、バスルームをチェックする。

「なにをしてるんだ？」

「女性を連れ込んでいるのではないかと心配になりまして……飲みましたね？」

酒臭かったのだろう、田辺は露骨に顔をしかめる。

「いや、まぁ、飲んだってほどでも……」

「シャワーを浴びて、しっかりマウスウォッシュもしてきてください！」

英輔の返事を待たずに、田辺は急かすように言う。

わかってるよ、と英輔は肩をすくめて、バスルームに入った。洗面所とトイレ、そして浴槽がセットになったビジネスホテルにありがちな狭いバスルームだ。

鏡を見ると、整った精悍な顔が、ほんの少しむくんでいる。

思えば昨夜は、随分飲んだ。英輔は苦笑して、バスローブを洗面台の上に無造作に放り、シャワーの蛇口をひねる。すぐに熱い湯が出てきて、引き締まった体に打ちつけた。

シャワーを浴びていると、いつのまにか歌を口ずさんでいた。そうしているうちに、ぼんやりしていた頭がはっきりしてくる。

昨夜の出来事を鮮明に思い出し、英輔は歌うのをやめて、ぽつりと洩らす。

「たしか、葉月って言ったな。あの変な女……」

葉月は、ボサボサ頭にセンスのない眼鏡、トレーナーにゆるいジーンズを着用した、言ってしまえば、パッとしない女だった。

ああいう女は、自分のような芸能人を前にした時、自分の今の姿を恥ずかしがることが多い。だが、葉月はまるで違っていた。

『ヒギンズ先生になってあげる』

堂々と、顔色ひとつ変えずにこちらを見据え、そう言い放った。


あのあと、葉月は眼鏡の位置を正し、まるで面接官のような目を向けた。

『鈴木英輔は、本名? 年齢は?』

『ああ、本名だよ。歳は二十二』

そう答えると、今度はまじまじと顔を見詰めてくる。

やっぱりこの女も、ただのミーハーか。

英輔がそう思った矢先、葉月はとんでもないことを訊いてきた。

『整形はしてる?』

この質問には英輔だけではなく、隣にいた葉月の妹(美沙というらしい)も店長も、店内にいた客たちも、ぎょっとして目を見開いた。

『してねぇよ!』

苛立ちながら答えると、

『そうなんだ、してないんだ』

葉月はなぜか、残念そうに洩らし、話を続けた。

『なにか詐称していることはないの？　たとえば本当は既婚者だったり隠し子がいたり』

『ねぇよ、ってかおまえ、すっげぇ失礼だよな』

『私はあなたより十歳以上年上なの。「おまえ」なんて言われたくない』

そう言って睨んでくる葉月に、自分も睨み返した。

『年上なら、なに言ってもいいのかよ』

『不躾だけど、ちゃんと意図があっての質問よ。些細なことでもいいから、詐称はない？』

英輔は、ったく、と息をつき、口を開く。

『身長のプロフィール詐称ならあるよ。一八〇センチってなってるけど、実は一七八センチしかないし、趣味はサーフィンってことになってるけど、サーフィンなんて、一～二回しかしたことねぇ』

思わず正直に打ち明けながら、どうしてこんな女の言うことを聞いているんだ？　と英輔は自分を叱咤するように舌打ちした。

『美味しいじゃない』

思いもしない言葉に英輔が顔を上げると、葉月は満足そうな表情を見せていた。

『一体、なんなんだよ』

『いい、鈴木英輔。あっ、呼び捨てにしてごめんなさい』

別にいいけどよ、と英輔が苦笑すると、葉月は話を続けた。

『じゃあ、英輔。今までのあなたは、言うなればピーマンみたいなものだったのよ』

『はっ？』

『色は鮮やかだけど中身は空っぽで、そのままだったら食べられたもんじゃないってことよ。まっ、食べる人もいるだろうけど』

それが上手いたとえなのかどうかわからず、英輔は、はぁ、と相槌を打つ。

『でも、あなたと話してて、悪くないと思った。私みたいな得体の知れない女に教えを乞うた挙句、失礼な質問にもちゃんと答えてくれた。あなたは生意気な部分もあるだろうけど、意外に素直で真面目ないい子なのよ。事務所が売り出している「クール」なイメージとは、実際違うのよね』

うんうん、とうなずく葉月を前に、英輔はなにも答えられない。

素直で真面目ないい子、なんて言われて、喜べる素直さは持ち合わせていなかった。

英輔が黙り込んでいると近くに座っていた五十代くらいの中年の女性が、そうそう、と葉月に向かって笑みを見せた。

葉月は、えっ？　と彼女の方に顔を向ける。

『BBの英輔君て言うたら、実は感激屋さんで、初めてのコンサートの時には、嬉しくて号泣しちゃったんやで』

こんなところにひっそりと自分のファンが紛れていたとは……。

英輔は居たたまれない気持ちで、額に手を当てる。

だが、葉月は興味深そうな目を見せた。

『これまた、美味しいじゃない。あなた涙もろいの？』

英輔は、気恥ずかしさを感じながら、ああ、とぶっきらぼうに答える。

『あなた、関西に来てるってことは、こっちの仕事があるのよね？　これから出演する番組の予定を聞かせてもらえるかしら』

『明日は午前中、京都の映画村のイベントに出演して、夕方は大阪で番組の収録があるんだ』

『映画村のイベントって？』

葉月の問いに答えようとするも、妹の美沙が『あーっ』と声を上げた。

『コスプレイベントですよね？』

コスプレイベント？　と葉月が妹を振り返る。

『東映太秦《うずまさ》映画村でコスプレ撮影できるイベントがあるんや。そこに結構、芸能人がゲストで招かれてて、新選組の扮装をして練り歩いたりするんやって。友達も見学に行くって騒いでた』

美沙の言う通り、自分はそのイベントのシークレットゲストであり、新選組——沖田《おきた》総司《そうじ》のコスプレをして登場し、撮影に応じる予定だ。

ああ、と葉月は納得した様子で、大きく首を縦に振っている。

『それは、カッコいい姿を保っていた方が良いわね。それじゃあ、大阪の番組は？』

『「探偵直撃スクープ」って番組だよ』

その番組は、視聴者が探偵に依頼し、他愛もない願望や、時に無理難題に応えるという企画であり、関西ローカルながらも人気が高い。

バラエティ色が強いため、イメージが崩れるとマネージャーは英輔のこの仕事に乗り気ではなかったが、『関西の女帝』と囁かれる司会者・神山貴子《かみやまたかこ》が、『たまにはイケメンを呼んで』と声を上げたことから自分が抜擢された。そうした経緯から受けざるを得なかったらしい。

指名があったわけではない。ハッキリ言ってスケジュールが合っただけ、たまたまのこと。

『直撃スクープ、いいじゃない。あれって、結構泣ける時もあるのよね』

葉月は、ふふっと笑って囁く。

まさにその通りだ。直撃スクープは、家族愛や情に訴え掛ける内容も多い。

明日の収録もそんな内容になりそうであり、英輔はマネージャーに『クールな雰囲気を崩さないでくださいね』と釘を刺されている。

そのことを葉月に伝えると、彼女は愉快そうに笑った。

『マネージャーさんには気の毒だけど、その逆をいった方が断然良いと思う』

『逆って?』

『いい、英輔。泣ける展開になったら、めっちゃ泣いて』

はっ？　と英輔は口をぽかんと開ける。

『いや、めっちゃ泣けって……』

『ねぇ、あなたは芸能界でどうなりたいの？』

問い返されて、英輔は言葉に詰まった。

『どう……って』

『細々でも長くやっていきたいの？　それとも、もう一度トップに登りつめたいの？』

英輔は、ごくりと喉を鳴らす。

一度ＢＢでトップに立ったのだ。あの景色を、高揚感を忘れることができない。だが、今の自分はもう、歌うつもりはなかった。

『俳優でもタレントでも、どっちでもいいから生き残りたい。再びトップに登りつめたい気持ちもあるけど、また下降するなんてごめんなんだ』

口にして、自分の願望が明確になってくる。

『俺は、芸能界に自分の居場所が欲しい』

はっきりと告げると、葉月は満足そうに首を縦に振る。

『わかったわ。ねぇ、英輔、芸能界で生き残るには、なにが一番必要だと思う？』

『それは……ルックスとか、個性とか』

『それも、もちろん、必要なこと』

そう答えたあと、美沙の方を向いた。

『美沙は、なにが必要だと思う？　視聴者の視点で』

突然、話を振られた妹は戸惑いつつも答える。

『事務所の力とか、バックとか？』

『うん、それも大きい。たしか英輔のところは？』

『ＴＮプロ』

『大手じゃない。申し分のないプロダクションね』

と葉月は頷いて、美沙や店長を見た。

『こういう意見は、たくさんあった方がいいし、もしなにかあれば』

するとひっそりと耳を傾けていたらしい店内にいた年配客たちから、『演技力かい？』や『良い作品に出会うこと』など意見が出始めた。

そんな中、英国紳士然とした初老の男性が、穏やかに微笑みながら口を開く。

『ポジションを確立することだね』

美沙はその男性を見て、『あっ』と口に手を当てた。

だが、葉月は美沙の反応をスルーして、彼の意見に大きくうなずく。

『そう、今のは大きな意見だわ、芸能界で生き残るには、「ポジションを確立すること」なの。あっ、店長、この黒板の裏側借りるわね』

葉月は、メニューの黒板の裏に『ポジションを確立する』と走り書きをする。

まぁたしかにそうだよな、と英輔は洩らす。

『ＢＢ解散後、あんなに人気のあった鈴木英輔がどうして使われなかったかは私にはわからない。解散から三年のブランクは正直大きい。でもようやく波がきた、このチャンスは決して逃せないわよね？』

ああ、と英輔は強く答える。

『「ポジションを確立する」のに、ルックスだけに頼っちゃ駄目なのよ。外見が良いだけの男は、芸能界には掃いて捨てるほどいる』

するとと美沙が向きになったように身を乗り出した。

『そやけど、英輔さんクラスのイケメンはなかなかいいひんて思う』

そう声を上げて、我に返った様子で頬を赤らめている。

店長や客たちも、そうだよ、と美沙の言葉に同意する。

『たしかに、芸能界にイケメンは多いけど、ここまでバランスの取れたイイ男はなかなか出てこないと思う』

そうそうこれが正しい流れだ、と英輔は少しホッとした。

『そうね、たしかに稀なイイ男かもしれない。でも同レベルのイイ男は必ず、出てくる。そんな中で、ポジションを勝ち取る必要がある。それには、今までの鈴木英輔ではない新たなキャラクターが必要なの。それを確立できたら、彼は一気に芸能界にポジションを作ることができる』

『それは、どうやって?』

と、皆の意見を代弁するように美沙が訊ねる。店内にいた誰もが、葉月に注目した。

『それはね』

葉月はまた黒板を手にし、漢字で大きく一文字書いて、英輔に見せた。

『ズバリ、「涙」よ』

英輔は、涙？　と訊き返す。

『そう、ここまでのルックスの持ち主が涙もろかったら……お涙頂戴系展開で、彼が感動してボロボロもらい泣きしていたら、美沙はどう思う？』

美沙は、えっ、と戸惑いながらも、遠慮がちに答えた。

『驚くけど、すごく好感が持てると思う』

『そうよ、そして見る者に衝撃を与えるわ。衝撃というのは、その仕事に対して、爪痕を残すってこと。仕事もぐんと増えるわよ』

いや、と英輔は慌てて手をかざした。

『ちょっと待ってくれよ、俺、ドラマで悪い男の役を演じてて、そんなことしたら、イメージがた落ちだろ？』

バカね、と葉月は笑う。

『それは役どころなんだから関係ないわよ。逆にそのギャップが楽しみに変わったりもするわ。実際、あなたは涙もろい人間なんでしょう？』

あらためて問われて、英輔は気まずさを感じながら答える。

『明日の日中のイベントでは、最高にカッコいい姿を披露して、その後の収録では、堪えることなくボロボロ涙を流しなさい』

英輔がなにも言えずにいると、初老のダンディな男性が、うんうん、と首を縦に振る。

『それは素晴らしい案だと思いますよ。それを実行できたなら、彼には年配層のファンもつくでしょうね』

『こんなイケメンが感動してボロボロ泣く姿なんて、なかなか見られるもんやないわ』

と、中年女性も嬉しそうに言っている。そしてね、と葉月は続けた。

『あなたの武器は、天性の素直さよ』

『素直って』

やっぱり嬉しくはない、と英輔は頬を引きつらせる。

『あなたのその身長や趣味の詐称、どんどん暴露していきなさい』

『はっ？　どういうことだよ』

『たとえばテレビで、「英輔くん、カッコいいね～、背も高いね～」なんて言われたら、「プロフィール上は一八〇センチってなってるんですが、実は一七八センチしかないんですよ」って答えてみたり、「英輔君はサーフィンが趣味なんだよね？」なんて聞かれたら、「カッコいいかなと思ってプロフィールにそう書いたんですが本当は、一～二回しかしたことないんですよ」って、じゃんじゃん暴露していくの』

『お姉ちゃん、それ面白い』

美沙が噴き出して言うと、でしょう？　と葉月は得意げに笑みを浮かべた。

だが、英輔は複雑な気持ちで腕を組んだ。

『そうすることによって、多くの共感を得ることにつながると思いますよ』

と、初老の男性が言う。

美沙は、彼に視線を移して、あの、と確かめるように訊ねた。

『うちの大学の教授ですよね。学部が違うので授業を受けてはいないのですが、たしかお名前は……』

するとと彼は、照れたように微笑んだ。

『ああ、君はうちの生徒さんだったんだね。はじめまして、わたしは神楽智則《かぐらとものり》、京都女子大、国文学科の教職員です』

そうそう、と美沙は手を打った。

『神楽教授ですよね。お姉ちゃん、この方、「ダンディな教授」って有名なの』

『はじめまして、小鳥遊葉月です』

葉月はぺこりと頭を下げ、本当に素敵な方ですね、と照れたように言う。

自分を前にしても、なんの反応も示さなかったというのに、今のうっとりとした様子はなんだよ、と英輔は冷ややかに思う。

『で、続きは、ヒギンズ先生』

葉月はなにか言おうとするも、店の壁に掛かっている時計を見て、あっと口に手を当てた。

『しまった、もう時間だ』

そうつぶやいて、あたふたし、

『まぁ、私のアドバイスは今日はこの辺でお開きとさせて頂くわね』

と葉月は立ち上がる。

英輔をはじめ、美沙や店内の客たちは、えっ？　と目を見開いた。

『おい、なんか中途半端じゃねぇ？　これから、まだまだなにか言いそうな感じだっただろ』

『リアルタイムで観たいドラマがあるのよ』

そう答えた葉月に、英輔は、はあ？　と声を裏返す。

『まぁ、どうせあなたにいっぺんに教えても頭に入らないと思う。とりあえず、名作映画は観ること、感動番組でボロ泣きすること、どんどん詐称暴露すること。マネージャーに怒られてもチャレンジしてみて。それじゃあね』

そう言って、葉月は、そそくさと帰り支度を始める。

『ちょっと待てよ、次回はいつだよ』

『さあ、縁があれば、またここで会えたらいいわね。あっ店長、お愛想、お願い』

葉月は慌てて会計をしつつ、そう言った。

『連絡先教えろよ』

英輔はポケットからスマホを取り出した。

えっ、と美沙や店内の客たちが驚きの表情を見せる。

『いやよ、なんで初対面の男に』

怪訝そうに眉を顰める葉月に、英輔も皆も目を丸くした。

『なに言ってんだよ、俺は「鈴木英輔」だぞ？』

『そやで、お姉ちゃん』

と、美沙が続ける。店内の皆も、そうだそうだ、と控えめに同意する。

『でも、初対面は初対面でしょう？』

『じゃあ、どうやってあんたとコンタクト取ればいいんだよ。今度はいつだよ』

必死な英輔の様子に、葉月は、そうねぇ、と頷き、

『あなたも忙しいだろうし……まぁ、あなたがこの「ぎをん」に来たらお義父さ……店長に連絡してもらうわ。その時に私も都合が良ければここに顔出すってことでどう？』

早口でそう言うと、

『それじゃあ、縁があったら、また』

とバタバタと店を出て行き、『お姉ちゃん、待って』と美沙があとを追った。

残された英輔と店長、他の客たちは茫然と見送る。

店内の黒板には、『ポジションを確立する』『涙』という走り書きが残されたままだった。


「いや、ほんと、なんだよあの女……」

英輔はシャワーを浴びながら、昨夜を振り返り、舌打ちした。

今さらながら、あんな得体のしれない女にペラペラ自分のことを話し、連絡先まで伝えようとしていた自分を振り返って、苦々しい気持ちになる。

だが、冷静になった今も、彼女の言っていたことは的を射ている気がした。

「英輔君、そろそろ！」

扉の向こうでマネージャーの声がし、英輔は「ああ」と応えて、シャワーの蛇口を締める。

東映太秦映画村でのイベントは、新選組・沖田総司の扮装をして、パーク内を練り歩き、ステージで写真撮影会だ。

これは、難なくこなせるだろう。

葉月も、カッコいい姿を披露しろと言っていた。期待に応える自信がある。

問題は、そのあと。『探偵直撃スクープ』の収録だ。

葉月のアドバイスを受けていなければ、きっと自分はゲスト席に終始すました顔で座っているだけ。気の利いた返しもできずに帰っただろう。

顔を売るのは大切だが、印象に残らなければ、意味がないのだ。

「やるしかねぇか……」

英輔は鏡の前に立ち、意を決して頬を叩いた。

2

清水寺の近くに住んでいる、と伝えると、多少の社交辞令はあっても誰もが、『素敵だね』、『良いところに住んでいるね』と言ってくれる。

『でも、あの辺、実は不便じゃない？』

そう続ける人は、なかなかのツウだ。

そう、東山の上の方に住むというのは、なかなか不便だ。言わずもがな、人が多い、道が細い、庶民的なスーパーが近くにないの三拍子である。

東山から京都の中心部までは、そう遠くはない。が、わざわざ人で混雑している狭い道を歩いて下るには気が引ける距離だ。

今、葉月は清水坂を下っていた。四条通《しじょうどおり》に出ると、西へと向かうバスに乗り込む。

いつもは『面倒くさい』と思うが、今日ばかりは違っていた。葉月はスマホを取り出して、メッセージを確認する。

『小鳥遊先生、今日はお時間作ってくださってありがとうございます。私はもう京都に到着しておりますので、先生のお越しをお待ちしております』

それは、黒崎からのものだった。先日、無理をさせてしまったお詫びにランチでも、と誘われた。その際に話したいこともあるという。

どうしよう、これって実質デートでは？

自然と頬が緩むのを感じ、葉月は表情を整える。

普段はボサボサ頭にヨレヨレの服を着ている葉月だが、いざちゃんと出掛けるとなると綺麗に全身を整えて別人のようになる。

仕事の場合、髪を後ろにきっちりと纏《まと》め、細身のシルエットを生かしたパンツスーツを着用している。そんな堅めのスタイルでいることが多いため、本人のいないところでは、『葉月女史』と呼ばれているのも知っていた。

仕事仲間として尊敬の意味合いを含んでいるのも感じていたので、悪い気はしていない。

が、そんな自分は決して恋愛対象にはならないのだろうことも分かっていた。

だから、と葉月は窓に映る自分の姿を見詰める。

今日は珍しくコンタクトをつけて、髪をおろし、スカートを穿いてきた。

露骨だろうか、と目を伏せる。

いつものようにパンツスーツで出掛けようとする葉月を止めたのは、美沙だった。

『お姉ちゃん、今日はデートやろ?』と――。

いやいや、と葉月は首を横に振った。

『この前のお礼にランチって。ぜひ、妹さんもご一緒にって言ってたくらいだし』

そう、黒崎は、美沙のことも誘っていたのだ。

美沙はというと、そこについていくほど野暮やないし、と断り、もう、と息をつく。

『好きな人とふたりきりでお食事なんやし、お姉ちゃんにとっては、デートやろ?』

言われてみればそうだ。美沙は言葉を続ける。

『大体、どうしていつもパンツスーツなん?』

『センスがないのを誤魔化せるから……』

『えっ、そんな理由やったん?』

『それに似合うって、あんたも褒めてくれるじゃん』

『細身で背が高めだから、似合てるけど』

――細くて背が高くて羨ましい。葉月さんって、宝塚の男役っぽいですよね。

と、同性から褒められたことは何度もある。嫌な気はしないが、嬉しいわけでもなかった。

自分は異性から見て魅力的ではないのだろう、と自覚しているからだ。

『お姉ちゃんがいつもフェミニンな格好をしていて、今日パンツスーツで行くんやったら、それはええことやと思う。相手もいつもと違う一面を見られて、ドキッとするかもしれへん。そやけど、好きな人と食事に行くのに、いつも通りの格好はおすすめしいひん。いつもと違う姿を見せて、ドキッとさせなきゃあかん』

美沙は、葉月と違って、お洒落や恋愛話が大好きだ。常に雑誌をチェックして身なりを整え、恋のテクニックを学んでいる。

葉月は、そんな美沙から得られる情報を貴重だと、作品に取り入れている。

が、実生活でアドバイスを受けたのは、これが初めてだった。

『――どんな服を着たらいい?』

素直に教えを乞うと、任せて、と美沙は嬉しそうに微笑んだ。

そうして葉月は、ブラウスにフレアのスカート、そこにジャケットを合わせるというフェミニンだけど甘すぎないファッションに身を包んでいる。

いつも掛けている眼鏡がないだけで、なにもかもが剝き出しのようで落ち着かない。

指先で前髪を撫でつけていると、バスはいつの間にか目的地——四条《しじょう》烏丸《からすま》に着いていた。

ぼんやりしていた葉月は慌ててバスから降りて、北に向かって横断歩道を渡る。

烏丸通の一筋西側に、室町通《むろまちどおり》という小路があり、葉月はその通りに入った。創業数百年を誇る老舗の呉服店が並んでいるのが見える。

この室町通は江戸時代、呉服屋が並ぶ問屋街として栄えたという。こうして老舗呉服店が軒を連ねているのは、現在まで続いているということだ。

京都に移住して長いが、歴史の背景を知って、こうした光景を目にするたびに、感嘆の息が洩れる。

黒崎とは、室町通のイタリアンで約束していた。

どんな店だろう？　と、さほど飲食店に詳しいわけではない葉月は、スマホを手に場所を確認する。

指定されたイタリアンは、京町家をリノベーションしたシックな店構えだった。

引き戸の前にワイン樽があり、その上にワインの瓶と、『ＯＰＥＮ』の札が置いてある。

そのワイン樽に寄りかかるように本日のオススメが記された黒板があった。

お洒落！　と葉月は口に手を当てる。

これは本当にデートだと思って良いのではないか？

ドキドキしながら店内に足を踏み入れる。スタッフが葉月の許に歩み寄るよりも先に、奥の席に座っていた黒崎が気づいて立ち上がって、手を振った。

黒崎は、業界人には珍しく、常にスーツを着用している。そんな彼も今日はジャケットにシャツ、ジーンズと、いつもよりラフな姿だ。

黒崎の姿を見るなり、『いつもと違う姿を見せて、ドキッとさせなきゃ』と言っていた美沙の言葉が頭の中にこだまする。

美沙の言う通りだ、と葉月は少し悔しさを感じながらも、喜びから拳を握り締める。

「小鳥遊先生！」

ああ、『先生』はいらない。できれば、『葉月』と呼び捨てにして欲しい。

そんなことを思いながら、会釈をして彼の許へと歩み寄った。


それから、三十分。

葉月は緊張のあまり、自分がなにを話しているのかわからなかった。

プライベートで目の前に憧れの人、黒崎圭吾がいるのだ。

直視できなかったので、彼の顎のあたりを見るようにして誤魔化していた。

涼しげで爽やかな容貌。高校時代、水泳をしていたという理想的な骨格も魅力的だった。

――彼はたしか、ひとつ年上。良いじゃない、と心の中で思う。

「どうかしました？」

黒崎に問われて、惚けていた葉月は我に返る。

「いえ、あの、素敵なお店ですね」

「ありがとうございます。実は大学時代、ここでバイトをしていたんですよ」

その言葉に葉月は少し驚いた。

彼は東京の人間だ。てっきり首都圏の大学を出ているのだろうと思い込んでいた。

「黒崎さん、京都の大学だったんですか？」

はい、と黒崎はうなずく。

「実は、昔は役者になりたかったんです。それで、同志社大学の演劇部の活動を見て、ここに入りたいと思いまして、経済学部に進学しました」

黒崎の言う通り、同志社大学の演劇部の評判は高い。

「ですが、いざ卒業を間近にすると演劇の道を選ぶ勇気がなかったんですよね。結局、役者になりたかったのではなく、その世界に憧れていただけなんだと気づきまして。それなら、エンタメの世界で仕事をしたいと思ったんです」

そうして彼はテレビ業界に入ったということだ。

「役者として生きていくって大変なことですよね」

葉月が静かに言うと、ええ、と黒崎は染み入るように相槌を打つ。

「才能のある先輩たちが苦労している様子を見て、自分には無理だと悟ってしまったんです。今は大変なことも多いですが、とても楽しいですよ。結構ミーハーな人間なので、芸能人と仕事ができるのは、嬉しいですし」

そう言っていたずらっぽく笑う黒崎に、葉月もつられて笑った。

「そういえば、小鳥遊先生はいつも落ち着いてらっしゃいましたよね」

なんのことですか？　と葉月は小首を傾げる。

「小鳥遊先生は、人気俳優を前にしても冷静沈着だって評判だったじゃないですか」

そんな評判が……、と葉月は苦笑した。

「俳優さんは素敵ですけど、住む世界が違いすぎて逆に冷静になっちゃうんですよ」

「脚本家と俳優は同じ世界の住人かもしれませんよ？」

「職業的にではなくて、私自身と彼らとの世界が違いすぎて……もし、私と美形俳優が一緒に街を歩いていても噂にもなりませんよ。不釣り合いすぎて」

「美人脚本家と謳われた小鳥遊先生がなにを言うんですか。あっ、こういう言い方は今は怒られてしまう時代ですね」

すみません、と黒崎はすぐに訂正する。

そんな、と葉月は頰が熱くなって俯いた。仕事で外に出る時は、綺麗に整えているため、デビュー当時は『美人脚本家』と持て囃されたことがあった。褒められても、社交辞令だ。そんなことはわかっている。

だが、彼に『美人脚本家』と言われるのは百万の賛辞に勝った。

「そういえば、妹さんはご都合悪かったんですね」

あっ、はい、と葉月は顔を上げた。

「あ、妹はデートがあると言って」

これは美沙に『妹はデートだとでも伝えておいて』と言われていたのだ。

「そうですか、大学生って言っていましたものね。デートかぁ、いい響きですね」

黒崎は羨ましそうに目を細めた。

このチャンスは逃したくない、と葉月は勢い込んで訊ねる。

「黒崎さんはデートなさらないんですか?」

「仕事一色ですよ、小鳥遊先生は?」

「私も仕事一色です」

『私はフリーですよ』とアピールしたい気持ちを込めて答える。

この流れで誘ってくれたらいいのに。

そんな思惑とは裏腹に、黒崎は窓の外を歩く若者に目を向ける。

「時々思うんですよ。今、大学時代に戻ったら、自分はどうするんだろうと。役者の道を選んだだろうか、と」

「後悔しているんですか?」

「いいえ、あの時の決断は間違っていないと思っています。自分はスターになれる器ではないし、役者として生き残るだけの気概もないと。ですので後悔というよりも未練ですね」

そこまで言って黒崎は思い出したように、頬を緩ませる。

「スターと言えば、小鳥遊先生。この前のドラマにBBの鈴木英輔が出演していたの観ましたか?」

「あ、はい。見事な大根っぷりに驚きました」

正直に告げると、そうでしたね、と黒崎は苦笑する。

「でも、僕は彼に圧倒されたんですよ」

えっ、と葉月は訊き返す。

「小鳥遊先生の仰る通り、彼の演技の技術は目も当てられないものでした。それなのに、画面に彼が映ると、グッと惹き込まれるんです。外見的な魅力はもちろん、それだけではない『なにか』がある。ああ、これがスターなんだなと納得させられたんですよね」

黒崎は少し羨ましそうに言って、遠くを見るような目をする。

葉月はと言うと鈴木英輔をテレビで見てもなにも感じなかったため複雑な気持ちになった。

あの男は、そんな大器なのだろうか――?

眉根を寄せていると、黒崎が「そうそう」と話を変えた。

「今日は、これからお付き合いいただきたいところがあるのですが」

「あっ、はい。仰ってましたね」

黒崎から事前に、ランチのあと、京都芸術センターに付き合って欲しい、という旨を伝えられていた。

「実は、そこで、大切な人に会っていただきたいんです」

えっ、と葉月は大きく目を見開いた。

3

……撮影現場というのは、本当にゴチャゴチャしている。

英輔はパイプ椅子に腰を掛け、撮影の準備でガヤガヤと動き回るスタッフを眺めながら、そっとミネラルウォーターを口に運んだ。

仰々しいカメラが並ぶ現場には、どんな時間でも、おはようございます、という言葉が飛び交う。走り回るＡＤの姿に、ゆったりした椅子に座る大物俳優の姿。

成功者と使いっ走り、成り上がりにエリート。

まるで世の中の縮図だな、と苦笑を浮かべた。

「お疲れ、英輔ちゃん」

「おはようございます、英輔さん」

満面の笑みで歩み寄って来た演出家と主演女優を見て、英輔は慌てて立ち上がった。

「お疲れ様です」

「初回視聴率、なかなかだったよ。中でも英輔ちゃんが真由《まゆ》ちゃんを言葉巧みに誘惑するシーンが最高視聴率だったんだ。美男美女は絵になるからねぇ」

その言葉に主演女優の真由は、そんなぁ、と笑い、英輔は、あざす、と頭を下げる。

初回の数字が良かったことは、英輔の耳にもとっくに届いていた。

しかしネットでの評判が最悪だったのも知っていた。

『ってか、マジで鈴木英輔、演技下手すぎ。なんとかしろよ、あれ』

『外見はいいんだけどねぇ、口惜しい』

『肩書きは一応俳優らしい』

『いや、肩書きは大根でしょう』

そんな書き込みを見ながら、英輔は苦笑いをするしかなかった。

どんなに言われても仕方がないと思えるほどに、自分の演技に自信がなかった。

台詞を覚えるだけで必死で、そんな自分がどうすれば演技が上達するのか、見当もつかなかった。

演出家の指示に従うしかないと思うも、

『もうね、英輔ちゃんは演技とかそんなの気にしなくていいから、顔のお手入れだけしっかり頼むね。怪我なんか絶対しないでよう』

と端から期待されず、演技指導らしきアドバイスも受けることができなかった。

——今回はそれで乗り切っても、仕事がなくなるんだよ。

今までは外見を褒められると嬉しかった。だが、最近はそれしか褒められないことに、不安と危うさを感じている。

以前は歌があったが、今は外見のみしかない。それは、俳優生命を繋ぐ、たったひとつのロープだ。

先日大阪で収録したバラエティでは感動のシーンで、あの変な女の言葉通り『めっちゃ泣いて』みた。スタジオは驚き、

『やだ、英輔くんがそんなに泣くってて』

と、関西の大物女性司会者は笑いながらも、

『あかん、うちももらい泣きや。イケメンの涙はほんま反則』

と、自分も涙を流していた。

収録が終わったあと、司会者にもスタッフにも、『良かった』『最高だった』と褒められたが、マネージャーの田辺だけは不機嫌そうにしていた。

『あれでは、全然クールじゃないです』

と、ぶつぶつ言っていたが、英輔は気にならなかった。

そのくらい、現場での評価は高く、良い仕事をしたと感じたからだ。

だが、実際、地上波で放送されるのはこれから――今夜だ。

視聴者がどう判断するか、まだわからない。

英輔は演出家が離れたのを見て、再び椅子に腰を下ろし、息をついた。

4

「はじめまして、小鳥遊先生。川島克也《かわしまかつや》と言います。クロがいつもお世話になっております」

葉月は、黒崎の案内で京都芸術センター一階奥の『制作室』にいた。

名刺を手に頭を下げたのは、黒崎と同世代と思われる男性だった。

白いTシャツにジーンズというシンプルな出で立ちだ。肩を越す髪を後ろでひとつに結び、無精ひげがうっすらと見えている。

目が細かったが、にっこりと三日月を模っていたので、優しげな印象だ。

葉月は、受け取った名刺に目を落とす。

『劇団かもがわ　主宰　川島克也』

大切な人に会っていただきたい——と聞いて葉月は思わずときめいたが、この場所で紹介される人とわかった時から、なんとなく想像がついていた。芸術振興を目的とした施設で紹介となれば、限られてくるものだ。

京都芸術センターは、元々情緒のある小学校（明倫《めいりん》小学校）の校舎をリノベーションして作られた京都市の施設だ。敷地内には今も二宮金次郎像が残されていて、客人を迎えている。伝統芸能から現代芸術まで、様々なジャンルの芸術の総合的な振興を目指しているという。館内の講堂やフリースペースを活用して、舞台芸術の公演やギャラリーなども盛んに行っていた。

「劇団かもがわ……」

と、葉月が小声で洩らした時、黒崎がすかさず言った。

「彼は大学の先輩なんですよ」

つまり、同志社大学演劇部の先輩ということだ。

「先輩は、元々大きな劇団に所属していたんですが、数年前に自分で始めたんです」

葉月が相槌を打っていると、川島がぺこりと頭を下げる。

「弱小劇団ですが、ぼちぼちがんばっています」

それはさておき、と川島は、葉月としっかり目を合わせる。

「実は俺、小鳥遊先生のファンで、一度お会いしたかったんですよね」

ありがとうございます、と葉月も会釈を返す。

脚本家をやっていると、『ファンだ』と言ってもらうことは多々ある。しかし、いかにもテレビドラマ向けの脚本しか手掛けて来なかったため、劇団関係者に言われたのは初めてだった。

嬉しさより、本当なのだろうか、という気持ちになる。大体、今は活躍できていない。疑いが目に出ていたようで、本当ですよ、と川島が続ける。

「デビュー作から注目……って言うと偉そうですけど、注目していたんです。この方は、絶対、映画が大好きなんだろうなって」

葉月のこめかみがピクリと引きつった。

川島は嫌みを言っているのだ。思わず睨みそうになったが、それをこらえて、にっこりと笑ってみせた。

「ええ、映画は大好きで、大きな刺激やヒントをいただいてます」

すると川島は、慌てたように言う。

「あっ、変な風に捉えないでくださいね。俺、ほんまにこの人は映画が好きで、エンタメが好きなんや、って思ったんです」

川島の敬語が一部崩れて、素の言葉が洩れ出る。

彼が本当に良いと思ったのが伝わってきた。

葉月は少しホッとして、ありがとうございます、とあらためて礼を言う。

実は、と川島が頭を掻いた。

「うちの劇団、実力派なんですが、決め手に欠けているんですよね」

「決め手?」

「看板となる作品、そして役者がいないんです。それで、小鳥遊先生のような方に脚本を依頼できたら、なんて思っているんですよ」

舞台の脚本はまだ手掛けたことがないが、その言葉は嬉しいものだ。だが、それと仕事を受けるかどうかはまた別だ。

「ご依頼でしたら、当事務所のアドレスに依頼書を送っていただけたら……」

事務所といっても葉月がひとりでやっていて、時々美沙に手伝ってもらっているだけの個人事務所だが、こういう話になった時には必ずそう伝えていた。

一方でこれは断り文句でもあった。

小さな劇団の脚本となれば、支払えるギャラが少ないのは想像に難くない。他の割の良い仕事の方を優先するのは、職業人として至極当然のことだろう。

だが、川島は、あはは、と困ったように笑う。

「そうしたいのは山々なんですが、今のうちでは予算が少ないので依頼しても断られるのが目に見えてますし」

川島はよく心得ているようだ。

「もし、小鳥遊先生に依頼をするとしたら、『こんな話をお願いしたい』というのはあるんですが……」

「それはどんな話ですか？」

葉月が問うと、いやいや、と川島は首を横に振った。

「依頼できる時になったら、お伝えしたいなと思ってます」

はぁ、と葉月は気が抜けたような声を出す。

「今日はクロに頼んで憧れの小鳥遊先生にご挨拶だけできればと思っていまして。あと、図々しいのですが、これはうちの劇団のＤＶＤなので、良かったら受け取っていただけると」

川島はテーブルの上に無造作に置かれているＤＶＤのケースを手に取り、葉月の前に両手で差し出した。

「ありがとうございます」

葉月も両手でそれを受け取り、すぐにバッグの中に入れる。

「もうひとつ図々しいのですが、今奥の部屋で劇団員たちが稽古中なんですが、会ってやってもらえませんか?」

するとと黒崎が弱ったように言う。

「小鳥遊先生もお忙しいでしょうし……」

「いえ、そんな。ぜひ、お会いしたいです」

川島は丁寧だが、どこか自信に満ちた食えない男だ。そんな彼が『実力派』と言う劇団が、どんなものか興味が湧いた。

自分は物心ついた時から、映画や舞台を観てきた人間だ。視聴者としての目は肥えていると自負している。

お手並み拝見、という気持ちで、葉月は手を合わせて微笑んだ。

5

英輔が自宅マンション前についたのは、九時半過ぎだった。

いつもより早い時間だ。これからどこかに繰り出し、ビールでも飲みたい気分だったが、今日は『探偵直撃スクープ』が関西で放送される。

関東では放送されていないため、テレビ局の有料チャンネルでの視聴となる。いち早く確認したく、大人しくこのまま家に入ることにした。

マンションに足を踏み入れようとした瞬間、スマホがブルルと振動した。

『ねー、英輔。家に行ってもいい？』

確認すると、元々、大人数アイドルグループのアイドルのひとりであり、最近、卒業してソロ活動を始めた茉莉花《まりか》からのメッセージだった。

『いいけど』と、返信すると、マンションの陰から茉莉花がひょっこりと顔を出した。

「おーっす」

「もしかして、待ってたのかよ？」

ぎょっとする英輔に、まさか、と茉莉花は笑う。

「近くのスタジオで撮影があって、今出たところなの。そしたら英輔が歩いてるのが見えたから、メッセージしたってわけ」

茉莉花の言う通り、この近くに撮影スタジオがある。

「ねぇ、部屋に入れてよ」

茉莉花はそう言って、英輔の肩にもたれた。

「外で露骨にくっつくなよ」

英輔は周囲に人気《ひとけ》がないことを確認したあと、茉莉花をマンション内に招き入れる。

英輔の部屋は少し広めの１ＬＤＫだ。部屋に入ってすぐに、セミダブルのベッドがあり、奥にソファ、壁に薄型のテレビが掛かっている。ダークグレーで統一されたシックな内装だ。

「ねっ、シャワー、借りていい？」

「速攻じゃん」

「だって、面倒くさいのは嫌なんだもん」
「わかる」
ふたりはくすくすと笑って、バスルームへと向かった。

6

帰宅した葉月は、膝を抱えるようにしてリビングのソファに座り、テレビを観ていた。画面に映し出されているのは、『劇団かもがわ』の舞台だ。

シェイクスピアの『マクベス』を現代風にアレンジした演目となっている。

舞台は一時間半だった。

観終わったあとも、そこから動く気になれず、葉月はソファに座ったままでいた。

外はもう暗くなっていたが、照明を点ける気にもなれずにぼんやりと宙を見詰めていると、
「たっだいまー、あれ、お姉ちゃんいいひんの？」

と、美沙がリビングのドアを開けた。

すぐに暗闇で膝を抱えて座っている葉月に気づいて、美沙は肩をビクッとさせる。
「驚いた。帰ってたん」

そう言って美沙はすぐに、照明を点けた。パッ、と明るくなったと同時に、葉月の浮かない顔が目に入り、美沙は表情を曇らせた。

「どうしたの？　デートでなんか失敗しちゃった？」

「そういうんじゃなくて、ちょっと圧倒されちゃって……」

「黒崎さんの魅力に？」

と、美沙が真面目な顔で訊ねたので、葉月は思わず笑った。

「もちろん、黒崎さんは素敵だったんだけど、黒崎さんの先輩が主宰を務める劇団の稽古を見学させてもらったの。立ち稽古なのに、ちょっと圧倒されてね。で、帰ってきてから舞台のＤＶＤを観たんだけど、それが本当に素晴らしくて……」

これまで、葉月は主に大きな舞台ばかりを観てきた。

もちろん、小劇団の舞台も観たことはある。たまたま、その時の劇団がイマイチだったため、あまり小劇団に良い印象を持っていなかった。

今の仕事に就いてからは、ドラマの撮影に立ち合うことが多い。

外見は良くても、演技力に乏しい俳優たちを見続けてきたためか、『劇団かもがわ』の俳優たちの演技力を前にし、葉月は圧倒されてしまったのだ。

あのどこか食えない男が、自信を持って『実力派』と言ったのもうなずけた。

そして、決め手——看板がないと言ったのも的を射ていた。皆、演技力は高いが、華がない。スター性のある俳優がいないのだ。

華がない劇団に必要なものは、『これ』という演目。

この『マクベス』のオマージュ作品も芸術性は高いが、面白いか？　と問われると、首を傾げてしまう。もし美沙ならば、最後まで観ない可能性があった。

そのため、大衆に伝わる看板となる作品が欲しいのだろう。

「で、私に脚本を書いて欲しいと思ってくれているわけだ」

ふぅ、と葉月は息を吐き出す。

だが、その予算がない。とりあえず、劇団を観て、可能性を感じたら……などと思っているのだろう。気持ちはありがたい。だが、仕事が少なくなっている今、なるべく割の良い仕事をこなしていくのに必死だ。

今、葉月が主に手掛けている仕事は脚本のサポートだ。大筋はメインの脚本家が書いていて、葉月はすでに決まっているプロットに沿って台本を書くという、穴埋めに近い仕事をしていた。クレジットに名前が載らないことも多い。それでも数をこなして、生計を立てている。ギャラ度外視で仕事を請け負う余裕はない。

それ以前に今の自分が、期待に応えられる仕事ができるかどうかも怪しいところだ。

葉月は今、『自分の物語』を書けなくなっていた。

やはり無理だと思うのに、彼らの舞台が頭から離れなかった。

「お姉ちゃん、大丈夫……？」

と、美沙が心配そうに覗き込む。大丈夫、と葉月は立ち上がった。

「美沙、夕食は食べた？」

「ううん、これから……」

「じゃあ、今日は私が作るよ。なんだか、辛いカレーと一緒にビールが飲みたくて」

わあ、と美沙は嬉しそうに微笑む。

「私も手伝う」

「いつもやってるんだから、休めばいいのに」

「そやったら、カレーはお姉ちゃんに任せる。私は鶏のささみカツとシーザーサラダを作るし」

「いいね、ささみカツにシーザーサラダ」

「チーズを挟むし。サラダにはゆで卵もつけちゃう」

「最高！」

と、ふたりは揃って、腕まくりをしながら、キッチンへと向かう。

小一時間後。

テーブルの上にカレー、鶏ささみカツ、シーザーサラダ、福神漬けやらっきょうなどが並んだ。缶ビールの蓋を開けて、かんぱーい、と掲げて一口飲み、いただきます、と手を合わせてから食べ始める。

「今日のカレー、いつもより辛いけど美味しい！　揚げ茄子のトッピングも最高や」

そう言う美沙に、葉月は、でしょう、と得意げに微笑む。

「ささみカツも、中のチーズがとろりとしてたまらないよ」

今度は美沙が、でしょう、と微笑み、葉月を見据えた。

「で、お姉ちゃんが、こんな辛いカレーを食べたくなるくらい、その劇団は衝撃的やったんや?」

「まぁ……芸能界って人気が出ると一気に仕事が増えるでしょう? 事務所としても旬なうちに売り込みたいから、どんどん仕事を入れていく。そんな状態で、ドラマや映画に出たりするわけだから、演技力なんてつくわけがないんだよね。仕方ないってわかっていたんだけど、外国の映画やドラマを観ると、モヤモヤしてて……」

「あー、その点、劇団は演技力が高いてわけや」

「そう。だけど、それも大きな劇団に限ると思い込んでたところがあって。名の知られていない小劇団でも、あれだけの実力があるんだって、ちょっと驚いた」

思い込みは良くないよねぇ、と葉月は独り言のように言う。

ふぅん、と美沙はよくわかっていない様子だ。あまり興味のない話だったようで、そうそう、と話題を変えてきた。

「今日は『探偵直撃スクープ』の放送日。鈴木英輔君が出る日やん」

葉月は、ああ、と思い出したように顔を上げる。

「今日なんだ」

美沙は時計を確認し、やだっ、とリモコンを手にして、テレビの電源を入れた。

「危なっ。もう少しで始まるところやん。英輔君、ほんまにお姉ちゃんのアドバイスを聞いて、泣いてくれはるかなぁ?」

「どうだろう、結局、今まで通りクールを装いそうな気がする」

「そやろか？　ああ、なんや、ドキドキしてきた」

美沙は、胸の前で手を組んで、興奮気味に語った。

7

抱き合ったあと、茉莉花は換気扇の下に移動し、タバコに火をつけ、ふーっと煙を吐く。

英輔は半裸でソファに座り、『探偵直撃スクープ』を食い入るように観ていた。

「あれ、これって関東でも放送されるようになったんだ？」

「いや、これは、有料チャンネル」

茉莉花は、ふぅん、と洩らし、画面に映った英輔を観て、小さく笑う。

「英輔、この番組に出たんだ。なんだかイメージ違わない？」

「まぁな、マネージャーもそう言って乗り気じゃなかった」

茉莉花はタバコの煙をふーっと吐き、ニッと八重歯を見せた。

「イメージと言えば、私もそう。タバコをやめろって事務所から言われているの。清純派で売り出しているから、バレたら大変でしょう？」

「たしかに茉莉花の容姿でタバコを吸ってるって、イメージは違うかもな」

英輔はあらためて『清純派』と呼ばれる茉莉花の顔を見た。

「実際はタバコは吸うし大酒飲みなんだけどね」

茉莉花はあははと笑って、タバコを消し、英輔を背後から抱き締めた。

「英輔はタバコは？　そういえば昔、吸ってたんだよね？」

「俺はとっくにやめた」

「どうして？」

「もう成人したから、やめようと思って」

茉莉花は「普通は、逆じゃん」と笑う。

本当は、ＢＢが解散した時にやめていた。歌もタバコも、自分が依存していたすべてのものを同時にやめたのだ。

そんなことを思いながら、テレビに目を向ける。

関西の女帝と異名を取る大物司会者が、

『英輔くん、ドラマ観たで。悪い男の役、ほんまイケメンやったわぁ』

と、上機嫌で話を振った。

それに対して英輔は、どうも、と会釈しかできていない。

自分の反応を客観的に観ながら苦々しい気持ちになっていると、茉莉花が上目遣いで言う。

「実際の英輔は、悪い男というより、裏切り者だよね」

「裏切り者？」

「だってＢＢが解散して歌もダンスもやめて、俳優に転身したものの仕事が来なくて、私と同じように芽が出ない人になったかと思えば、いきなりドラマの重役に起用されるなんて、裏切られた気分」

冗談っぽく言いながらも、口調からは悔しさが滲み出ている。

「ねぇ、他のメンバーが音楽の世界にしがみついている中、どうして英輔はソロ活動もしなかったの？　また歌を出せば、売れそうなのに」

「歌はもうやめたんだ」

英輔はそれだけ言って、口を噤んだ。

茉莉花もそれ以上追及はしなかった。

彼女とは、ＢＢのプロモーションビデオの撮影を通して知り合い、いつしか関係を持つようになった。ただ体を重ねるだけの女性は彼女以外にも存在したが、茉莉花はどこか特別だった。

特別といっても恋愛感情ではなく『仲間』であり『同志』という感覚だ。彼女も自分と同じで、中学生からこの世界にいるからかもしれない。

「……さっきモデル数人で水着撮影だったんだけどね。売れてる子には、関係者たちが揃って優しい言葉を掛けるのに、売れてない私たちへの扱いがほんと酷いの。露骨すぎて笑えるくらい」

そう言って茉莉花が乾いた笑みを浮かべていると、番組は新たなコーナーに切り替わった。

おっ、と茉莉花が前のめりになる。

「動物ものだ。犬、好きなんだよねぇ」

今回の依頼は、いなくなってしまった飼い犬のチャロを一緒に捜して欲しい、というものだった。

おばあさんが散歩をしている際、突然猫が現われ、チャロは喜んで猫を追い掛けていったそうだ。おばあさんは、思わずリードを離してしまい、チャロはそのまま見えなくなってしまったという。

犬は雑種で、一見柴犬に似ているが、少し毛が長く、秋田犬にも見えなくはない。

番組は総力を挙げて犬を捜した。結果、隣町の農家にやってきた犬ではないか、という情報をキャッチした。

写真を見る限り、飼っていた犬に見えるが、もしかしたら違う犬かもしれない。飼い主が一縷の望みを胸に、農家を訪れる。

犬は、縁側でのんびり座っていた。犬の傍らには、三毛猫が丸まって眠っている。

『チャロ？』

飼い主が垣根の向こうから犬に呼び掛けると、犬はハッとした様子で立ち上がり、どこだろうと、きょろきょろと辺りを見回している。

『チャロ、お母さんだよ』

と、垣根から顔を出すと、犬は一目散に飼い主の許へと走り、その胸に飛び込んでいった。

飼い主は、良かった、と涙を流しながら犬の体を撫で、犬は尾を振って飼い主の顔を舐めている。

今回の探偵役を務めた芸人も、目を潤ませていた。

VTRが終わって、スタジオに画面が戻る。

司会者や出演者たちは、ほんの少し目を潤ませて、微笑ましそうにしている。

そんな中、英輔がひとり嗚咽を上げて涙を流していた。それまで、クールな様子を貫いていた英輔の思わぬ姿に、皆は仰天する。

『え、ええっ、英輔くん、めっちゃ泣いてるやん』

『すみません、こういうの弱いんですよ』

『ちょっ、待って、それにしても泣きすぎや』

『やだ、英輔くんがそんなに泣くって』

『あかん、うちももらい泣きや。イケメンの涙はほんま反則』

『誰か、英輔くんにハンカチ』

『チャロ、良かった……』

『ちょっ、なんや笑けてしまうわ』

やりとりのほとんどがカットされず、そのまま放送されたことに英輔は驚きを隠せなかった。

あの涙も言葉も嘘ではない。そもそも泣く演技などできない。自分は本当に、ああいうものに弱いのだ。現に二度目のVTRだというのに、今もまた泣きそうになってしまっている。

しかし、それを堪えることはできる。今まではそうしてきたのだが、今回は堪えなかったのだ。

テレビを観ていた茉莉花が目を丸くしている。

「英輔、これはほんとに反則だわ……」

こんな自分をみんなはどう思ったのだろうか、と英輔は少し怖さを感じていたが、茉莉花の言葉を聞いて、不安が払拭された。

よっしゃ、と英輔は人知れず拳を握る。

突破口が開けたかもしれない、という予感がしていた。

8

『探偵直撃スクープ』で鈴木英輔が涙した様子を見て、美沙は興奮しきりだった。

「お姉ちゃん、観た？　英輔君、本当に号泣してた」

そう言う美沙の目にも涙が溜まっている。だが口許は笑みの形になっていた。

あの司会者同様、もらい泣きしつつ、そのギャップに笑ってしまうのだ。

葉月も少なからず驚いていた。

しかしそれを表に出さずに、そうだね、と静かに洩らす。

「信じられへん。あの鈴木英輔が素直にお姉ちゃんの言うことを聞いてくれはるなんて。あの姿に感動したし、もっとファンになったかも」

葉月はスマホを手にし、『#探偵直撃スクープ』でサーチを掛ける。

話題は、鈴木英輔一色だ。

『イケメンの涙は反則』『可愛すぎる』『実はああいう人だったんだねぇ』と、ほぼ、美沙の反応と同じだ。

まさか、本当にやってくれるとは思わなかった……。

素直に涙を流す英輔の姿は、観る者を惹きつけてやまないだけのパワーがあった。

黒崎の言っていたことが、ようやくわかった気がした。

面白い、と葉月の頬が緩む。こんなふうに、わくわくする感情は、久しぶりだった。

それは、いきいきと自分の物語を書いていた頃の感覚と似ていて、胸が熱くなる。

彼の『ヒギンズ教授』になるのは、面白いかもしれない。

とはいえ、もう会うことはないだろう。あれは、奇跡のような偶然だったのだ。

葉月はそんなことを思い、小さく笑ってビールを口に運んだ。

第三章

1

鈴木英輔の号泣シーンは、ＳＮＳを中心に大きな話題となった。

その場面を観たいと配信アプリでの閲覧数が急増したことで、ネットニュースにも取り上げられた。それに伴い、トーク番組などの仕事が舞い込むようになった。

これまではクールを装っていたため、ぎこちない喋りしかできなかった英輔だが、一度全世界に泣き顔を晒した今、もう怖いものはない。腹を括って収録に挑めた。

トーク番組では葉月の助言通り、格好をつけずに全て暴露していった。

『えっ？　英輔君、一八〇センチないの？』

呆然とするトーク番組の司会者に、『実は、あと二センチ足りてないんです。プロフィールは俺の気持ちがこもってて』と答えると、司会者は『気持ちって。それじゃあ、俺も気持ちで十センチ上乗せするわ』と笑う。

『趣味はサーフィンだとか』

『はい。でも一～二回しかしたことないんですけど』

『いや、それ、趣味じゃないじゃん』

『芸能人の趣味と言えばサーフィンかなって』

悪びれずに言う英輔の姿は、これまでよりも自然体であり、周囲は好印象を持ち始めていた。マネージャーの田辺も最初はいちいち注意をしていたが、あまりに評判が良いので、今やなにも言わなくなっていた。

英輔は日々の忙しさに追われつつも、あの夜のことが頭から離れなかった。

早くまた、『ぎをん』に行って、彼女――名前はなんて言っただろうか。『ヒギンズ先生になってあげる』と言ったあの言葉が強烈で、本名が出てこない。まぁ、先生でいいだろう――の次の助言を受けたい。

そんなある日のことだった、『英輔君、関西の情報番組のレギュラーが決まったよ!』と、田辺から興奮気味に連絡が届いたのは……。

2

小鳥遊葉月の一日は、昼前からスタートする。

午前十一時に起きて、軽くブランチをし、午後からデスクに就くのだ。

仕事に取り掛かる前に、ついＳＮＳを覗いてしまう。

最近は、鈴木英輔の名前をよく目にするようになっていた。

あの時の自分の助言を素直に聞いている姿を見ると、思わず頬が緩む。ネットのニュース、旬の話題などを確認した後に、今度はメールを確認する。

メッセージアプリが主流の昨今だが、仕事の連絡はまだまだメールが多い。

受信したメールの中に、『先日はありがとうございました』という件名で、川島克也の名前があった。

驚きはしなかった。ちょうど、葉月はＤＶＤの感想を送ったばかりだったのだ。

『小鳥遊先生に褒めてもらえて、劇団員一同、小躍りしています』

そんなお礼の最後に、『今度、先生と飲みたいです』と追伸のように添えられていた。

葉月もそれに対する返事を書き、最後に『本当に飲みたいですね。私はよく東山の「ぎをん」という小料理屋にふらっと行きます。実は親の店なんですが、京野菜をふんだんに使った料理が美味しいので、おすすめですよ』と付け加えた。

お互い社交辞令であり、ちらりと本音もある。

メールを送信し、窓の外を眺めると、少し前まで満開だった桜がもう散っている。

時の流れを肌で感じて、焦りを覚える。

一時、書けなくなった際、仕事を縮小した。

またがんばろうと思っても、以前のように仕事の依頼が来るわけではない。また、振り出しに戻って、小さな仕事をひとつずつ積み重ねていくしかないのだ。

そんな時、代打の話が来た。黒崎がディレクターを務める――ドラマ脚本の仕事が舞い込んだのだ。

ありがたいことにドラマは好評で、それが足掛かりとなって、今再び新たな仕事の依頼が来ている。メインではないが、サブとして名前もクレジットされるのだ。

「さて、がんばろう！」

そうして、書斎で仕事をするのは、休憩を挟みつつ夜の七時頃までだ。

腹時計が、夕食の頃合いだと知らせる。

「お腹空いた」

と、デスクに突っ伏す。その時、バタバタと階段を上り、廊下を駆けてくる音がし、

「お姉ちゃん、大変っ！」

ノックとほぼ同時に美沙が書斎に飛び込んできた。

「そんなに慌ててどうしたの？」

「今、お父さんから電話があって、鈴木英輔が店に来てはるんやて。で、お姉ちゃんに会いたいって言うてるて！」

えっ、と葉月は大きく目を見開いた。

義父が嘘を言うとは思っていないが、葉月は、半信半疑で美沙と共に小料理屋『ぎをん』の暖簾をくぐる。

「いらっしゃい、葉月、美沙」

義父はぱっと明るい笑顔を見せたかと思うと、葉月の姿を上から下まで見て、苦笑した。

「いつものスタイルなんや……」

葉月は相も変わらず無造作にまとめた髪に、トレーナー姿だ。

「私も言うたんやけど」

そう言った美沙はというと、ワンピースに薄手のカーディガンで、メイクも完璧だ。

葉月は面白くなさそうに顔をしかめる。

「なによ、別にいいじゃない。親がやっている近所の小料理屋に来るくらい」

ほんまやな、と義父は笑ってうなずく。

「で、鈴木……彼は？」

今日は客が多めだ。葉月はフルネームを言うのをやめて、店内を見回す。

「奥の席にいたはる」

英輔は店の隅のテーブル席にいた。帽子をかぶり、変装のつもりなのか、黒縁の眼鏡を掛けている。が、そのオーラは隠せていない。なぜか先日一緒だった神楽教授と中年女性も一緒だった。

英輔は、葉月を見るなり、勢いよく立ち上がった。

「先生っ！」

店内の客たちが、先生？　と小首を傾げて、振り返る。

「あれ、鈴木英輔じゃない？」

「えっ、うそ、マジ？」

そんな声があちらこちらから届く。

葉月が顔をしかめながら、口の前に人差し指を立てた時だ。

「小鳥遊先生！」

と、どこかで聞いたことがある声が背中に届いた。

振り返ると、川島克也が細い目を大きく見開いている。ひとりで飲んでいたようで、ビールジョッキがひとつと、京のおばんざい小皿セットがテーブルに並んでいる。

「あ、川島さん、どうしてここに……？」

「その、小鳥遊先生からのメールを読んで、『ぎをん』が気になって……。まさかお会いできるとは、驚きました。ここ、本当に美味しいですね」

「そうだったんですね。それは良かったです」

そんな話をしていると、

「わっ、やっぱり、鈴木英輔だ！」

「あの、握手してください」

と、英輔に客が詰め寄っている。ああ、と義父は額に手を当てた。

「お義父さん、個室は？」

葉月が慌てて訊ねるも、義父は首を横に振る。

「あかんねん、今日は満室やさかい」

ええっ、と葉月は額に手を当てる。

ファンに囲まれた英輔はおろおろと目を泳がせ、弱ったように葉月を見ていた。

ああもうっ、と意を決して、葉月はファンをかき分けて英輔の許に向かった。

「すみません、英輔さん、皆さん、もう移動の時間です」

と、マネージャーの振りをして、声を張り上げる。

英輔、神楽、中年女性はすぐに察したようで、ファンに会釈をしながら席を立った。

「えっ、お姉ちゃん、どうするん？」

と、美沙が小声で耳打ちする。

「こうなったら、みんなうちに連れて行くわ。美沙、お義父さんに、適当に料理届けてって伝えておいて」

わかった、と美沙は強く首を縦に振る。

そのまま、葉月が英輔と共に店を出ようとした際、川島と目が合った。

彼は、何事？　とでも言うように、目を丸くしている。

葉月は会釈だけして立ち去ろうとしたが、思い留まり足を止めた。

彼は、今の鈴木英輔に必要な人物かもしれない、と思ったからだ。

「あの、川島さんも一緒にどうですか？」

そう言うと、川島はぽかんとしてうなずき、美沙は少し驚いたように葉月を見た。

すぐに小声で耳打ちする。

「えっ、お姉ちゃん、この人って？」

「演劇関係の人」

葉月は簡単に答えて、颯爽と店の外に出た。

小料理屋から家までは徒歩圏内だが、ファンにつけられるのを懸念して、二手に分かれてタクシーに乗って向かうことにした。あえて遠回りをし、後追いがないことを確認し、屋敷の前で車を停めてもらう。

「すっげぇ豪邸……」

「素敵な洋館ですねぇ」

「小鳥遊先生って、お嬢様だったんですね」

降車した英輔、神楽、川島は、あんぐりと口を開けて、『東山邸』を見上げていた。

いえいえ、と葉月は首を横に振りながら、鍵を開ける。

「祖父母の家を引き継いだだけで……」

どうぞ、と玄関の扉を大きく開けた。

「そこの部屋に入っていてください」

入ってすぐ右手に応接室がある。黒崎が待機していた部屋だ。

皆はわらわらと応接室に入り、シャンデリアだ、暖炉だ、燭台だ、と騒いでいる。

皆が言っていた通り、この応接室には暖炉がある。が、実際には使ったことがない。

祖父母は暖炉に憧れを持っていたが、実際に使うとなるとハードルが高かったようで、一度も使用しないまま、インテリアとなっていた。

「お姉ちゃん、テキトーに飲み物用意してくるし」

「ありがとう」

そう言った時、小料理屋『ぎをん』のアルバイトが、料理を届けに来た。

「葉月さーん、お料理、ここに置いておきますね」

夕飯を作りたくない時、出前を頼んでいるので、バイトも慣れたものだ。


「――さて、お待たせしました。とりあえず、乾杯」

と、葉月は缶ビールを手に言う。

テーブルの上には、唐揚げや枝豆などの定番の他に、『ぎをん』の名物である、京野菜をふんだんに使ったおばんざい――万願寺唐辛子の甘辛おかか炒め、賀茂茄子の味噌マヨネーズ焼き、京みず菜の豚巻きポン酢醤油焼き、京たけのこのから揚げなどが盛り合わせになって並んでいる。

皆は、乾杯、と缶ビールを掲げた。

「いやぁ、なんか、家にまで上げてもらって悪いな」

と、英輔は笑いながら話す。

仕方ないじゃない、と葉月は肩をすくめ、神楽と中年女性の方を見た。

「なんだか、おふたりまで巻き込んでしまって……今日も来られていたんですね」

すると神楽は、実は……、と肩をすくめた。

「恥ずかしながらわたしも立ち会いたくて、店長にこっそりお願いしていたんです」

続いて中年女性が、前のめりになった。

「私はね、こんな面白い場面にもう一度立ち会えたらと思って、頻繁に『ぎをん』に通ってたんやで。ああ、私は中山《なかやま》マリア。京都によく来てるけど、大阪の女や。名前負けしてるて言うたらあかんで」

マリアは勢いよくそう言う。花柄のドレスに、指には大きな宝石がついた指輪を嵌めており、華やかというより派手だ。

そんなマリアを前に、皆は頬を緩ませつつ、よろしく、と会釈する。

川島は、ふぅ、と呼吸を整えて、葉月を見た。

「あの……小鳥遊先生、この集まりは？」

「実は私にもよくわかってないんです」

へっ？　と川島は目を瞬かせる。するとマリアが答えた。

「『英輔君を応援する会』だよ」

美沙は、うんうん、と嬉しそうに首を縦に振る。

「それ、ええですね」

「あの、テイクアウトの支払いですが、ぜひわたしに奢らせていただけませんか」

そう言った神楽に葉月は驚いて、首を横に振る。

「えっ、そんな」

いえいえ、と神楽は笑った。

「こんな面白い場面に立ち会わせてもらえる、せめてものお礼ですよ。気にしないでくださ い」

ありがとうございます、と葉月と美沙がお辞儀をしている横で、英輔が言う。

「オッサン、金持ちそうだもんなぁ」

「オッサンってなによ、『神楽教授』もしくは『先生』って呼びなさい」

葉月は息をついて、英輔に一瞥をくれる。

「ふたりも先生がいたら混乱するだろ」

「はっ？　なによそれ」

「先生は、あんたひとりで十分だよ。『ヒギンズ教授』」

ニッと笑った英輔に、葉月は肩をすくめ、缶ビールを手にした。

「まぁ、あらためて、神楽教授に乾杯しましょう」

賛成、とマリアが声を上げ、皆は、「乾杯」と、缶ビールを合わせる。

英輔はビールをグイッと飲み、手の甲で口を拭う。

「あれからあんたの言われた通りやってみたよ。そしたら、すげぇ反響だった」

「観てた。『不快のない驚き』だから絶対に反響はあると思っていたけど、あそこまでとは、私も思ってなかったから、正直驚いたかな」

それに、と葉月は続ける。

「まさか、あなたが本当に言うことを聞いてくれると思わなかった」

葉月としては、そっちの方の驚きが強かった。

「なんだか、わかんねぇけど、あんたの言ってることは的を得ている気がして」

「的を得るじゃなくて、『射る』ね。『得る』も誤用ではないという話だけど、テレビに出る人には、より正しく使って欲しい」

ったく、うるせーな、と顔をしかめつつも、英輔は話を続けた。

「関西の情報番組のレギュラーが決まったんだ。この前、逮捕された俳優の代わりで」

おおっ、と皆は声を洩らす。

「もしかして、神山貴子さんの番組？」

ああ、と英輔はうなずく。やっぱりと、葉月は得意げに微笑む。

「ってことは、土曜日のお昼の番組ね」

「英輔君、毎週関西に来なあかんのや」

と、マリアが嬉しそうに目を輝かせて言う。

「それで、他に俺はどうしたらいい？」

葉月はビールをクイッと飲み、ふーっ、と息をついた。

「まず、あなたのどうしようもない演技力を少しマシなものにしないと」

また歯に衣着せぬ葉月の言葉に、皆はぎょっとする。

葉月はそんな皆の反応を無視して、Ａ３サイズのホワイトボードを用意した。これは、アイデアを出す時に使っているものだ。そこに『演技力を高める』と走り書きをする。

英輔はその文字を見て、はぁ、と息を吐き出す。

「わかってるよ。でも、どうやったら上手くなるのかわからないんだ。台詞覚えるので精一杯だし、監督の言う通りやってるつもりだよ」

うん、と葉月はうなずき、ちらりと川島を見る。

「川島さん、もし良かったら、彼になにかアドバイスをいただけたら」

その言葉を受けて、川島は愉しげに口角を上げる。

「それで、俺もここに呼んでくれたってわけだ」

「あの場に居合わせるって、縁があるということかなとも思いまして」

そうだねぇ、と川島は腕を組み、

「俺のアドバイスの前に、小鳥遊先生がどんなアドバイスをするのか聞きたいなぁ」

と、試すような視線を葉月に向ける。

「やっぱり、食えない……」

「えっ、食えない？」

驚く川島をスルーして、葉月は英輔を見据えた。

「それじゃあ、聞くけど」

「お、おう」

「今、あなたの演じる男の名前はなんて言うの？　年齢は？」

「ええと、役名は、『高橋秀治《たかはししゅうじ》』で、二十三歳の設定だよ」

「『高橋秀治』は、どんな人？」

「金の亡者の詐欺師だよ。悪い男なんだ」

そう答えた英輔に、葉月は、ふぅんと洩らして、質問を続ける。

「高橋秀治の家族構成は？」

「施設で育っているから、家族はいない設定だよ」

「恋人は？」

「いない」

「高橋秀治は、どんな性格？」

「えっ？　ちょっと、暗いかな」

「高橋秀治の好む女性は、どんな人だと思う？」

「さあ、金のある人……じゃねぇか？」

「高橋秀治の好きな動物ってなんだと思う？」

「そんなの知らねぇよ」

「そこ。そこが、大事なの」

英輔は、えっ？　と訊き返す。

「あなたみたいな素人に毛の生えたような俳優に『役になりきれ』なんて言っても、多分、不可能だと思う。でもね、その役を自分なりに知ることが大事なの。じゃあ、今からまた同じ質問をしていくけど、今度は自分なりによく考えて答えてね。高橋秀治はどうしてお金に執着するの？」

葉月の問い掛けに、英輔はしばし考え、ぽつりと口にした。

「多分だけど、施設で育ってて、親の愛情を知らないから、金しか信じられないんだ」

「高橋秀治が好む女性は？」

「誰かを好きになれるような奴じゃないと思う。なんていうか、利用できる相手にしか近づかないっていうか」

英輔の回答を聞き、それじゃあ、と葉月は問い掛ける。

「高橋秀治の好きな動物は、あなたなりになんだと思う？」

「動物を好きなんて思える心の余裕は持っていない。でも、台詞でもあるんだけど、自分はハイエナだって思っている。でもハイエナが好きなわけじゃない」

「そんな高橋秀治をあなたは、どんな人だと思う？」

葉月は、真っ直ぐに英輔を見た。

「すごく寂しい可哀相な奴」

「いいじゃない」

葉月の言葉に、英輔が、えっ、と顔を上げる。

「詐欺師で悪役である高橋秀治は本当は寂しい人間。そういうことを演じる側がわかっていたら、演技に深みが出る。魅力のある悪役になるの」

神楽も、うんうん、と相槌を打つ。

「演じる者次第では、憎むべき悪役なのになぜか共感してしまい、憎み切れない切なさを視聴者に与えたりすることもあるよね。そうするとドラマに大きな深みを与えることになるんですよ」

「そう、よく聞いて、英輔」

「うん？」

「まず、『高橋秀治』のことをうんと自分なりに分析しなさい。そうしたらおのずと台詞も覚えやすくなる。『ああ、高橋秀治ならこの場面ではこう言うだろう』っていうのがわかってくるから」

葉月はホワイトボードに、『演じる人物をとことん分析する』と書いた。

英輔は圧倒されたように、ごくりと喉を鳴らす。

「ああ、わかったよ。そうする」

「あと脚本家や、もし原作があるなら、原作を読み込んで。その上で、演出家にも相談して、どんどん教えを乞うこと」

英輔は無言で首を縦に振り、葉月は腕を組んで話す。

「正直、英輔に限らず、ただ台詞を口にしているだけになっている俳優は多い。演技をしていたとしても、そこに気持ち——心が入っていないから、『嘘をついている人』になってしまうのよ」

「その、気持ちや心を込めるっていうのが、よくわかんねぇんだ」

「手っ取り早いのは、感情の再現かな」

「感情の再現……？」

英輔は、ピンと来ていない様子でオウム返しをする。

「怒っている演技をする時は、自分が腹が立った時の感情を思い出すの。嬉しい演技、悲しい演技もそう」

英輔はピンと来ていない様子で、眉根を寄せている。

「たとえば、誰かとやり合うシーンはある？」

葉月に問われて、英輔はうなずいた。

「金持ちの男に、『まだここにいたのかよ、ハイエナ野郎が』って言われて、『はっ？　黙れよ』って、相手の胸倉をつかむシーンがある」

「これまで生きてきて、侮辱されてムカついたことあるでしょう？」

英輔は、ああ、と答えた。

「ってか、つい最近もあった」

テレビ局で、関西出身のシンガーソングライター・新太に鼻で嗤われたと言う。

『お疲れ、ＢＢちゃん。ええなぁ、お顔が可愛らしいと、歌わなくても仕事が来るなんて、ほんま羨ましい限りやで』

その時に、沸き上がるような怒りを覚えたそうだ。

そう話す英輔の表情が、キュッと引き締まった。すると、川島が「いいね」と口角を上げる。

えっ、と皆が揃って、川島を見た。

「今の表情、すごく良かった。じゃ、ここからは、俺も参加させてもらおうかな」

どうやら乗り気になったようで川島は立ち上がり、失礼するね、と英輔の横に腰を下ろした。

「なんならね、英輔君、君は台詞を覚えなくていいよ」

その言葉に英輔をはじめ、一同は「えっ」と目を丸くした。

「耳にね、傍目にはわからないようにイヤホンを入れてマネージャーにこれから言う台詞を先に言ってもらうといい。君はそれを口にする」

葉月は言語道断とばかりに目を大きく開く。葉月の口から反論が出る前に、川島は話を続けた。

「台詞を覚えたり、台詞を言うのに必死になって、結果グダグダになるんだったら、いっそ覚えるのをやめてしまう。その代わり台詞をどう表現するかに心血を注ぐんだ。小鳥遊先生が言った通り、一番やりやすい演技は感情の再現だよ」

そこまで言って、そうだ、と川島は続けた。

「今からやってみようか」

「えっ？」

「今から俺が、さっきの台詞で君を侮辱するから、君は実際にムカついた時のことを思い出して、俺の胸倉をつかむ。いいかい？」

英輔は戸惑いながら、ああ、とうなずく。

川島は大きく息を吸い込み、一拍置いて、顔を上げる。

それまで弧を描いていた細い目は一変し、冷ややかな光を帯びている。見下すように英輔を見据え、侮蔑の表情で、はっ、と鼻で嗤った。

「――まだここにいたのかよ、ハイエナ野郎が」

その瞬間、英輔は内側から煮えたぎるような怒りを覚えた。勢いのまま川島の胸倉をつかんで、睨みつける。

「――はっ？　黙れよ」

とても演技とは思えぬ迫力であり、皆は気圧されて絶句した。

川島はすぐににこりと笑い、パチパチ、と拍手をする。

「いいね。それが感情の再現だ。そうやって、ムカついた時の感情をリアルに思い出して、演技に乗せるんだ」

英輔は我に返ったように、胸倉をつかんでいた手を離した。

「いや、今のは、思い出したんじゃなくて、川島さんがすごすぎて……」

その様子を黙って見ていた葉月は、ふぅん、と腕を組む。

今のは、感情の再現ではなく、英輔は本気で腹が立ったのだろう。川島の演技に引きずられて、本物の感情が出てきたということだ。

川島は、ははは、と笑って、英輔の肩を軽く叩く。

「君は元々、素直で表現力があるから、コツをつかめば良い俳優になれるよ」

ほんまや、とマリアが前のめりになる。

「英輔君は、元々抜群の表現力があるし、絶対大丈夫や」

「マリアさんは、本当にBBのファンだったのですね？」

と、隣に座る神楽が訊ねると、そうやで、とマリアが拳を握り締める。

「ライブかて何遍も観に行ったし。解散してしもてほんまに残念やったわぁ。せやけど、しゃあない。英輔君は、過労が祟って入院したって話やったし」

その言葉を聞き、葉月は驚いて英輔を見た。

「解散後に、入院したの？」

「ああ、まぁ。半年ちょっとかな」

と、英輔はばつが悪そうに答える。

「そうか、そうして波に乗り遅れて、今に至るわけね……」

葉月は、うんうん、と納得した。

あのさ、と川島が頬杖をつきながら、英輔を見た。

「英輔君、良かったらうち、『劇団かもがわ』にレッスンを受けに来ない？」

えっ、と英輔は、川島を見た。

「関西でレギュラーが決まったってことは、こっち来る機会が増えるよね。顔出せるって時においでよ。俺で良かったら演技指導するよ」

ここでやっているから、と川島はバッグの中からチラシを出して、英輔に手渡す。

マリア、神楽、美沙が、わあ、と明るい顔を見せる。

「そらえええやん」

「ええ、きっと勉強になると思いますよ」

「これも出会いですね」

と、三人は嬉しそうにしていたが、葉月は手放しで喜べなかった。

なにか裏があるのでは、と勘繰ってしまう。

「川島さんもお忙しいんじゃないですか?」

探るように訊ねると、川島は、いやいや、と笑う。

「こんな原石を前にしたら食指も動くよ。ああ、『ヒギンズ教授』としては、イライザを他の輩にもプロデュースされるのは面白くなかったりしますか?」

イライザは、マイ・フェア・レディの主人公だ。演じているのは、名優・オードリー・ヘップバーン。ストーリーは、花売りの下流階級で訛りの酷い少女が、偶然出会った言語学者であるヒギンズにプロデュースされることになり、一流のレディへと成長していくというもの。

相変わらず少し嫌みなもの言いに葉月はカチンとしながらも、笑顔で答えた。

「まさか、そんな。純粋な気持ちで応援したいというなら、英輔にとってとても良いことだと思います」

英輔は、よくわかっていない様子ながらも、川島の凄みを肌で感じたこともあり、素直に「よろしくお願いします」と会釈をする。

「ほんなら、もいっぺん、乾杯やな」

と、マリアが声を上げ、缶ビールの蓋を開けた。


そうして夜も更け、皆は酔っぱらいつつ、互いに礼を言いながら、帰り支度をする。

庭に出ると川島が、すごいねぇ、と洩らす。

「全部、もみじですか？」

川島の問いに、葉月は、ええ、とうなずいた。今は新緑の季節のため、葉はすべて青い。だが、秋になるとこの庭は、美しく赤く染まるのだ。

「いいですね。庭にガゼボまで」

と、神楽が続けた。この屋敷の庭の端には、小さなガゼボがある。中には、ガーデン用のテーブルセット——楕円形のテーブルに椅子が四脚あった。

「あっ、ほんとだ。なぁ、先生、今度はあそこで飲もうぜ」

嬉々として言う英輔に、葉月は肩をすくめた。

「あんたに遠慮という言葉はないのかしらね？」

「それじゃあ、葉月ちゃん、ほんまにおおきに」

と、マリアが門を出て行こうとする。

神楽は、手を伸ばして言った。

「ああ、マリアさん、遅いので送りますよ」

マリアは、大丈夫や、と掌を見せた。

「今迎えの車が来たとこやねん。なんなら、教授さんも英輔君も川島さんも送ってあげるし」

「いいのですか？」

「それじゃあ、お願いしようかな」

と、神楽と川島は言ったが、英輔だけは、俺はいいっす、と答える。

その時だ。真っ黒なセンチュリーがやってきて、『東山邸』の前で停車した。運転手が颯爽と降りてきて、後部席のドアを開ける。

「あら、ご苦労さま。ほんなら、教授さん、川島さん、どうぞ」

と、マリアが車を指して言う。

神楽とは川島は、戸惑いながらも、「では、お言葉に甘えて」と乗車した。

最後に乗ったマリアは後部席の窓を開け、「楽しかったわ、おやすみなさい」と笑顔を見せて、走り去っていった。

葉月と美沙と英輔は呆然と車を見送り、顔を見合わせた。

静寂の中、最初に口を開いたのは、美沙だった。

「今の車、すごいよね？」

ああ、と英輔が答える。

「センチュリーだったな」

「マリアさんが、お金持ちの奥様だったなんて、見抜けなかったわ……」

と、葉月は少し悔しそうに言う。

「でも、言われてみりゃあ、高そうな指輪してたよな」

「大きすぎてガラスかと思っていたけど、ダイヤだったのね」

そう話しながら三人は可笑しくてたまらなくなり、くっくと笑い合う。

「ところで、英輔はマリアさんに送ってもらわなくて良かったの？　もしかして知り合って間もないし、警戒しちゃった？」

いや、と英輔は首を振って、葉月と美沙を見た。

「あらためて、礼を言いたくて。マジであざす」

「『マジであざす』って」

と、葉月は失笑すると、英輔は言い直す。

「あー、『ありがとうございました、ヒギンズ先生』」

「いえいえ、あの『鈴木英輔』にそんな風に言ってもらえるなんて、光栄だわ」

英輔は、へぇ、と興味深そうな表情を見せる。

「なに、その顔」

「感情がこもっていない台詞ってこういうことを言うんだな。また勉強になったよ」

と、英輔が真面目な表情で言う。そのあとに、ふたりはまた笑った。

「関西でのレギュラー以外に、仕事は入ってきてるの？」

「ああ、ぼちぼち増えてきたよ、信じられない話だけど」

葉月と英輔が会話している横で、美沙は真っ赤になって俯いている。

英輔はチラリと美沙を見て、こういう反応が普通だよな、と思いつつ、今度は葉月を見た。

にしても、こんなボロボロの格好で俺の前に現れた女はいなかったなぁ。

「なによ、うすら笑いなんか浮かべて、気色悪い」

その言葉に美沙はぎょっとし、英輔はまた笑う。

「気色悪いって、ひでぇな」

女になにも意識されずに、こうして話をするのも思えば初めてかもしれない。

「そうだ。ちょっと、訊きたかったの」

と、葉月は、英輔を見上げる。

「さっき、新太にムカついたって言ってたじゃない？『顔がいいと、歌わなくても仕事が来るなんて羨ましい』って鼻で嗤われたって」

ああ、と英輔はうなずく。思い出すだけで腹立たしい。

「ムカついたのは、言葉？　言い方とか態度？」

「いや、両方だけど、どっちかというと言葉……」

「それは、英輔がまた歌を歌いたいと思ってるから？」

そう問われて、英輔は一瞬顔を強張らせた。

「はっ、なんでだよ」

すぐに肩をすくめ、そんじゃ、と逃げるように門扉に手を掛ける。

そのまま出て行こうとして、英輔は振り返った。

「そうだ、先生、また会えるよな？」

葉月は足を止めて振り返る。

「また都合が合えば、『ぎをん』で。あそこ、親の店だから連絡してくれるのよ」

「ぜ、ぜひ、またお会いしたいです」

続いて美沙がペコリと頭を下げる。

そのままふたりは家の中へと入っていく。英輔は、彼女たちの背中を見送りつつ、大きな屋敷を見上げて、感嘆のため息をついた。

「祖父母の家ったって、やっぱ金持ちってことだろ」

にしても、あいつは一体何者なんだ？　ただの演劇好きなのだろうか。川島に『先生』って呼ばれていた。彼女も大学の先生なのだろうか？

「聞いときゃ良かったな」

英輔はそんなことを思いながら、屋敷に背を向けて歩き出した。

3

『東山邸』で演技指導を受けた英輔は言われた通り台本を読み込み、自分が演じる役がどういう人物なのか自分なりに、分析をはじめた。

「高橋秀治という男は、自分が孤児であるのを自慢するように言う割に、そのことを人に言われるとキレる。ってことは、実はコンプレックスなんだな。だけど、ここのシーンではキレていない。ってことは、相当堪えてるってことだな」

ふむふむと、自分なりに解釈し、それを台本に書き込んでいく。どうしてもわからないところは脚本家や演出家に質問し、納得いくまで説明をしてもらった。

最初は演出家も、『英輔ちゃんは、そんな無理しなくてもいいんだよ?』と軽くあしらっていたが、しつこく食い下がる英輔の様子を見て、本気で挑んでいるのを知り、対応が変わっていった。

『どうしても、台詞を完璧に覚えられないので、マネージャーにイヤホンで伝えてもらうかたちをとりたいんです。その分、表現をがんばりますので』

と、英輔が頭を下げたときは、演出家も嬉しそうにうなずいた。

『いいよ。実際子役も大人が台詞を教えて、それを表現してもらうことも多いんだ。英輔ちゃんもそのやり方でいこうか』

台詞を覚えられないのは役者として情けない。だが、子役もそうだと言われた時、英輔は恥ずかしさよりも、安堵の気持ちの方が勝った。

役者として自分は、まだまだ子どものようなものなのだ。

台詞を覚えるプレッシャーから解放された英輔は、自分の役を表現することに力を注げるようになった。

そうして、英輔の演技は、初回とは比べものにならないほど、良くなっていった。

『まだここにいたのかよ、ハイエナ野郎が』

『——はっ？　黙れよ』

いけ好かない金持ちを相手に胸倉をつかむシーンではスタッフたちが息を呑むほどの迫力を見せた。演出家は驚きを隠せない表情で声を上げる。

「はい、カット。英輔ちゃん、すごく良いね。今回のシーンだけじゃなく最近ぐんと良くなった」

「ありがとうございます！」

英輔よりも先に、マネージャーの田辺がすぐに応える。

あざます、と英輔もお辞儀をし、ぐっ、と拳を握る。

今までも演出家たちのアドバイス通りにやってきたつもりだ。

もしかしたら言葉こそ違っても、先生と同じことを言っていたのかもしれない。だが、彼らのアドバイスでは、自分はわからなかった。

的を得た……、いや、的を射たアドバイスって、こういうことを言うんだろうな。

先生の言ったことは、胸にズドンと響く。

英輔は、そんなことを思い、小さく笑う。同時に、川島の演技も頭に過《よぎ》った。共演した役者よりも、彼はずっと迫力があったのだ。

「『劇団かもがわ』か……」

英輔はぽつりとつぶやいて、スマホを開き、スケジュールを確認した。

4

打ち合わせで大阪市にある関西のテレビ局を訪れていた葉月は、仕事が終わったその足で、近くのカフェに足を運んだ。先に会計をしてコーヒーを受け取ったその時、

「葉月、ここよ」

と、奥の席から声がした。顔を向けると、女性が手を振っている。

「久しぶり、律子《りつこ》」

葉月はコーヒーを手に、彼女の向かい側に腰を下ろす。

同じ脚本家であり、友人の佐藤《さとう》律子だ。セミロングの髪をハーフアップにし、清楚なワンピースを纏っている。葉月と同い年でデビュー時期も同じということで親しくなった。今では互いを呼び捨てにするほど近しい仲だ。

ひとしきり近況報告をし合い、律子は、ねぇ、と声を潜めた。

「葉月は、彼氏できた？」

その言葉に、葉月はぶすっとして頬杖をつく。

「相変わらずいないけど。そういう律子は？」

すると彼女は言いたくてたまらないという様子で、「それがね」と前のめりになる。

「今、出演者と付き合っているの」

「……ってことは、俳優？」

と葉月は小声で確認する。律子は、頬を赤らめながら、こくこくと首を縦に振った。

「こんなこと、なかなか人に言えなくて。彼にも口止めされてるし」

そりゃあそうだ、と葉月は洩らす。

「これまで、匂わせる女子の心理がわからなかったけど、今ならめちゃ共感なのよ。世界中の人に知らせたい気持ちになって、それを堪えるのが大変」

葉月は、律子のドラマに出演する俳優達を思い浮かべ、眉根を寄せた。

「出演者って……もしかして、佐久間《さくま》真治《しんじ》？」

「えっ、どうしてわかったの？」

すごい、と律子は顔を手で覆った。

あー、と葉月は苦々しい気持ちで、額に手を当てた。

「こんなこと言いたくはないんだけど、彼はやめた方がいいと思うな……」

途端に律子の表情が曇る。

「どうしてそんなこと言うの？」

「どうしてって、良くない噂を聞いたりしてるし」

「芸能人は誤解されやすいのよ。彼のこと、悪く言わないで欲しい」

律子は強い眼差しを見せる。

これ以上、なにを言っても無理だろう、と葉月は息をつき、ごめん、と顔を上げた。

「彼氏もなく枯れた生活を送ってるから、ヤキモチ焼いちゃったのかも。本当にごめんね」

すぐに謝ると、律子は機嫌を直してのろけ話を続けた。

5

大学から帰宅した美沙は、モップを手にリビングや廊下の拭き掃除をしていた。

この広くて古い屋敷は、掃除をサボると、すぐに薄汚れてしまう。

ある程度、拭き終え、ふぅ、と美沙は息をつく。

「お姉ちゃんは友達と食事って言ってたから、夕食は私ひとりなのよね」

なに食べようかなぁ……と、洩らした時、インターホンが鳴った。

美沙は、モップを置いて、「はい」とインターホンのボタンを押す。

『お世話になっています、黒崎です、書類を届けに来ました』

「あっ、はい」

あらあら、留守の時に来るなんて、お姉ちゃんもついてないなぁ。

美沙は玄関を出て、門の前へ急いだ。鉄柵の向こうには、スーツを身に纏った黒崎が微笑んでいる。

たしかにカッコいい。鈴木英輔と比べれば見劣りするけれど、一般的には十分すぎるほどだ。

そんなことを思いながら、美沙は門扉を開ける。

「あの、今、姉は留守にしてまして、書類は私が渡しておきます」

「そうなんですか、じゃあちょっとメモを残しますね」

ポケットから手帳とペンを取り、なにかを書こうとしたので、美沙は「あの」と庭の奥を指した。

「良かったら、ガゼボでお茶でもいかがですか?」

「お庭、素敵ですね」

黒崎はガゼボのテーブルを見て、心底感心したように言う。

美沙はふふっと笑った。

「お天気も良いですし、ガゼボ日和ですよね。今、お茶の用意をしてきますね」

すみません、と会釈をする黒崎に、いえいえ、と美沙は屋敷に入った。

すぐにキッチンへ行き、紅茶の用意をしてから、再び庭に戻る。黒崎はすでに葉月へのメッセージを書き終えたようで、ペンから手を離し、庭を興味深そうに眺めていた。

つつじが鮮やかに咲き誇る中、青もみじが風にそよいでいる。その光景を望むガゼボは、英国風でありつつ、この庭は屋敷と同様に和洋折衷だった。

「お待たせしました、どうぞ」

と、美沙は心を浮き立たせながら、紅茶とクッキーを黒崎の前に並べた。

ありがとうございます、と黒崎は会釈をして、カップを口に運ぶ。

「ああ、美味しいです。疲れた体に染み渡りますね」

「やっぱり、お忙しいんですよね？」

「そうですね、次から次へと。でも、なんとか家には帰れていますよ。あっ、これを小鳥遊先生に。そして差し入れのお菓子も」

黒崎は、メモと書類、菓子折りを美沙に差し出した。

たしかに、と美沙は受け取ってから、小首を傾げる。

「わざわざ、この書類を届けに、うちまで来てくださったんですか？」

実は……黒崎は弱ったように、頭を掻いた。

「この前、小鳥遊先生に大学の先輩を紹介させていただいたんです。先輩は京都で劇団をやっていまして、良い人なんですが、ちょっとクセも強いので。小鳥遊先生に対して失礼だったかもしれない、と直接謝りたかったのもあったんですよ」

川島のことだろう。私も会いました、と伝えようとして、躊躇した。

英輔の話になってしまうかもしれないし、無闇やたらと広めるべきではないと思ったのだ。

「だとしても、それだけのために?」

「今日は、京都での取材もあったので、そのついでではあるんですが……」

社会人は大変ですね、と美沙が洩らすと、黒崎は小さく笑った。

「美沙さんは、どんな職に就きたいとか希望はあるんですか?」

私ですか？ と美沙は目を瞬かせる。

「もう、大阪の会計事務所に内定が決まっているんです」

「大阪ですか。ここから通うとなると少し大変ですね」

そうなんです、と美沙は肩をすくめた。

「でも、テレビ局のお仕事ほどでは。大変そうですよね」

「そうですね、毎日が文化祭のようなんです。みんなで企画して作って発表する、あんな感じが、ずっと続いている感覚で」

「そう聞くと、楽しそうです」

「いやぁ、そんなふうに言ってみましたけど、実際は楽しいことばかりじゃないですし、心身共に疲れきることも多いんですけどね」

黒崎はそう言って、イタズラっぽい笑みを浮かべた。

その笑顔を前に、思わず、きゅん、と胸が詰まって、美沙は我に返る。黒崎は紅茶を飲み干したあと、腕時計に目をやり、立ち上がった。

「では、ごちそうさまでした。小鳥遊先生によろしくお伝えください。そうそう、今度こそちゃんとお食事をご馳走したいです、ともお伝えください」

「はい、わかりました」

「その時はぜひ、美沙さんもご一緒に」

顔を覗き込むように言われて、美沙は思わず後退りした。

「あ、はい」

黒崎は門扉まで歩き、出て行こうとして足を止めた。

「あの、美沙さん、これ、受け取ってもらえませんか？」

と、名刺を差し出した。

『お名刺はこの前いただきましたよ』と言おうとして、美沙は口を閉ざした。

この前とは違う、いわゆる『プライベート用』の名刺だった。

それではまた、と黒崎はお辞儀して、門を出て行く。

美沙は彼の背中を見送りながら、あらためてプライベート用の名刺に目を落とす。名前とメールアドレス、電話番号が載ったシンプルなものだった。

この名刺、お姉ちゃんに渡したほうがいいのかな？　でもそんなことしたら、お姉ちゃんが誤解したり、気を悪くしそう。

美沙は複雑な心境で、名刺をエプロンのポケットに入れた。

第四章

1

「――英輔君、一体なにがあったのでしょうか？」

テレビ局内の控室に入るなり、マネージャーの田辺が意を決した様子で問い掛けてきた。

あまりに真剣な表情に、英輔は戸惑いながら振り返る。

「なにがって？」

「急に変わったじゃないですか……どうにも解せないんです」

と、田辺は真面目な顔で言う。

「解せないって……」

ここは関西のスタジオだ。土曜日午後の情報番組『土曜でＳＨＯＷ』の出演が決まった英輔は、今まさに生放送を終えたばかりだった。

中途半端な時期に急遽、英輔がレギュラーに決まったのは、元々、レギュラー出演していた俳優が先日薬物所持で逮捕され、その穴埋めが必要となったからだ。

英輔が抜擢された理由は、他でもない。『探偵直撃スクープ』だ。あの時、人目もはばからずに泣いたことで、司会者の神山貴子が英輔を気に入り、指名した。

今日はその初日だった。放送前は緊張していたが、敏腕司会者の絶妙なサポートもあり、英輔は無理なく自然体で話すことができた。

時々冗談を言うと、スタジオが思った以上に沸く。その反応に英輔が驚いていると、隣に座っていた芸人の共演者が立ち上がって言った。

『いや、そないおもろいこと言うてへんのに、なんでそないにスタジオが沸くん?』

そこで司会者がすかさず、あほやなぁ、と突っ込む。

『あんたみたいな芸人がおもろいこと言うのは当たり前やん。男前はそこにいてるだけでたまらへんのに、ちょこっとおもろいこと言ったら、それだけでドカンやで』

『なんやねん。イケメンて、ほんま反則やわ』

『ほんま、イケメンは反則やわぁ』

『ちょっ、神山さん。俺が言う「反則」とニュアンスちゃいません?』

と、スタジオは終始、楽しいムードであり、英輔も高揚感に包まれたまま、放送を終えることができたのだ。

「――僕のやり方が間違っていたのでしょうか」

と、田辺が独り言のように言う。

英輔が返答に窮していると、田辺が話を続けた。

「あなたの売り出しを託された際、僕は心に決めたんです。あなたを大スターにしようと。それには、その恵まれた容姿を最大限に生かした売り出し方をしようと思いました」

その話は、英輔も何度も聞いていた。

「今のネット社会、誰でも有名人になりえます。ですが、昔はそうではありませんでした。銀幕のスターと呼ばれ、一般人には手の届かない存在だったんです。自分はそんなスターに憧れを抱いています。英輔君ならあの頃のスターになれる、と夢を持っているんです」

田辺のそんな熱い想いを聞いてきたから、これまで彼の言葉に従っていた。

悪い、と英輔は目を伏せる。

「俺は元々、お調子者だし、クールな銀幕のスターというタイプじゃないんだ」

自分とまったく違うキャラクターでいようとしていたため、カメラを前にすると、いつもぎこちなくなっていた。もう、クールを装わなくても良い。それは、肩に重くのしかかっていた荷物を下ろせた気分だ。

「演技に対する姿勢も変わりましたよね？　演出家や脚本家に質問をし、助言を求めるようになった……」

急に一生懸命になった英輔の様子に、皆は最初、苦笑いをしていた。

『アイドル上がりの顔だけの芸能人が、そんな無理しなくていいから』

『誰も君にそこまでの期待をしてないよ』

誰もが皆、目でそう語っていた。

元々英輔は、ドラマに華を添える外見重視の扱いであり、演技力など期待されていなかったのだ。

英輔本人も皆の冷笑に気づいていた。それでも、姿勢を崩さなかった。

「今のあなたは、常に今の自分ができる最大限の努力をしています。最初は白々としていた台本も今や細かく書き込まれて真っ黒。そんな英輔君を前に、みんなの目が少しずつ変わってきている。そして、その努力は視聴者にも伝わっている」

田辺はまるで独白のように告げて、遠い目をする。視聴者に伝わっているのは、英輔も感じていた。

『鈴木英輔の演技、変わったよね?』

『なんか、上手くなっててビックリ』

『怒るシーン、迫力があってカッコよかった!』

SNSに、そんな声が溢れていた。

この世界は、結果がすべてだ。

英輔の影響でドラマが話題になると、演出家や監督も態度をあらためるようになる。

インタビュー等で、『英輔くんの熱量がすごくてね。彼はプロなんだなぁ、って感心させられましたよ』と言ってくれていた。

「ここまで来てしまったら、認めざるを得ません。僕の売り出し方は的外れだったのだと。『素直で天真爛漫で飾らないイケメン・鈴木英輔』――今後はそんなあなたを応援していこうと思います」

今度はまるで宣誓をするように言って、英輔を真っすぐに見つめる。

どうも、と英輔はぎこちなく会釈をした。

「それで、最初の質問に戻るのですが、一体なにがあってあなたは変わったのでしょう?」

ああ、と英輔は頭を掻く。

「それがさぁ、小料理屋で変な女に会って」

「女?」

スキャンダルは困る、と田辺は目を剝く。英輔は、いやいや、と手を横に振った。

「それが、十歳以上年上のボロボロでヨレヨレの女なんだけど」

その言葉に田辺は、はぁ、と洩らす。

「その女が俺に色々アドバイスをしてくれて、最初は賭けるつもりで従ってたんだ。そうしたら、まぁ、こういう状態になった感じでさ」

「そんなことがあったんですね。でっ、その方は何者なんですか?」

「多分、演劇マニアだと思うんだけど、『先生』って呼ばれてたから、大学の先生かもなぁ」

「どうして大学の先生だと?」

「えっ?」

「もしかしたら、小中高や幼稚園の先生という可能性もあるじゃないですか」

「いやぁ、すげぇクールだから幼稚園や小学校の先生は絶対なさそう。中高生もなんなら『うぜえ』って思いそうなタイプだから、きっと大学かなって」

「まぁ、ちゃんとした方なら良かったです。では、移動しましょうか」

ああ、と英輔はうなずき、立ち上がる。

「でも、俺、すぐ東京には戻らないから。ちょっと寄りたいところがあるんだ」

「そうですか。では、僕は他の仕事があるので、先に戻っていますね」

そんな話をしながら、ふたりは控室を出て、局内の通路を歩く。

自動販売機が並ぶ休憩室スペースに差し掛かると、椅子に座っている女性が、こちらを見て、田辺があっ、と声を洩らした。

「英輔君、脚本家の小鳥遊先生ですよ」

ダークグレーのスーツを纏い、髪を綺麗に結い上げている。姿勢がよく細身だが肩がしっかりとしているため、華奢には見えない。顔はあっさりした印象だが、切れ長の瞳が印象的で、もし髪をベリーショートにしたら宝塚の男役にも近い雰囲気になるかもしれない。

そんな彼女は、英輔を見て、ぷっ、と噴き出す。

「いやだ、こんな所で会うなんてね」

その言葉に英輔は、はっ？　と一瞬驚くも、その顔をしっかり見て、目を丸くした。

「なっ……先生？」

「今さらなにを……あっ、そういえば、あんたの前で化粧しているのは初めてかもね」

葉月は小さく笑って、話を続けた。

「ドラマ観てるけど、大分マシな演技するようになったじゃない」

英輔がなにも言えずにいる横で、田辺は戸惑っている様子だ。

「こんにちは、小鳥遊先生、お久しぶりです。彼と知り合いだったんですか？」

「ええ、ちょっと。田辺さんが英輔のマネージャー……ってことは、ＡＤを辞めて？」

「はい、結局、親の会社――『ＴＮプロ』に勤めることになりました」

抵抗したんですけどね、と田辺は肩をすくめて、話を続ける。

「入社して初めて担当したのが彼なんですよ」

そういうことだったんだ、と葉月は合点が言ったように、大きく首を縦に振る。

そんな中、英輔はひとりなにも言わずに立ち尽くしていた。

「英輔、どうしたの？　変な顔して」

と、葉月は、呆然としている英輔を見上げる。

次の瞬間、英輔はムッとしたように葉月の頰をつまんだ。

「イタッ、なにするのよ」

「なに、カッコつけてんだよ、普段はボロボロのくせに」

はあ？　と葉月は目を剝く。

「あのね、私だって仕事中はちゃんと……」

うるせーよ、と英輔は言葉を遮る。

「めかしこみやがって、ムカつくな」

英輔は吐き捨てるようにそう言って、葉月に背を向けた。

「はい？」

「あ、あの、小鳥遊先生、すみません、本当にすみません」

田辺はぺこぺこと頭を下げて、英輔君っ！　と英輔のあとを追う。

葉月は呆然としながら、英輔と田辺の背中を見送っていた。

2

葉月に暴言を吐いて大阪のテレビ局を飛び出した英輔は、その足で『劇団かもがわ』の活動の拠点、京都室町通蛸薬師《たこやくし》にある京都芸術センターを訪れていた。

「へぇ、局で小鳥遊先生に会ったんだ」

川島克也は相変わらず微笑んでいるのか、眩しいのか判断がつかない細い目をより細めて、愉しげに言う。

「小鳥遊先生は元気だった？」

呑気な口調で訊ねる川島に、英輔はイライラして睨みつける。

「川島さんは、先生が結構有名な脚本家って知ってたんですよね？　どうして教えてくれなかったんすか？」

英輔の言葉に、川島はぱちりと目を見開いた。

「いや、っていうか、英輔君、知らなかったんだ？」

「あいつが自分の職業を言ってないから、知りようがないっつーか」

「それじゃあ、小鳥遊先生のことをなんだと思って、先生って呼んでアドバイスを聞いてたわけ？」

「えっ、それは……演劇オタクみたいな？」

川島は、そうだったんだ、と少し興味深そうに洩らす。

だから、と英輔は拳を握り締めた。

「俺にとってあいつはたまたま小料理屋で出会った、少し変な奴だけど的を得……的を射たことを言う、ただのボロボロ女だったんだよ。それがテレビ局では化粧をして、ちゃんとした服を着て、めかしこんでたんだよ」

「当たり前だと思うけどね？」

「そのうえ、脚本家だったって聞かされて、なんだかムカついて、ちょっと言っちまって」

「どうしてムカついたのかな？」

「いや、なんつーか、そういうからくりかよ、みたいな」

「ってことは、小鳥遊先生には業界人じゃなくて、普通の人であって欲しかったんだ？」

そう問われて、英輔は返答に困り、うーん、と唸る。

「いや、別に業界人でもいいんだけど……」

「でも、ムカついたんだよね？　それで英輔君は、小鳥遊先生に酷いことを言った」

まぁ、と英輔はばつが悪そうに首を縦に振る。

「あー、それは、脚本家先生を怒らせちゃったね。今後、君は彼女の作品には起用してもらえなくなるかもよ」

脅すように言う川島に、英輔はムッとして顔を上げた。

「川島さん、先生を侮るなよ。あいつはそんな奴じゃねぇよ。俺にムカついても、あいつは仕事に私情を挟むような奴じゃない」

そんな英輔を見て、川島は驚きの表情を見せたあと、頬を緩ませる。

「へぇ、よく知ってるんだねぇ」

「まぁ……付き合いは短いけど、あいつの人となりはわかってるつもりだよ」

自分に向かって威風堂々と意見を述べていた葉月の姿が頭を過る。

いつもボロボロスタイルで、眼鏡を掛けているださい女。でも、凜としていて頭が良く、先を見越したことを言う。そんなあいつは決して仕事に私情を挟んだりしない。

そう、関わってそんなに時間が経っていなくても、自分は葉月のことをわかったような気でいたのだ。それなのに……。

英輔はテレビ局のカフェで洗練された姿の『有名脚本家』として立っていた葉月の姿を思い浮かべ、なんとも言えない気持ちになった。

そっか、と川島は納得したように相槌を打つ。

「英輔君は、小鳥遊先生をわかってると思っていたのに、実際はなにも知らなかったのがショックだったんだね」

自分の言葉にできなかったモヤモヤを言い当てられて、英輔の唇が尖る。

「そうかもしれない」

あいつのことをわかったような気になっていて、なにひとつ知らなかったのだ。

俯きため息をつく英輔を見て、川島は、ふふっと笑う。

「それなら早く謝った方がいいと思うよ。君の言う通り小鳥遊先生は公私混同するような人ではないとしても、もうアドバイスをしてくれなくなる可能性は十分にあるわけだし」

えっ？　と英輔は目を瞬かせる。

「だってプライベートは別の話だよね。今までなんの見返りもなくアドバイスをくれていた恩師に対して暴言を吐いたわけだからねぇ。もしかしたら、もう会ってもらえないかもしれないよ」

「うわっ、マジ？　もう、先生、俺になにも教えてくれなくなりますかね」

英輔は顔面蒼白になり、慌てふためいたように口に手を当てる。

川島は、笑いを堪えながら、「さぁ」と首を傾げた。

「そんな、無責任なこと言うなよ」

「まぁ、なんにしろ、早く謝っておくに越したことはないと思うよ」

英輔は真剣な表情で、強く首を縦に振った。

「俺、あいつの家知ってるし、今から謝ってくる！」

と、英輔は、すぐさま部屋を出て行こうとする。

川島は、その肩に手を乗せて、グッとつかんだ。

「まだ、駄目だよ。君はここでレッスンを受けてから」

でも、と英輔は目を泳がせる。

「謝るのは今すぐじゃなくても大丈夫だよ。しっかりレッスンを受けたら、俺も付き合ってあげるから」

その言葉に英輔は、それなら、と小さくうなずいた。

「なんかすみません。そういや、レッスン料は……？」

「ああ、それは、出世払いってことでいいよ」

「そんじゃ、大スターになったら、まとめて払います」

「それも嬉しいけど、別のかたちがいいな」

「別のかたち？」

「そうだね、君が大スターになったら、うちの劇団の舞台に立って欲しい」

「そのくらいなら、いくらでも」

と、英輔はあっさりうなずく。

「ほんとに？　約束だよ」

「はい。約束は守ります。で、レッスンって、まずなにを？」

「まずはね、発声練習から」

「え、そこから？」

「なんでも、基礎が大事だからね。まずは腹式呼吸を意識しながら、長く声を出してみよう」

こういう感じで、と川島は息を吸い込んで、あー、と息を吐き出しながら声を出す。

「あー、そういうのだったら、俺、得意っす」

英輔も同じように息を吸い込んで、あー、と声を出す。

その声は長く掠れずに、張りを保っていた。

川島は少し驚いたようにするも、思い出したように言う。

「そういえば、君は歌手だったよね」

まぁ、と英輔はどこか決まり悪そうに目をそらしながらうなずいた。

「それじゃあ、大きく口を開けて、これを言ってみようか。『あいうえお、いうえおあ、うえおあい、えおあいう、おあいうえ』って」

川島はにこりと笑って、人差し指を立てた。

3

夕食を食べ終えた葉月は、ソファに座った状態で、なんとなくテレビを眺める。

隣に座る美沙はテレビには興味がないようで、スマホを両手で持ち、ＳＮＳや動画配信をチェックしていた。

葉月は、美沙に一瞥をくれる。

「本当に、今の子はテレビ離れしているんだから」

「お姉ちゃん、まだ若いのに年寄りみたいや……」

「若くもないわよ」

と、葉月は息をつく。

三十代半ばだ。とはいえ、テレビのメイン視聴者世代は、葉月よりもさらに年上だろうか。

あらためて、テレビの役割を見直さなくてはならない時期に来ているのだろう。

「あっ、お姉ちゃん、この子カッコええ」

美沙はスマホの画面を葉月に見せた。そこには、今話題の男性タレントが映っていて、手料理を披露している。

「ああ、今、人気あるわよね」

「この子、元々知名度は低かったんやけど、料理動画から人気が出て、今やテレビでも引っ張りダコなんやで」

へぇ、と葉月はあらためて動画に目を向ける。

「元々ルックスが良いうえ、料理ができて話せるとなれば、たしかに人気が出そう」

「うんうん。そやけど、ルックスやったら英輔君も負けてへん」

美沙は少し誇らしそうに言う。その名を耳にするなり、葉月は顔をしかめた。

「あいつの話は、やめて」

「どうかしたの?」

「今日、局で会ったのよ、あのバカ男に」

「あのバカ男って?」

「鈴木英輔!」

えっ、と美沙は顔を明るくさせる。

「奇遇やね。けど、どうしてバカ男……?」

「あいつ、いきなり私に向かって『めかしこみやがって、ムカつくな』って言ったんだよ、信じられる?　大体、私がなにをしたって言うわけ?」

捲し立てていると、美沙は無言で、葉月の姿を上から下まで確認するように見た。

今の葉月は、いつもの部屋着だ。

美沙は、もしかして、と顎に手を当てた。

「英輔君、お姉ちゃんの外面……綺麗にしてはる姿を初めて見て、ドキッとしちゃったとか?」

「あの男が私にドキッとって……ありえないでしょうが?」

真顔で冷静に返した葉月に、美沙は思わず笑う。

「まぁ、ドキッは言い過ぎやとしても、ビックリしちゃったんや、きっと」

「そんなこと驚く?　もし驚いたとしてもあの態度はないわ」

ったく、許さない、と葉月は舌打ちすると、美沙が、まあまあ、と宥める。

その時、傍らに置いていた葉月のスマホがブルルと振動した。

画面を見ると、テレビ局からの着信であり、葉月は喉の調子を整えてから、はい、小鳥遊です、と電話に出る。

「お世話になっております、黒崎です」

その声に、葉月の心臓がどきんと音を立てた。

「あっ、お疲れ様です。この前は家まで書類を届けてくださってお菓子まで、本当にありがとうございました」

いえいえ、と黒崎が言う。

仕事の連絡事項を伝えてから、黒崎は、あの、と続けた。

「この前はお礼をしたいと言いながら、結局先輩のところに連れて行ってしまったりして、失礼しました」

「いえ、そんな」

「それで、あらためて食事をしませんか？　今度は美沙さんもご一緒に夕食でも」

「えっ。はい、喜んでっ」

そう言うと黒崎は「良かった、ではまた」と嬉しそうに言って、電話を切った。

通話を終えるなり、葉月は「美沙っ！」と顔を向ける。

「黒崎さんからやったん?」

「そう、ぜひ食事にって。今度は夜に！」

「良かったねぇ、お姉ちゃん」

「それで、黒崎さんが美沙も一緒にって。だから一緒に行こう」

そう言うと、美沙は戸惑ったように瞳を揺らした。

「え……私もええのやろか」

「なに言ってるの。私も美沙がいてくれた方が心強いよ」

そんなら、と美沙ははにかむ。

彼と家族ぐるみで仲良くなれるのは、葉月にとっても願ってもないことだ。それにしても、と葉月はソファの背もたれに身を預ける。

「諦めモードだったから、本当に嬉しい」

「どうして、諦めモードやったん？」

「なんて言うか……自分に自信がある男性って、好意を抱いた女性に対して、しっかりアピールするものなのよ」

「アピールって？」

「まず、自分の連絡先をしっかり伝える。さり気なく、チャンスを逃さずにね。これは、仕事ができる人ほど顕著。でも、これまで彼は私にまったくそうして来なかったから、無理なんだなと思ってて……」

葉月はそう言いながら、自分の頬が紅潮していくのを感じた。

「だけど、最近変わってきたから、本当に嬉しい……」

美沙はその言葉を聞きながら、「あっ」と言葉を洩らした。

「どうかした？」

「ううん、なんでもあらへん」

美沙は、慌てたように首を振る。

「もしかして誰かにさり気なく連絡先伝えられたりした？　それは好意を持たれている可能性大かもよぉ」

葉月が茶化すように言うと、美沙の頬がみるみる赤くなり、胸に手を当てた。

次の瞬間だ。今度は、美沙のスマホが振動した。こちらも着信であり、美沙は慌てたように「はいっ」と電話に出る。

「もしもし……ああ、お父さん？」

美沙はどうやら、着信の相手を確認せずに電話に出たようで、少し気の抜けた声を出している。

「ええ？　英輔君がお姉ちゃんに会いたいって？　また、みんなも一緒？」

その言葉を聞き、葉月はすっくと立ち上がる。

美沙は、わかりました、と電話を切って、「お姉ちゃん」と顔を向けた。

「わかったわ。『ぎをん』にあいつが来てるってことよね。ちくしょー、決着をつけてやろうじゃない。美沙、英輔に、ここに来るよう、お義父さんに伝言お願い」

そう言って葉月は、手を組み合わせて指をポキポキと鳴らし、美沙は、あわわ、と口に手を当てたのだった。

4

英輔は、川島、マリア、神楽と共に再び『東山邸』の応接室にいた。マリアは庭のもみじを眺め、「秋が楽しみやねぇ」と洩らしている。

ここに通してくれたのは、美沙であり、まだ葉月とは顔を合わせていない。

英輔はなにも言わず、ただ落ち着かない様子で、そわそわと座り直している。

川島とマリアと神楽は顔を見合わせて、小首を傾げた。

「英輔君、顔色悪いけど、大丈夫？　稽古がきつすぎた？」

川島の言葉を受けて英輔は我に返り、大きく息をつく。

「稽古はまぁ、疲れたけど、でも楽しかったっす」

「それは良かった。英輔君、意外とやってくれるから、こっちも楽しかったよ。で、その青褪めた顔は、小鳥遊先生に怒られるのが怖かったり？」

「怒られるっつーか、先生……会ってくれるかなって」

家にまで来たものの、まだ美沙にしか会えていない。

「もしかして、怒らせちゃったん？」

と、マリアは興味津々で、身を乗り出す。

「わたしたちでよろしければ、力になりますよ」

そう続けた神楽の言葉に、英輔は大きく息をつき、テレビ局での出来事を話した。

「実は局でたまたま、先生に会ったんだ……」

ふたりは、へぇ、と洩らして、顔を見合わせる。

「そうやったんや、あの子は脚本家やったんやねぇ。どうりでどこか違うと思うたし」

と、マリアは納得したように首を縦に振る。

それで、神楽は英輔を見た。

「どうして英輔君は、彼女にいきなり暴言を吐いたんですか？」

英輔が答える前に、事情を聞いたマリアが言う。

「その態度はありえへん。私なら引っ叩くわ」

英輔はばつが悪そうに頭を掻いた。

「最初は、なんでムカついたのか、よくわかんなかったんだ。先生って、ボロボロでもすげぇこと言う奴で、俺、知らない間に尊敬してたんだけど、『結局そういうカラクリだったんだ』みたいな感じがしてて……」

そう言ったあと、ふぅ、と息をつく。

「でも、あとからわかったのは、単にショックだったんだよ。これでも、俺はあいつに自分の全てをさらけ出してきたのに、あいつはなにひとつ俺に伝えていなかったんだって。あいつが、演劇オタクだろうが脚本家だろうがすげぇし、尊敬してることには変わりないんだけど……」

英輔がそう言い終えた瞬間、応接室の扉が開いた。

英輔は驚いて顔を向ける。そこには仁王立ちしている葉月と、一歩後ろで会釈をしている美沙の姿があった。

「先生……」

葉月は、英輔のすぐ前まで来て、両手で英輔の顔を挟んだ。

「私は小鳥遊葉月、三十五歳、職業は脚本家。大学生の時にデビュー、これでいい?」

と言い終え、英輔の頬から手を離す。

英輔は呆然と、葉月を見ていた。

「なによ、その顔。なにか言うことはないの?」

と、葉月は腕を組んで、英輔を睨む。

英輔は、あ……、と洩らして、首を垂れた。

「ごめんなさい」

その姿が面白かったのか、マリアと美沙と川島は口に手を当てている。

「謝るくらいなら、あんな失礼な態度取らないでよ。バカ英輔」

英輔は、はあ?　と顔を上げた。

「バカって言うなよ」

「少なくとも賢い人のやることじゃないわよ」

英輔は、言葉に詰まり口を閉ざす。

睨んでいた葉月も、力が抜けたように笑みを見せた。

「まぁ、あなたの最大の魅力は、その素直さよね、ほんと」

「許してくれるのか?」

「ムカついたけど。私もちゃんと自己紹介もしてなかったしね」

葉月はそう言って、美沙と共に腰を下ろす。

英輔はホッとして、葉月を見る。

今日もよれたトレーナーに無造作にまとめた髪、指紋のついた眼鏡と、相も変わらずボロボロなスタイルだ。そんな葉月を見て、英輔は小さく笑う。

「やっぱ先生って感じだよ、そのボロボロスタイル」

「なによ、ボロボロスタイルって」

「作家さんは仕事に取り掛かると、ボロボロになる方が多いものですよ」

と神楽がフォローするように言う。

やだ、と葉月は赤面した。

「神楽教授まで、ボロボロって言わないでください」

その言葉に皆は声を上げて笑い、英輔はあらためて安心したように頬を緩ませる。

そうして皆は、美沙が持ってきてくれた缶ビールで乾杯をし、『ぎをん』からのデリバリー料理に手を伸ばす。今日は、和風から揚げ、京大根の味噌煮、賀茂茄子の煮びたし、アスパラの天ぷらなど旬の野菜メインの小料理だ。美沙と葉月によって皿に綺麗に盛られて並べられている。

「でもマジで、良かった、もうなにもアドバイスくれなくなるかもって心配したんだ」

そんな英輔の姿を見て、美沙とマリアは「可愛い」と洩らすも、葉月は決まり悪そうに顔をしかめる。

「でも、もう私に教えられることは特にないわよ。テレビでどんどん自分を出していくことも伝えたし、演技については川島さんに託したわけだし。今日も川島さんのところへ？」

と、葉月は、川島の方を向く。

「うん。彼はほんと、吸収が良くて面白いね」

「なにを教えてもろたん？」

「ああ、それはお聞きしたいですね」

と、マリアと神楽が前のめりになる。

「今日やったのは発声練習とパントマイムだな」

と、英輔が答える。

パントマイム？　と皆が訊き返すと、川島が天ぷらをつまみながら、そう、とうなずいた。

「舞台というのは、ドラマと違ってなにもかもが足りていないんだ。なんなら緑のカーテンを垂らしただけで森を表現することさえある。そういう足りていない状態だから役者の動作がものを言う」

そっかぁ、と美沙は納得したような声を出した。

「なにもないところをあるように見せるパントマイムは舞台役者にとって、とても大事なんですね」

そういうこと、と川島はうなずく。

「もちろん、舞台役者だけじゃなく俳優もね。演者としての表現力の幅が広がるからね」

「英輔のパントマイムはどうだったんですか？」

と、葉月は缶ビールを飲みながら訊ねる。

「これが、最初から大したものだったんだ。そうだ、英輔君、あれ、やってみたら？」

あれって？　と皆が小首を傾げた。

「英輔君考案のとっておきのパントマイムだよ。うちの劇団の女子たちが絶叫してたんだ」

「女子たちが絶叫？」

葉月がきょとんとしていると、英輔は、それじゃあ、と川島の方を向く。

「『エア壁ドン』」

そう言うなり英輔は、川島に向かって腕を叩きつけるように伸ばす。

本当に川島の向こうに壁があるように空中に手をついて、もう片方の手で川島の顎をつかむと、クイッと持ち上げた。

「『俺のものになれよ』」

その瞬間、美沙とマリアが、ぎゃあああ、と絶叫する。

「すごい、本当に壁があるみたいだった。やるじゃない！」

一方、葉月だけは、英輔の動作に興奮の声を上げていた。

よっしゃ、と英輔は拳を握る。

「こんな感じで、川島さんに演技のことを教わっていこうと思ってるんだ」

「良かったじゃない」

「それで、他にはなにか、俺に必要なものはないか？」

食い気味に訊ねる英輔に、葉月は、そうだねぇ、と眉を顰める。

「自分のキャラクターを前面に出していくのと、演技力を高める。ひとつひとつの仕事に全力を注ぐ。関係者に礼を忘れない。まずは、ここをがんばるべきよ」

「それはもちろんわかってる。でも、なにかのきっかけで急にブレイクすることもあるだろ？　そうなったら、忙しくなりすぎてなにも対応できなくなるんだよ。今のうちに、学べること、できることはしておきたい」

その言葉は一理あり、葉月は、ふむ、と腕を組む。

そうね……、葉月は少し考えて、口を開く。

「MCかな」

「MCって、つまり司会ってことか？」

「そう、司会ができる人材であること。これは長期に亘って仕事をつかみやすい」

葉月の言葉に、英輔も皆も、なるほど、と頷く。

でも、と葉月は弱ったように続ける。

「私、司会について教えられることってなくて。そもそも場を取り纏める能力って、持って生まれたセンスみたいなものも必要だし」

「そうか……」

少しガッカリする英輔を見たマリアが、ふふっと笑った。

「ほんなら、いよいよマリアさんの出番やろか。今日は土曜やし、少しはお役に立てるかもしれへん」

えっ、と皆はマリアに注目する。

「もうすぐで、九時。ちょうどええな」

と、マリアはスマホを手に、どこかにメッセージを送っている。すぐに返事が届いたようで、マリアは立ち上がった。

「ほんなら、ちょっとだけ、私に付き合《お》うてくれへん？　英輔君を立派な司会者にする手助けをするし」

皆はなんだかわからないまま、はぁ、と答えた。

『東山邸』の外に出る。家の前にはセンチュリーではなく、今日は大きなワンボックスカーが待機していた。

わあ、と美沙は声を上げる。

「すごい、これなら何人でも乗れますね」

「言うても、この車は八人乗りやで」

そう言ったあと、マリアは切なげに目を伏せる。

「そやけど、この車に乗るんは、私ひとりなんや……」

寂しい人なのかもしれない、と思いかけた一同だったが、

「息子たちは自分の好きな車を乗り回しているし」

と続けたマリアに、一瞬でも同情しかけた皆は、思わず顔を見合わせて、苦笑した。

皆が乗り込むと、車は走り出す。東大路通を北上し、二条通に差し掛かったところで東へと曲がった。

やがて、平安神宮の大きな鳥居が見えてきた。イベント期間中なのか、巨大ともいえる鳥居はライトアップされている。

英輔は、おおっ、と窓に張りついた。

「すっげぇな。ド迫力」

「本当ですね」

と、美沙も感激したように言う。平安神宮から離れて、車は住宅地へと入っていった。

「大きな家が多いんですねぇ」

神楽は建ち並ぶ家々に目を向けながら、しみじみとつぶやいた。

「この辺りは、高級住宅地なんですよ」

葉月がそう答えていると、車はひときわ大きな豪邸の門を潜り、敷地内へ入った。

車が停まると、運転手がサッと後部座席のドアを開ける。

葉月、美沙、英輔、神楽は戸惑いながら、車を降りて、庭園を見回す。

「庭に噴水があるって、すげぇな」

「ここはもしかして、マリアさんのおうちですか？」

ちゃうちゃう、とマリアは車を降りながら、手を横に振る。

「私は大阪の女て言うたやろ。ここ、お友達のおうちやねん」

そんな話をしていると、屋敷から使用人が出てきた。

「中山様、ようこそお越しくださいました」

「突然、ごめんなさいね」

マリアが少し申し訳なさそうに言うと、いえいえ、と使用人は首を横に振った。

「主人が、大変喜んでおります」

どうぞこちらへ、と使用人は屋敷の中へと案内した。

「えっと、マリアさん、お友達と言ってましたけど、こんな時間に急に押し掛けて、大丈夫なんですか？」

「今日は大丈夫なんや」

そう答えたマリアに、使用人が、ええ、とうなずく。

「当館では隔週末、オークションが開催されるんです」

「オークション？」

皆がぽかんとしている中、使用人は玄関を入り、すぐ右手にある大きな扉を開けた。

そこは、言葉通り『オークション会場』だった。広々とした部屋に、ひとり掛けの椅子がずらりと並び、そこに主に年配の男女が十数人座っている。

壇上には美術品が展示され、参加者たちが、値の張り合いをしていた。

「七〇〇万」「七五〇万」「七八〇万」「八〇〇〇万！」と四方八方から飛ぶ声を司会者の男性が冷静に「はい、八〇〇〇万出ました、八〇〇〇万でよろしいですか？」と取り纏めている。

入口近くに座っていた年配の男性が立ち上がって、マリアの許に歩み寄った。

「やぁ、マリアさん、お久しぶり。ご連絡くださって、嬉しかったですよ」

「お久しぶりです、高宮《たかみや》さん。突然、ほんまにすみません」

そう言ってマリアは、高宮という初老の紳士を皆に紹介した。

彼はいくつもの事業を手掛けている実業家であり、美術品コレクターとしても知られているという。好きが高じて、こうして自宅でオークションを開催しているそうだ。

「今やすっかりネットオークションの時代ですが、わたし同様、未だにこういうやり方を好む者も多いんですよ。ぜひ、このレトロな会をご覧になっていってください」

高宮に勧められて、皆は思い思いに着席する。

「では、次の品はレオナール・フジタのデッサン画、本物です。フジタが四十代の頃の鉛筆画で、デッサンのトレーニングをしていた頃のもの」

司会者がそう言うと同時に、スタッフが額に入ったデッサン画を運んできて、スタンドの上に置いた。

会場のゲストたちは、おおっ、と声を上げるも、英輔は眉を顰める。

「いや、鉛筆で描いたラフ画だろ？」

葉月は英輔を肘でついて、しっ、と口の前で人差し指を立てた。

「こちらは、五〇〇万からお願いいたします」

が、その言葉には、葉月もぎょっとして目を丸くする。

「えっ、五〇〇万？」

「ったく、先生も同じじゃねぇか」

すると今度はマリアが、しっ、と人差し指を立て、葉月と英輔はすぐに口を閉じた。

「私は英輔君に、品物やなくて、司会者を見てもらいたかったんや」

その言葉を聞くなり、葉月は大きく納得したように頷いた。

司会者は参加者たちの声を聞き逃さず、即座に一番高値をつけた人をピックアップして、会場内を取り仕切っている。

「そうね、芸能人が集まると、どうしてもみんなが意見をわいわい言い合うことが多い。そこで、会場の人間に圧倒されて流されているようだったら、司会者は務まらない。面白いことを言った人の意見をすぐさま拾って、その場をまとめる能力が必要となる。そういう意味では、オークションの司会というのは、全ての基本になるかもしれないわね」

ふたりの言葉に、英輔は息を呑み頷いた。

「五五〇万」「五七〇万」「六〇〇万」「六七〇万」「七〇〇万」

会場のゲスト達は、我先にと大声を張り上げている。

「七〇〇万出ました、七〇〇万」

司会者は会場を見回して、確認する。

「七五〇万」と言い出す者が現れた。司会者は「七五〇万」と言ったあと、七〇〇万と申し出ていたゲストを見て、「いいですか?」と訊ねる。

すると彼は思い切ったように、「八〇〇万」と言い切った。

その言葉に、他のゲストは、諦めたように背もたれに身を預ける。司会者はハンマーを叩き、「八〇〇万落札」と叫んだ。

葉月は感心しながら、知らずに止めていた息を吐き出す。

「あんなに一斉に挙げている声をよく聞き取れるわね」

マリアは笑みを浮かべて、隣に座る高宮に耳打ちをした。

高宮はうなずいて司会者に目配せをすると、彼はすぐにマイクを持ってやってきた。高宮は、マイクを手に立ち上がる。

「皆さんの、相変わらずの白熱ぶりに、わたしも元気をもらえています」

高宮の言葉にゲスト達は、なごやかに笑い、会釈した。

「さて、ここでわたしの友人、中山マリアさんから、ひとつ提案があるそうです」

そう言って高宮は、マリアにマイクを手渡す。マリアは立ち上がって、にっこりと笑顔を見せた。

「皆さん、こんばんは、お久しぶりです」

お久しぶり、という声がちらほら返ってくる。

「今宵はとっておきのゲストを連れてきているんです。テレビでご存じ、今をときめく人気俳優、鈴木英輔君です」

マリアの言葉に、英輔も会場のゲスト達も驚きの顔を見せた。

「今宵のオークション、これから終盤だと思うんやけど、これからの時間、司会者を英輔君にやってもらいたいと思ったのですが、どうでしょう?」

するとゲスト達は笑って、いいよいいよ、と面白がって頷いた。

「マジかよ……」

大恥かく未来しか見えねぇ、と英輔は額に手を当てる。

葉月は、再び英輔を肘でついた。

「ここで、恥をかいて来たら、あなたはまた成長するわよ」

英輔は、肩を落として立ち上がり、司会者と共に壇上に向かった。

「驚いたな、本当に鈴木英輔だ」

「うちの娘がファンなんだよ、あとでサイン頼んでおこうかな」

ゲストたちがざわつく中、高宮が言う。

「彼はまったくの初心者だそうですが、ここで司会者としてスキルアップしたいとのことです。皆さん、温かい目で見守ってくださいね。では、彼に代わります」

高宮はそう言って、英輔にマイクを差し出した。英輔がマイクを手にした途端、

「歌ってくれよ、ベリーベリー」

という野次が飛んだ。

英輔は一瞬、ムッとするもそんな気持ちを隠して、笑顔を見せる。

「マイクを手にすると歌いたくなる、元ベリーベリーの鈴木英輔です」

その言葉に、会場の皆はドッと笑い、葉月も小さく微笑んだ。

「えっと、これから、MCとしてのスキルも身につけたいと思い、マリアさんに相談したところ、今回このような場に立たせていただくことになりました。まったくの未経験者ですががんばります、よろしくお願いします」

そう言って頭を下げると、皆は楽しそうに拍手をした。

元の司会者は英輔に、進行の書類を手渡した。

「ここに次の商品と、最低落札価格が記載されています」

英輔は、息を呑みながら書類を手にする。

美沙は落ち着かない様子で、司会席に立つ英輔を見る。

「ああ、お姉ちゃん、ハラハラする」

すると神楽が、「大丈夫でしょう」と微笑む。

美沙は、えっ？　と神楽を見た。

「彼は、さほど動揺していないようですし」

そうだね、と後ろの席に座る川島が続けた。

「大舞台はお手の物なんだろうね。俺の野次にも負けなかったし」

えっ、と葉月は、驚いて川島を見る。

「さっきの、『歌ってくれよ』って言ったの、川島さんなんですか?」

「そう。声を変えて野次ってみた。反応が見たくてね」

相変わらず、食えない男だ。だが、英輔は、あの野次で、なにかのスイッチが入ったように見えた。

「ありがとう、川島さん」

葉月が会釈をすると、川島は噴き出した。

「どうして、小鳥遊先生がお礼を?」

すると葉月は少し赤面し、本当ですね、と肩をすくめたあと、顔を上げる。

「さて、お手並み拝見しましょう」

英輔は書類に目を通し、笑顔を見せた。

「では次の商品は、逸品、楽家初代・長次郎《ちょうじろう》の黒楽茶碗です」

英輔がそう言うと、スタッフ達が、漆黒の茶碗を中央に運んできた。同時にバックスクリーンに茶碗の画像が大きく映し出される。

ゲスト達は、おお、と声を上げた。

「こちらは、最低落札価格、五〇〇〇万からお願いします」

と、英輔はハンマーを叩いた。

すぐさま、「六〇〇〇万」「七〇〇〇万」「八〇〇〇万」「九〇〇〇万」と一斉に声が飛び交う。

英輔は九〇〇〇万と言った人を見て、「九〇〇〇万、出ました、九〇〇〇万」と言う。

葉月は感嘆のため息をついた。

「こんな、一斉に言ってるのに誰がいくらって言ったのか、よく聞き取れるわね」

マリアが、ニッと笑って、うなずいた。

「元々、音楽をやっていたから、耳が良いんや」

なるほど、と葉月は納得する。と、一〇〇〇〇万という声が上がり、

「はい、では、一〇〇〇〇万、落札です。ありがとうございました」

英輔はハンマーを叩いた。

「では、次の商品です、次は薩摩焼の壺です」

進行を続ける英輔の姿を見て、マリアは嬉しそうに目を細めた。

「英輔君、楽しそうやな」

「心配したけど、全然危なげないですね。安心して見てられる感じ」

と、美沙はホッとしたように、胸に手を当てる。

「未知の世界に突然放り込まれても見事にそつなくこなすのは、大したものだね」

「ええ、彼は思った以上に大器かもしれませんね」

川島と神楽の言葉を聞きながら、葉月は自嘲気味に笑う。

かつて黒崎も英輔にスター性を感じていたのだ。本当にそうかもしれない、と葉月はつぶやいて、英輔に目を向けた。

やがて、すべての商品が落札され、オークションは幕を閉じた。

「ええと、つたない司会にお付き合いくださり、ありがとうございました。大変貴重な体験をさせていただき、感謝しています」

英輔はそう言って、深々と頭を下げる。ゲストたちは盛大な拍手をしたあと、「サインしてくれよ、英輔くん」という声がちらほら上がる。

英輔は、もちろんです、と答えて、ゲストたちに快くサインをした。

やがて客が引けたあと、マリアは英輔に歩み寄った。

「英輔君、今、あんたがサインしていたおじさんたちはね、みんな、名のある企業の社長や会長ばかりなんやで」

英輔は、えっ？　と驚きの表情を見せた。

「いずれ、あんたの強大なスポンサーになってくれるかもしれへんね」

と、マリアはいたずらっぽく笑う。

一歩離れたところでその会話を聞いていた葉月は、マリアが英輔をここに連れてきた本当の意味を理解した。

司会を経験させるのはもちろん、力のある人たちに顔を売っておきたかったのだ。それは、百回のオーディションにも勝るチャンスにちがいない。

英輔は、その意図を知ってか知らずか、ただぽかんとしている。そのあとに笑った。

「なにが可笑しいんや？」

「いや、強大なスポンサーもすげぇけど、今、ここにいてくれる強大なサポーターもすげぇよなと思って」

と、英輔は、皆を見回す。

葉月、マリア、川島、神楽、美沙は、互いに顔を見合わせて、笑い合う。

英輔はそんな皆の姿を見ながら、このうえなく幸せな気持ちでいた。

なんの見返りもなく、こんなにも自分のことを考えてくれる人達がいる。それは、何物にも変え難い宝のように思えた。

第五章

1

「お姉ちゃん、今夜七時やで」

いよいよ、運命の日——というと大袈裟ではあるが、黒崎と食事をする日を迎えた。

待ち合わせは、京都市内のホテルのロビーだ。

「私は出先から直接向かうし。仕事に集中して、うっかり時間を忘れたらあかんで」

と、美沙は大学に行く支度をしながら、念を押すように言う。

葉月は、はいはい、と相槌を打った。

「そんなに何度も言わなくてもわかってる」

自分は、黒崎との会食をとても楽しみにしているのだ。時間を忘れて仕事に没頭するなどありえない。どちらかというと、楽しみすぎて、今日は仕事が手につかないだろう。

「にしても、そんなに心配する?」

「そやかて、お姉ちゃんは時々、外部の音が耳に入らへんくらい、トリップして原稿書いてはるやん」

「トリップって。せめて、ゾーンに入っているって言って」

葉月の不服申し立てに、どっちでもええけど、と美沙は小さく笑い、通学に使用している
トートバッグを手にした。

「それじゃあ、いってきます」

「うん、いってらっしゃい」

葉月は、美沙を見送ったあと、デスクに向かう。

椅子に腰を下ろし、さて、とキーボードに手を伸ばし、原稿に取り掛かった。

テレビドラマなどの脚本は、いわゆる小説の書き方とは、まるで違っている。地の文で状況や情景、心理描写を書き表し、そこから台詞を紡ぎ出し、時に読者の想像に大きく委ねる小説とは違い、脚本はとても明快だ。

主に、『柱』『ト書き』『台詞』という三つの要素で作り出される。『柱』は、場所と時間を示す文。文の前に『○』がつく。『ト書き』は、人物の動作、状況。他の文より三文字下げている。『台詞』は、言わずもがな台詞だ。カギカッコの前に登場人物名が入る。

今の自分を脚本に書くならば、

○東山邸・葉月の書斎・午後二時半。
　　葉月は自身のデスクにつき、原稿を書いている。

　　最初は真剣な表情だが、どんどんにやけてくる。

葉月「(弱ったように) ああ、もう、楽しみで、仕事に集中できない」

――といったところだろうか。

そんな妄想をし、にやにやしていた葉月だが、我に返る。

「ふざけてる場合じゃなかった。仕事しよう」

今が正念場だ、と唇を結んで原稿に打ち込んでいると、デスクの上でスマホが振動した。

誰だろう、と画面を確認すると、『鈴木英輔』だった。そういえば、オークションが終わったあと、もう良いだろうと、連絡先を交換していたのだ。が、ただの電話ではなく、テレビ電話であることに気づき、葉月は眉根を寄せて、通話をタップする。

画面いっぱいに英輔の顔が映るなり、

「え、なに?」

と、葉月は怪訝な声で訊ねた。

「おい、開口一番、それ酷くねぇ?」

酷いと言いつつ、英輔は愉しげに笑っている。チラリと映っている背景を見るに、どうやら楽屋のようだ。

「今、テレビ局なの?」

「そう。もうすぐ、リハーサルが始まるけど、まだ時間あって」

「ドラマ?」

「いや、クイズ番組系の……」

「えっ？　クイズ番組に？　なんだか、色々丸出しになりそうね」

「丸出しって」

「同じ丸出しになるなら、気の利いた面白い答えを言いなさいよ。こいつはちょっとあれだけど面白くて、頭の回転は良いんだな、と思わせないとね」

「……いつも歯に布着せぬアドバイス、どうもありがとう」

「布じゃなくて衣《きぬ》ね」

「それが、クイズ番組って言っても生放送特番で、俺は解答者じゃなく、MCの補佐として急遽抜擢されたんだ。元々、補佐を務める予定だった俳優がインフルに罹ったから、その代役なんだけど」

うそ、と葉月は驚いて、目を瞬かせる。

「どうして、そんな急に英輔が……田辺さんががんばってくれて？」

「いや、スポンサーの鶴の一声で決まったって話で……多分、あの会場の人で……」

葉月は、なぜ英輔が電話を掛けてきたのか、合点がいった。おそらくあのオークションにいた誰かだろう。

英輔は急遽、代役が決まったものの、なぜ、自分が抜擢されたのかわからないまま現場に来て、真相を知った。

「マジで、こういうことってあるんだって思った……」

英輔は、まだ信じられないといった様子で言う。

葉月の頬も緩みかかったが、本番はこれからだと口許を引き締める。

「英輔、がんばって。ここで才覚を見せたら、『MCもできる若手俳優』ってイメージをつけることができる」

葉月は、拳を握り締めて言う。

ああ、と英輔ははにかんでうなずく。

「生放送だから、先生もリアルタイムで観てくれよな」

「ごめん。今日は無理」

「はぁっ？」

「録画しておくし、見逃し配信も必ず観るから。それじゃあ、長電話よりもすることがあるだろうし、切るからね」

がんばって、と葉月は通話を終了する。切る間際、「ったく、相変わらずだな」という舌打ちが聞こえた気がしたが、まぁ、いいだろう。

それにしても、と葉月は腕を組む。

「こんなに早く、あの出会いが仕事に結びつくなんて」

売れる者は運をも味方につける。英輔に波が来ている証拠だろう。果たして、英輔はこの波を乗りこなすことができるのだろうか？

「私も負けてられない」

英輔のがんばりが刺激となって、葉月の中でスイッチが入った。

一心不乱に書いていると、ピピッ、と念のため掛けておいたアラーム音が耳に届き、葉月は我に返って、視線を上げる。

気がつくと陽は陰り、部屋は薄暗くなっていた。

「あ、もう、準備しなきゃいけない時間……」

ゆっくりと立ち上がり、うんっ、と腰を伸ばす。

「さて、なにを着ていこうかな……」

と、クローゼットに手を掛けたその時、インターホンが鳴った。

スマホとインターホンは連動させている。デスクの上のスマホを取り、画面を確認して、葉月は目を凝らした。

「律子？」

画面の向こうには、泣き腫らしたような顔をしている佐藤律子の姿があった。

2

午後六時五十五分。

美沙は待ち合わせ場所であるホテルのロビーのソファに浅く腰を下ろした状態で、何度も入口の方に目を向けたり、スマホを見たりしていた。

あの生真面目な姉のことだから、絶対三十分前にはロビーに到着していると思ったのに、五分前になった今も姿を現さなかった。

心配なのは電話をしても応じず、メッセージも既読になっていないことだ。

また仕事に没頭しすぎて、なにもかも耳に入らない状態になっていたら、どうしよう。

美沙は、ふぅ、と息をついて、スマホに目を落とす。もう一度、電話を掛けようとしていると、頭上で声がした。

「美沙さん」

顔を上げると、そこには仕立ての良いスーツを纏い、柔らかな笑みを浮かべる黒崎の姿があった。

「こ、こんばんは」

美沙は慌てて立ち上がり、お辞儀をする。

黒崎は、こんばんは、と返したあと、薄紅色のフェミニンなワンピース姿の美沙を見て、目をそらした。

「どうされました?」

「すみません、美沙さんが、とても可愛らしかったので」

美沙は頬が熱くなるのを感じながら、ええっ、と目を丸くする。

『いつも、芸能人とお仕事をされている黒崎さんが、なにを言うんですか。お上手ですね』

と軽く返したかったのに、鼓動の強さになにも言うことができなかった。

「ところで、小鳥遊先生は?」

「ええと、まだ来ていないんです」

「ご一緒じゃなかったんですね？」

「あ、はい。私、今日は日中、友達と予定があったので、姉とはここで待ち合わせることになっていたんですが、電話もメッセージも応答がなくて」

その時、美沙のスマホに着信が入った。

お姉ちゃん？　と美沙は慌てて電話に出る。

「どないしたん？」

「連絡できなくてごめん。今日、どうしてもそっちに行けなくなったの。黒崎さんに謝っておいてもらえる？　本当にごめんね」

葉月はすまなそうに、しかし一気にそう言って電話を切った。美沙は呆然とスマホを見詰める。

「あの、姉は……」

美沙が事情を説明しようとすると、黒崎は小さく笑う。

「僕にも聞こえていました。きっと、急な仕事が入ったんでしょうね」

「きっと、そうだと思います」

葉月がどれだけこの食事を楽しみにしていたか知っている美沙は、苦い気持ちで目を伏せた。

「今日はぜひ、小鳥遊先生の分まで食べてくださいね」

美沙が戸惑う間もなく、行きましょう、と黒崎はエレベーターへと向かう。

「あ、はい」

美沙は慌てて、彼のあとを追った。

3

美沙に電話をする二時間前――。

「突然、ごめんね」

律子はリビングのソファに座った状態で、申し訳なさそうに言う。

葉月はキッチンでコーヒーを淹れながら、ううん、と首を横に振った。

「全然、ちょっとビックリしたけど」

実のところ、気持ちは『全然』ではなかった。早く準備しなければ、待ち合わせの時間になってしまう。だが、友人のただならぬ雰囲気を見て、放っておけるわけがない。

ある程度話を聞いてから、これから用事がある、と伝えよう。手早くコーヒーの用意をして、葉月もソファに腰を下ろした。

「なにかあった?」

仕事の相談なら乗るよ、というテンションであえて軽やかに訊ねると、律子は肩を震わせて、やがて顔を手で覆った。

「私……もう、立ち直れないよ。恥ずかしくて、死んじゃいたい」

「そんな、なにを言うの。なにがあったの?」

「佐久間さんが……」

律子はそこまで言い、うっ、と嗚咽を洩らす。

やっぱり、あの男のことだったんだ。

葉月は、律子の隣に移動し、その背中を撫でながら、古傷が痛むのを感じて、目を細めた。

――かつての自分を見ているようだ。

葉月は、実は佐久間真治と付き合っていた時期がある。今となっては一生の汚点だ。

なにも言えずに背中を撫で続けていると、律子は次第に落ち着いてきたようだ。

大きく深呼吸をして、ごめんなさい、と洩らす。葉月は首を横に振った。

「彼、京都の太秦《うずまさ》にもマンションがあって……前に、すっごく彼が酔っぱらっている時に、合鍵をくれたの。『今度、京都の現場の仕事が入ったら、俺の部屋に来て、なにか美味いものを作ってくれよ』って。なかなかそんなチャンスが巡ってこなかったんだけど、いよいよ太秦での撮影が入って、私、大張り切りでマンションに向かったの。彼に黙って、サプライズのつもりで」

そこまで話を聞いて、その後の展開が頭に浮かんだ。

「彼は今頃、撮影だと思うから、美味しいビーフシチューでも作っておいてあげよう。ふたりでワインも飲みたいな、なんて浮かれて買い物をして、ドキドキしながら合鍵を使ってマンションに入ってね……ここからは今時ドラマでも観ないようなベタな展開。玄関に女物の靴があったの。それも、ルブタンのハイヒール」

律子は、ひとつ息をついて、話を続けた。

「すごく嫌な予感がして、リビングに入ったら、ソファの上にバーキンが投げ出されてた。私もバカじゃないから、思ったの。ああ、このまま寝室に行ったら、ルブタンとバーキンが似合う女と彼がまどろんでたりするんだろうなって。よくある修羅場ってやつに出くわすのかなって」

葉月は息を呑んで、前のめりになる。

「寝室に行ったの?」

「ううん、修羅場はもっと近くで起こったの。なんていうか心の修羅場。彼と女がキッチンで缶ビールを飲んでいたの」

そこで一息つくと、律子は誰もが知る女優——相川奈緒美《あいかわなおみ》の名を挙げた。

「ふたりともシャワーを浴び終わったばかり、いかにも事後という感じで。相川奈緒美は私を見て、『えっ、誰?』って」

それで、と葉月は詰め寄った。

「そうしたら、佐久間さんが『ああ、佐藤さん、買い物ありがとう』って私に近づいて、エコバッグの中を覗いてね、『ビーフシチュー?』って聞いてきたの」

律子が黙ってうなずくと、佐久間はこう続けたそうだ。『嬉しいな。腹が減ってたんだよ。

作ってよ』と。

「えっ、それで、律子はどうしたの？」

「反応できなかったら佐久間さんが『ごめんごめん、冗談。これ、お駄賃』って、四つ折りの一万円札を手の中にくれたの。相川奈緒美は『お駄賃って、子どもみたい』って笑ってて。私もなんでかね、笑顔を作ってたんだ」

ずきん、と葉月の胸が痛んだ。

律子は、どんな顔をしていいのかわからなかったのだろう。本当は取り乱して暴れたり、泣き叫びたい気持ちもあったが、そうなるキッカケがなく、相手に合わせてしまった。

律子は、その笑い声の中、帰ってきたという。

だが、だんだん冷静になると同時に、怒りが沸いてきたそうだ。

非難のメッセージを送ると、佐久間から一言だけ返事が届いたという。

『なにか勘違いしていたみたいだけど、芸能界ってこういうところだから』

それから、彼から連絡が来ることはなかった。

葉月は、大きく息をついた。

「そんなことがあったんだ……」

律子は、バカだよねぇ、と自嘲気味に笑う。

「俳優さんとお付き合いできてるって有頂天だったんだよね。浮かれて舞い上がって、彼との結婚まで夢見て、本当に恥ずかしい」

そう言うと、うっ、とまた嗚咽を洩らした。

「律子は、普通だよ。バカじゃないし、恥ずかしくもない」

葉月はそう言って、再びその華奢な背中を摩る。

彼が普通じゃないんだよ、と葉月は心でそうつぶやいた。

4

最上階のフレンチレストランは、目の前に大きく京都タワーが見える。

馴染みの建造物だが、近くで見るとなかなか迫力があるものだ。

美沙と黒崎はカウンター席に並んで座っていた。

運ばれて来た前菜——魚介のカルパッチョを口に運びながら、ライトアップされた京都タワーを眺めていると、黒崎が確認するように問うた。

「美沙さんのご出身は、京都なんですよね？」

「あ、はい。生まれも育ちも京都です」

「それなのに、京都タワーは珍しいですか？」

美沙は思わず笑う。

「珍しいわけやないんですけど、こうして間近で京都タワーを眺めながら食事なんて初めてだったので……特別感がありますね」

「それなら良かったです」

嬉しそうに微笑んだ黒崎の横顔を見て、美沙の胸が詰まった。

「姉も来られたら良かったんですけど……」

なにかが込み上げてきたのを押し込めるように、美沙は言う。

「本当ですね。次回こそ、三人で」

はい、と美沙は微笑んだ。

「そういえば、美沙さんは、何回生ですか？」

関西の人間は、『何回生』という言い方をする。黒崎の出身は関東だが、大学は京都ということで染みついているのだろう。

「四回生です」

「いや、若いなぁ」

「黒崎さんは？」

「ええ、僕は三十六ですよ、もうオジサンです」

「そんな、黒崎さんは全然、オジサンやないですよ」

美沙が思わず向きになって言うと、黒崎は一瞬、驚いたように目を見開いたあと、照れたように額を撫でた。

「そう言ってもらえて光栄です」

美沙の胸が、今度はさっきよりももっと強く、ギュッと締めつけられる。

「ワインは飲めますか?」

「少しでしたら」

「ぜひ、飲んでください。先生の分まで」

その言葉に、美沙の言葉が詰まった。

「どうされました?」

「あ、いえ。今頃、姉は忙しくしてるんやろか、と思いまして」

美沙は、誤魔化すように笑う。

「嬉しいことです。小鳥遊先生は、また売れっ子先生に戻っていただきたいですし」

姉は、ある時から急に書けなくなったのだ。その理由は、美沙も知っていた。

「……黒崎さんは、あの批評、どう思わはりました?」

姉の趣味は映画や舞台を鑑賞することだ。

今の若い人たちは観ていないような古い洋画も好んで観ている。

デビュー作は、名作映画、『ローマの休日』のオマージュをベースとし、今の時代向けにアレンジした作品だった。それは、応募時にもしっかりと記載している。

選考委員には、そのアレンジ性も含めて評価され、大賞を受賞した。

その後、姉の許に名作映画をオマージュした作品の依頼が舞い込むようになり、ドラマはどれもヒットした。まさに飛ぶ鳥を落とす勢いで姉は売れていったのだけど、同時に、同業者からのやっかみ、風当たりが強くなっていった。

ある批評家が、『オマージュというオブラートに包んだパクり脚本家。あんなもの誰だって書ける作品だ』と姉の名前を出した罵倒記事を書いたのだ。

その言葉を目にした時は、美沙もショックだった。

それは姉も同じで反論したい気持ちは山ほどある、と洩らしていた。

これまで世に出ている作品でまったく新しい作品なんて、ほとんどない。

少なくとも自分は見たことがない。どんな作品も程度の差こそあれ過去の名作や古典、神話の影響を受けているものだ。現代を生きるクリエイターは、それらをどうアレンジしていくかしかないのではないか、と姉は、悔しそうに言っていた――。

『反論しようよ！』

と美沙は言ったが、姉は首を縦に振らなかった。

名作映画のオマージュでデビューし、その後の作品もオマージュシリーズだ。そうじゃなくても、これまで観てきた映画の影響を多く受けている。その事実は変わらない、と肩を落とした。

姉はこのあと筆を折ってしまい、やっと最近少しずつまた書き始めているが、かつてのようには書けないでいる。

「あれは、いわれのない暴言だと思っています」

ですよね、と美沙は思わず前のめりになる。

「そもそも、小鳥遊先生は『ローマの休日』のオマージュ作品でデビューして、その作品がドラマ化した際に大ヒットしました。そのことから、テレビ局側が『名作オマージュシリーズを作ろう』と企画し、小鳥遊先生に依頼したんです。彼女は制作側の期待にしっかり応える仕事をしてくれました。その企画の意図も前面に出していたのに、ありえません。プロが書いたとは言えない記事でした。ですが、成功者を妬む輩も多いもので、あの批評家に賛同した人も多く、名作オマージュシリーズは、全五作を予定していたのですが四作で終了してしまいました。それから、小鳥遊先生も仕事を縮小してしまって……」

と、黒崎は残念そうに言う。

「姉を評価してくださっているんですね……」

「もちろんです。小鳥遊先生は天性の脚本家だと思っています。時代を見抜く力やストーリー性然り、構成力、アレンジ力もピカイチです。ですから、僕は……」

黒崎はそこまで言って、口を噤んだ。

えっ？　と美沙は目を見開く。

「もしかして、姉が久しぶりに担当したドラマって、黒崎さんが推薦を……？」

「小鳥遊先生には黙っていてくださいね」

黒崎はばつが悪そうに頭を掻く。先ほどの口ぶりから、黒崎が無理をして、姉を推したのが伝わってきた。

「……嬉しいです。姉のことをそんなに評価していただいて」

「実は、単純にファンだったりするんですよ」

「それが一番嬉しいと思います」

黒崎が姉を脚本家として買っているのは、よくわかった。

では、女性としては、どう思っているのだろう？

「あの……姉は、妹の私から見ても素敵な女性だと思うんですが、今は仕事が忙しくて出会いがないようでフリーなんですよ。黒崎さんから見て、姉は魅力的でしょうか？」

美沙は言葉を選びながら、探りを入れる。

黒崎は少し考えて、弱ったように笑った。

「本音で答えるなら、僕は臆病者なんで、怖いですね」

「怖い？」

「勝手なイメージなんですけど、彼女は理想がとても高く、常に完璧でなければ許さない……そんな気がするんです。実際にはそうじゃないかもしれませんが、そんな風に感じてしまうんですよ」

美沙はなにも言わずに、相槌を打つ。

「ですので、自分に自信のある男性か、もしくは身のほど知らずじゃないと、彼女には近づけないかもしれません」

美沙は目を見開き、心の中でぶんぶんと首を縦に振った。

――そうなんです。姉ってそういうところがあるんです。ほんまに理想が高くて、かと思えば、なんで？　っていうくらいの駄目男と付き合い出したり！

と、声を大にして言いたかったが、それを堪えて、曖昧にうなずく。

「でも、小鳥遊先生は素敵な方ですから、彼女に見合う男性が現れるといいですよね」

あなたは、そんな理想の高い姉が恋焦がれる、素晴らしい男性なんですよ。

と、美沙は心の中で言う。

だが、黒崎は、葉月を意識していないことがわかってしまった。

美沙は複雑な心境になり、目を伏せる。


食事を終え、ふたりは建物を出た。黒崎は優しく微笑し、美沙を見詰める。

「美沙さんとお食事ができて、とても楽しかったです」

「私もです」

「あの、また……お誘いしてもいいですか？」

えっ？　と美沙が顔を上げると、黒崎の瞳が不安に揺れていた。

また、美沙の胸がギュッと詰まり、心音が強くなる。

ここで、ちゃんと断らなあかん。彼は、姉の好きな人。そやから彼氏がいるとか、なんでもいいから嘘をついて、キッパリ断らな――。

美沙は言おう言おうと思いつつ、鼓動の強さに目眩を感じた。

そんな戸惑った様子の美沙に、黒崎は苦笑した。

「そういえば、美沙さんにはデートをする素敵な人がいたんですよね。お誘いなんてしたら、駄目ですよね。今日も彼とデートだったんでしょうか」

「そんな人、いいひん！」

咄嗟に口をついて出た言葉に、美沙は驚き、目をそらす。

「あ、ええと、女の子の友達と、普通に遊んでいただけです」

黒崎は安堵の表情を浮かべて、微笑んだ。

「美沙さんと食事ができて、年甲斐もなくドキドキしてしまいました」

私もです、と美沙は目眩を感じながら、心の中でそう応えた。

「また、一緒に過ごせることを楽しみにしていますね」

黒崎はそう言って子どものようないたずらっぽい笑みを見せる。

洗練された大人の男性なのに、子どもみたいな顔を前にして、美沙の息が苦しくなる。

そのあと、黒崎は美沙をタクシーに乗せ、運転手にタクシーチケットを手渡した。

初めて見るタクシーチケットに美沙は目を丸くしながらも、おやすみなさい、と会釈する。

黒崎も、おやすみなさい、と大きく手を振った。

「あー、どないしよう……」

と、小声で洩らす。

美沙はタクシーの中で、そっと高鳴る胸に手を当てた。

「――いつの間に、こんなことまでできるようになったんだろう」

葉月は缶ビールを口に運んで、ぽつりと洩らす。

英輔は、生放送特番での仕事を見事にこなしていた。

抜群のルックスを誇る美形俳優ながら、自分の『おバカ』な部分もあけすけに出し、場の空気が散らかった時は、ＭＣ補佐としてすみやかに収めている。

そうして無事、番組は終了し、テレビ画面は次のバラエティ番組を映し出していた。

「結局、生放送チェックできてるし……」

葉月は目だけでリビングを見回して、肩をすくめる。

傷心していた友人の律子はすでに帰宅していて、葉月はひとりだった。

美沙は今頃、デザートでも食べている頃だろうか？

行きたかったなぁ、と洩らして、どうにも拭えない、寂しさと侘しさを埋めるようにまたビールを口に運んだ。

その時、ピコン、と葉月のスマホにメッセージが届いた。

『生放送終了！　スタッフみんなに褒められた！　あとからでもちゃんとチェックしてくれよな』

可愛さを意識したような上目遣いの自撮り写真までついていた。

「……わんこかよ」

葉月は思わず噴き出して、缶ビールを口に運ぶ。

先ほどまで胸を占めていた寂寥感が、嘘のように消えていた。

5

「お疲れさまです、英輔君、素晴らしかったです」

満面の笑みで言う田辺に、「サンキュー」と返していると、番組ディレクターが笑顔で歩み寄って来た。

「いやぁ、英輔君にMCのサポートはどうかなぁって正直思ってたんだけど、意外とやるもんだからビックリしたよ。本当に良かった。本音を言えば、かなり驚いたよ」

「ありがとうございます」

ディレクターは英輔の背中を軽く叩き、「見事に脱皮したね」と言った。

キョトンとする英輔に、ディレクターは笑った。

「つい最近まで、BBの影がチラついてたけど、今はもうなくなった。『鈴木英輔』という名前がちゃんと独り立ちしている」

「あ……ありがとうございます」

「これからの活躍を期待しているよ」

英輔は今やっていることに手応えを感じて、熱い息をつく。

いつも手探りで道を探していた。なにが正しいのか、どうしたら良いのかわからず、真っ暗な中、ただやみくもに突き進んでいた。

でも、今は、違う。ちゃんと道が見える。こんなにも充実している。

それはすべて、先生のおかげだ。

今、自分のやるべきことは、飾らず焦らず低姿勢に、そして演技力を身につけ、司会力をも身につける。来た仕事をひとつひとつ、しっかりこなし、チャンスは逃さない。

階段を駆け上がるのではなく、しっかりと一段一段上って行けば、転がり落ちることもないのだ。

英輔は決意を新たにして、拳を握り締めた。

マネージャーの田辺は嬉しそうに英輔を見た。

「さあ、英輔君。これから忙しくなりますよ。連続ドラマの収録は山場に入りますし、他にもどんどん仕事の依頼が来ています」

「ああ、わかってるよ」

関西の番組に出た時は、そのあと九〇分ほど川島のレッスンを受けているが、それが終わったら、すぐに東京にトンボ返りしなくてはならない。

「しばらく、あそこに行けそうにないのが、寂しいところだなぁ」

と、英輔が洩らすと、そうそう、と田辺が人差し指を立てる。

「小鳥遊先生は、『土曜でＳＨＯＷ』のテレビ局によく来ているので、お会いすることもあると思いますよ」

「マジで？　土曜日でも？」

「この業界、曜日なんてあってないようなものですから……」

そんな話をしていると田辺のスマホがブルルと振動し、失礼します、と顔を背けるようにして電話に出た。

「それじゃあ、俺は先に控室戻ってるから」

英輔が体を伸ばしながら歩いていると、田辺が「あの、英輔君」と言いにくそうに口を開く。英輔は足を止めて、振り返った。

「今、事務所にあなたのお母さんだと仰る方が訪ねてきているそうなんです……」

それまで晴れやかな表情をしていた英輔だが、ぴくりと肩を震わせて、真顔になった。

「その人は、母じゃないので追い返してもらっていいです」

英輔の言葉に、田辺は「わかりました」と沈痛な面持ちで頷く。

「……ったく、せっかく良い気分だったのに」

英輔は小さく舌打ちして、頭を掻いた。


それから、数日後。

田辺の言った通り、『土曜でＳＨＯＷ』の放送後、テレビ局の通路で英輔と葉月は、ばったり出くわした。

「あっ、先生！」

葉月は英輔の呼び掛けに気づくも、会釈をして、そのまま通り過ぎようとする。

「おい、どうして、無視するんだよ」

英輔が追い掛けると、葉月はぎょっと目を剝く。

「別に無視なんてしてないわよ。会釈したでしょう？」

「もう帰るのか？」

「ええ、今すぐに」

「俺もここでの仕事が終わったから、お茶でも飲みに行こうぜ」

「ううん、もう帰るから」

葉月は引きつった笑顔を作り、さよならと手を振った。

「おい、なんでそんなにつれないんだよ、最近忙しくて『ぎをん』に行けないんだから、少しくらい付き合ってくれよ」

英輔が大きな声でそう言うと、葉月は恥ずかしくてたまらないように声を上げた。

「声が大きいって」

しかし、そう言った葉月の声の方が大きく周囲の注目を集めたため、葉月は赤面しながら、足早に立ち去ろうとする。すぐに英輔も葉月のあとを追った。

「ちょっと、ついて来ないでよ」

「なぁ、この前のドラマ観てくれたんだろ？　俺の演技どうだった？」

「良かったわよ、どんどん上手くなるわね」

「なんだよ、それだけかよ」

「他に言いようがないし」

「ってか、どうして、いきなり俺を煙たがるんだよ」

英輔は、向きになったように葉月の肩をつかんだ。

「公の場であなたの側にいて、過剰に目立つのがどうも落ち着かないのよ」

「そんなの別にいいじゃんか、先生らしくねぇよ」

「最近の英輔の注目度は少し前と段違いなんだから、もっと自覚を……」

葉月が顔をしかめながら息をついたその時、あれ、と背後で男の声がした。

英輔と葉月が振り返ると、ディレクターの黒崎が笑顔で歩み寄ってきていた。

「こんにちは、小鳥遊先生、英輔君」

黒崎の出現に、葉月は急に目を泳がせるも、自分を落ち着かせるように胸に手を当てて、笑顔を作った。だが、耳だけは真っ赤だ。

「こんにちは、黒崎さん」

英輔はそんな葉月の動揺ぶりを横目に見つつ、どうも、と会釈する。

「驚いた、ふたりは仲が良かったんですね」

黒崎は戸惑ったように、英輔と葉月を交互に見る。すると葉月はすぐに、英輔から距離を取った。

「いえ、仲良くなんて全然」

「全然まで言うなよ」

「まぁ、普通に話す程度です」

「なんで、そんなに俺と仲良いって思われたくないんだよ？」

「はっ、あんたは思われたいわけ？」

と、葉月は向きになって言ったあと、我に返り、口を噤んだ。

「とても仲良さそうじゃないですか」

黒崎は愉しげに笑い、葉月に視線を移した。

「先日はお食事できなくて残念でした、美沙さんによろしくお伝えください」

それでは、と黒崎は微笑んで、立ち去っていく。

葉月は頭を下げて、黒崎を見送るも、少し切なそうに目を細めた。

「また誘ってくれるわけじゃないんだ……」

そのつぶやきを聞き、英輔はピンと来て、へぇ、と口角を上げる。

「先生は、黒崎さん狙いだったんだな」

「狙いって、あんたまで美沙みたいに……大体、英輔には関係ないでしょう？」

「黒崎さんはいい人だもんな、みんなに優しいし、悪い噂聞かねぇし」

そうなの、と葉月は頬を緩ませるも、ハッとしたように英輔を見た。

「ねっ、英輔、私、今、ちゃんと口紅ついてる？　取れてない？」

「ついてるけど？」

「髪は乱れてない？」

と葉月は髪に手を触れながら、訊ねる。

「いつもの百倍整ってるけど？」

「ああ、良かった、黒崎さんに会えるなら、もっと素敵な服を着てくるんだった」

葉月は、自分のスーツを見ながら、残念そうに言う。

「なんだよ、俺に会う時は、信じられねぇくらい、ボロボロのくせによ」

「英輔に会うのに、綺麗にしたって仕方ないじゃない」

吐き捨てるような葉月の言葉に、英輔は、はあ？　と声を上ずらせた。

「なに言ってんだよ、黒崎さんと俺なら、絶対俺の方が、数段イイ男だろ？」

「あのねぇ、目鼻の位置でイイ男が決まるわけじゃないのよ。黒崎さんとあんたは雲泥の差なの。もちろん、黒崎さんは雲であんたは泥、わかる？」

「相変わらず、ひでぇ女だな、泥ってなんだよ」

「それじゃあ、たとえを変えるわね」

と葉月はうんと高く手を伸ばし、「黒崎さんがここなら」と言って、今度は足首まで手を下げ、「あんたはここなの」と言う。

「マジで、ムカつく、この女」

英輔は肘で葉月の首を絞める真似をした。

「ちょっと、やめてよ。仕方ないじゃない、本当のことなんだから」

葉月は英輔から逃げつつ、でもね、と笑いながらそう言う。

「これは、あくまで私の中での話。世間的には、みーんな、鈴木英輔の方がイイ男だって言うから」

『私の中での話』——その言葉に英輔は複雑な表情を浮かべたあと、息をついた。

「まぁ、先生は、世間から外れてるからな」

「なによそれ。それより、これから川島さんのところでレッスンでしょう？　撮影がんばってね。私は本当に帰るわ」

葉月は軽く手を振って、軽やかに歩き出す。

その背中を見送りながら、どうしてなのか、ふと呼び止めたくなる。

先生、と声に出しそうになった瞬間、ピコン、と英輔のスマホが音を立てた。

『今夜、マンション行ってもいい？』

茉莉花からのメッセージだ。

今日は川島のレッスンを受けたあと東京に帰るため、夜は空いている。

いつもなら、ふたつ返事でＯＫしていた。

英輔はメールをしばらく眺めたあと、『ごめん。今忙しくて、またな』と返信した。

――茉莉花からの誘いに嘘をついて断ったのは、これが初めてだった。

6

美沙はいつも、東大路通沿いのスーパーで、夕食の買い出しをする。

京都の観光中心部には、スーパーが少ない。あっても、高級スーパーだ。いちいち『高いなぁ』と思ってしまうのは、生活が困窮しているからではなく、単に庶民心だ。葉月の仕事はピーク時に比べて、格段に減少しているが、家賃がかからず、貯金もある。それでも節約は大事だ。

特売は見逃さず、割引シールや見切り品を狙い撃ちする自分は女子大生というより、ほとんど主婦だった。

今日はジャガイモとニンジンが特売で、冷蔵庫の中には小間切れ肉と玉ねぎがあったはず。

「肉じゃがにしよう」

メニューがスムーズに決まって、ほくほくした気持ちで家路を辿っていると、美沙のスマホが鳴動した。

「あー、はいはい。お姉ちゃんかな?」

と、美沙は、スマホをバッグから出して、耳に当てる。

「こんにちは、黒崎です」

その声に、美沙の心臓がばくんと跳ねた。先日食事をした際、連絡先を伝えていたのだが、まさか電話が来るとは思っていなかった。

「こ……こんにちは」

「突然すみません、実は先ほど局で偶然、小鳥遊先生とお会いしたんですよ」

「あっ、そうなんですね」

「先ほどと言っても、二時間くらい前だったから、もう先生はご帰宅されたでしょうか？」

うーん？　と美沙は小首を傾げる。

「私は今、ちょっと外に出ていまして。もしかして姉に用事が？」

だとしたら、なぜ姉に直接連絡しないのだろう？　そんな疑問を抱きつつ言うと、黒崎は、いえいえ、と答えた。

「すみません、小鳥遊先生に用事があったわけではないんです。あの、美沙さん、今日は忙しいでしょうか？」

突拍子もない質問に、美沙はぱちりと目を開いた。

「いいえ、別に忙しくは……」

これから家に帰って、夕食作りをするだけだ、と心の中で付け加える。

「もし良かったら、今夜またお会いできませんか？」

美沙は、ごくりと喉を鳴らした。

どうしよう、もう、忙しいという言い訳はできない。いや、そんな話ではないのだ。キッパリとお断りしなければ……。

ごめんなさい、と言おうとして、美沙は唇を結んだ。

駄目だ。本当はとっくに気づいていた。自分も姉と同じように、黒崎に惹かれてしまっていることを……。姉の好きな人だから遠慮しなければならないと、理性ではわかっている。それなのに、断りたくないと思ってしまっている。

一瞬、黙り込んだ美沙に、黒崎は小さく笑った。

「あなたの家の近くのホテル……青龍《せいりゅう》のバーで七時に待っています。あなたが来てくださらなかったら潔く諦めます」

えっ？ と美沙はスマホを手にしたまま前のめりになる。

「お待ちしていますね」

黒崎は、そう言って電話を切った。

美沙は呆然とスマホに目を落とす。頭を抱えるような気持ちで坂道を歩いていると、馴染みの後ろ姿が目に入った。

葉月だった。ちょうど、今帰りなのだろう。

「お姉ちゃん……」

美沙が思わずその背中に向かって呼び掛けると葉月は振り返り、満面の笑みで坂を下ってこちらへ戻ってくる。

「ちょっと美沙、聞いて！」

「どないしたん？」

「今日、局で黒崎さんに会えたの！」

と、葉月の声はミーハーな女子学生のように弾んでいる。

いつもなら手放しで『良かったね』と言えるのだが、今はすぐには口にできなかった。一拍置いてから、そっかぁ、と美沙は微笑む。

「美沙によろしくって言ってたよ」

あ、うん、と美沙はぎこちなくうなずく。

葉月は、あー、と洩らして、美沙にもたれかかった。

「なんだか急にお腹が空いてきちゃった」

「今夜は肉じゃが」

「嬉しい。美沙、ありがとう」

葉月は美沙の肩を抱いて、こつんと頭を合わせる。

ううん、と首を横に振りながら、美沙の胸が、ズキズキと痛んだ。

7

『土曜でＳＨＯＷ』は、土曜日午後一時から一時間の生放送番組だ。

放送が終わると、特に打ち合わせもなく、皆挨拶をして次の現場へと移動する。

英輔はいつもそのまま梅田駅へ行き京都へ向かう。『劇団かもがわ』の拠点である、京都芸術センターへと足を運ぶのだ。

レッスンは、約九〇分。以前なら、終了後もそこでダラダラ過ごし、夕方になって小料理屋『ぎをん』へとくり出すところだが、今はそうはいかない。

翌日朝早くから仕事があるため、東京へ帰らなくてはならなかった。

新幹線で東京駅に着いた英輔は、小さく息をついた。浮かない顔で事務所に向かって歩く。

英輔が所属している芸能プロダクション『ＴＮプロ』のオフィスは丸の内にある。東京駅から近いため京都から帰った時は、こうしてふらりと立ち寄ることもあった。事務所にマメに顔を出すことで、良い話をもらえることもある。

だが今、事務所に向かっている理由は他にあった。

『英輔君の母親だと名乗る女性がまたいらっしゃいまして、今日は頑なに帰ろうとしないんです。警察を呼ぶことも考えたのですが、実のところ、本当のお母様ですよね？　応接室にお通ししています。お話もありますので、立ち寄ってもらえませんでしょうか』

一足先に事務所に戻ったマネージャー・田辺からのメッセージを思い出し、英輔は舌打ちした。

「ったく、今さらなんなんだよ」

英輔は重い足取りで、オフィスビルのエレベーターに乗ると、受付を抜け、応接室のドアを開けた。

牛革のソファが向かい合って並び、その間にテーブルがある。

ソファには身を小さくするようにして座っている中年女性の姿があった。田辺もいると思ったが、今は離席しているようだ。

英輔を見るなり、彼女は腰を上げて、瞳を揺らした。間違いなく母親だった。

母は昔、高級クラブで歌手をしていた。細身ながら抜群のスタイルと、美しい顔立ち、そして迫力のある歌声から『夜の歌姫』という異名を取っていたという。

英輔も子ども心に母は美しいと感じていた。だが、今は見る影もない。艶やかだった髪はパサついて白髪が交じり、頬がこけて痛々しいほどに細い。

「久しぶりね。英輔も座ったら……？」

と、母が言うも、英輔は首を横に振り、仁王立ちしたまま、母を見据えた。

「で、用件は？」

「英輔がこの前、スペシャル番組に出ているのを見つけて、嬉しくなって……ほら、長い間テレビに出てなかったでしょう？　もう引退したと思っていたから」

母はためらいがちにそう話す。

英輔はなにも言わずに、そんな母を見ていた。

「それで、連絡したかったんだけど、もう電話も出てくれないから……」

はっ、と英輔は鼻で嗤う。

「どうせあいつに、また俺から金を引っ張ってくるよう言われたんだろ？」

母は、グッと押し黙る。しばしうつむき、ごめんなさい、と洩らした。

「お父さんも大変で……」

英輔は、イライラしながら、舌打ちした。

「お父さんって。あんたの旦那であって、俺の父親じゃねぇよ」

母は小刻みに震えながら、目を伏せる。

「ごめんなさい、本当に……少しでいいの」

「あんたら、なんか勘違いしてるよ。テレビに出てるからって金持ちってわけじゃないんだぜ。音楽やってた頃はともかく、今は前とは違うんだ」

ＢＢの頃も散々、俺から金を引っ張っといて、まだ足りねぇのかよ。

そう言おうとして、英輔は口を閉ざした。

「ガスも水道も止められそうで……」

「だから、旦那になんとかしてもらえよ、まだギャンブルにつぎ込んでるのか？」

母はギュッと目を瞑り、震える体を押さえるように自分を抱き締めた。袖の隙間から、痣が見える。おそらく、夫に殴られた痕だろう。

「ったく」

英輔は財布を取り出し、その中からすべてのお金を出して、テーブルにぶちまけた。

札や小銭が散らばっていく。

「これが最後だ。もう、二度と来んなよ！」

英輔はそう吐き捨てて、応接室を勢いよく飛び出した。自分の金を必死に拾う母の姿は、見たくなかった。

ビルを出て、英輔は東京の街を早足で歩く。もしかして、と振り返る者もいたが、怒りのオーラを感じたのか、誰も話し掛けてくることはなかった。

しばし歩き、コンビニの前で足を止めた。

無性にタバコが吸いたくなり、コンビニに入ろうとして、踏み留まる。

「やめたんだろ、これじゃあ、あいつと同じじゃねぇか」

気持ちを落ち着かせようと、そのまま路地裏に入り、深呼吸をした。

ポケットからスマホを取り出し、なんとなく葉月に電話を掛ける。耳に届く発信音に心なしか、鼓動が強くなる。

「はいはい？」

と、気の抜けた葉月の声が聞こえてきた。

「先生、俺だけど」

「なによ、名乗りもせず。オレオレ詐欺みたいに」

「こんなイケボ、俺だけじゃねぇ？」

よく言う、と葉月は小さく笑っている。

「今回はどうしたの？　また良いことあった？」

「いや、なんにもないんだけど、なんつーか、すげぇやりきれないくらい、ムカついて、イライラして」

「あっ、それは、いいじゃない」

はっ？　と英輔は訊き返す。

「感情の中で〝怒り〟がもっとも行動に移せるエネルギーなの。その怒りのすべてを原動力にすること。そして、自分の感情を演技にぶつけなさい。いい？　俳優にとって感情はすべて財産よ、わかった？」

葉月の言葉に、英輔はポカンとしたあと、くっくと肩を震わせる。笑ったのだ。

「わかったよ、サンキュー、先生」

「どういたしまして。それじゃあね」

「なんだよ、忙しいのか？」

「ちょうど今から、夕食食べるところだったのよ」

「あ、それは悪ぃ」

「ひとりでビール飲みながら、美沙が作ってくれた肉じゃがを食べるだけなんだけどね」

「ひとりでって、美沙ちゃんは？」

「急に友達に呼び出されたって、慌てて出て行った。お洒落して出て行ったから、彼氏未満の男友達じゃないかな」

「へぇ、美沙ちゃんにカレシか」

「勝手な憶測だけどね。それじゃあね」

と、葉月は簡単に言って、電話を切った。

英輔はスマホをポケットに入れて、頬を緩ませる。たったこれだけの会話だというのに、心はすっかり晴れやかだ。

「なんだか、わかんねぇけど、あいつは本当にすげぇな」

軽い足取りで家路を辿り、マンションの前まで来た時、

「英輔っ！」

と、聞き慣れた声がして、英輔は驚いて顔を上げる。

アイドルの茉莉花が、頬を紅潮させて、駆け寄ってきた。

「……茉莉花？」

どうした？　と訊ねる間もなく、茉莉花は英輔の胸に飛び込む。その瞬間、茉莉花は嗚咽を洩らして、泣き出した。

「なんだよ、どうした？　なにかあったのか？」

「お願い、部屋に入れて」

英輔は戸惑いながらも、いいよ、と震える茉莉花の肩を抱き寄せる。そのまま彼女をマンションに招き入れた。

第六章

1

黒崎が指定した『ザ・ホテル青龍』は、『東山邸』と同じ東山にあり、歩いて十分もかからない。

『青龍』は、元京都市立清水《きよみず》小学校の校舎を改修したホテルだ。近年京都では廃校になった雅趣に富む校舎をリノベーションし、ホテルや施設に再生させる事業が展開されていた。

『青龍』もそのひとつであり、かつて子どもたちが通った校舎の面影——教室の窓枠、階段、廊下、アーチ窓など——を残したまま、今や京都指折りのラグジュアリーホテルとして知られている。

美沙は、『青龍』の前を通るたびに、いつか素敵な人とデートに来たい、とうっとりとした気持ちになっていた。

その想いは、今、実現されている。

美沙は、『青龍』のルーフトップバーにいた。

薄暗くなった空の下、空間はライトアップされ、八坂《やさか》の塔の愛称で知られる法観寺《ほうかんじ》の五重塔を展望できた。隣には黒崎圭吾が座っていて、ウイスキーのロックを飲んでいる。現代《いま》の時代、テレビドラマでも観ないようなベタであり、贅沢なシチュエーションだ。

嬉しいのに、心は晴れない。胸が高鳴るのと同時に、痛んだ。

美沙の視線に気づいた黒崎は、グラスを置いてはにかんだ。

「今日はもう来てくれないのではと思っていたので、やけ酒で強いのを飲んでしまったんですよ……」

「……遅れてすみませんでした」

美沙が頭を下げると、いえいえ、と黒崎は首を横に振る。

美沙は、一時間遅刻した。

行かないつもりでいた。彼は、姉の好きな人なのだ。

それでもそわそわして、何度も時計に目を向けていた。落ち着かずに過ごし、気がつくと待ち合わせから一時間が経とうとしていた。

彼は、帰ったに違いない。今日を境に、彼と会うことはなくなるだろう。

そう思うと、いてもたってもいられなくなった。どうせもう会えなくなるならば、最後に一度だけ、と駆け出していた。

すでに約束の時間を一時間も過ぎているのだから、いないはず。だが、もし彼がまだいてくれたなら……。

美沙は賭ける心持ちで、この場に訪れていた。

「実は昔、結婚を考えた人がいたんですよ」

黒崎は独り言のように、ぽつりと零す。

「大学時代から交際している彼女でした。七年交際していて、自分は当たり前のように彼女と結婚するものだと思っていたんです。が、結局、駄目になってしまって……」

美沙は黙って聞いていたのだが、好奇心を抑えきれず、小声で訊ねた。

「どうしてですか……?」

「『あなたと結婚しても、孤独でいる未来しか見えないから』と言われてしまったんです。彼女はよく『あなたはいつも仕事ばかりで寂しい』と言っていたんですが、まさか、そんなにも寂しい思いをさせていたとは思っていなかったんです」

美沙は神妙な面持ちで相槌を打った。

「その彼女と別れてから、ずっとひとりだったんです。仕事に夢中でしたし、恋愛する気持ちになれなかった。また、相手に寂しい思いをさせてしまうだけのような気がして……」

黒崎はそう言ったあと、足を止め、美沙を真っすぐに見た。

「でもやっぱり、人は懲りずに恋をしてしまうんですよね。寂しい思いをさせるかもしれないのに、また辛い思いをするかもしれないのに……」

美沙は息を呑んで、黒崎を見詰め返す。

「美沙さん」

「は……はい」

「僕は忙しい人間ですが、できるかぎり時間を作れるよう、最大限の努力をしていきたいと思っています。どうか僕とお付き合いしていただけないでしょうか」

黒崎は、美沙の目を見たまま、強い口調で言う。

違うんです、と美沙は目を伏せた。

あなたのことを諦めに、最後のつもりで来たんです。だからもう会うつもりはないんです。

今なら誰も傷つけずに終わることができるんです。

理性はそう言っているのに、胸の内側がじんと熱い。

この人の手を取りたい。それがいけないことだというのもわかっている。

――だけど、少しの期間ならば……。

美沙は目に涙を浮かべ、よろしくお願いします、と頭を下げる。

黒崎は、頬を紅潮させて嬉しそうに微笑んだ。

「ありがとう、美沙さん。もう信じられないくらい嬉しいです」

「黒崎さん……」

最低の女、と胸の内で理性が声を上げているのに、本能はとてつもなく幸せであり、嬉しさと罪悪感との板挟みの中、美沙は引きつった笑みを返した。

2

英輔の部屋に足を踏み入れた茉莉花は、少し驚いたように室内を見回した。

「マジで汚ねぇだろ、最近、忙しくてさ」

英輔は散乱した雑誌や台本を一箇所に寄せながら言う。

「本当に忙しかったんだね……」

茉莉花はぽつりと独りごちる。

「えっ？」

「以前《まえ》は、入れ代わり立ち代わり女が出入りしてたから、部屋も綺麗だったじゃん？　最近は片付けに来てくれる女はいないの？」

「ああ、そんな暇もなくて」

英輔はコーヒーカップにインスタントコーヒーの粉を入れ、お湯を注いだ。

「私のこと、避けるようになったから、本命の彼女でもできたのかと思った」

そう言って、茉莉花はソファに腰を下ろす。

「彼女はできてないな。残念ながら」

英輔は、茉莉花の前にカップを置き、自分は隣に座った。茉莉花はカップの中でゆらめくコーヒーを見て、自嘲気味に笑う。

「夜に来たら必ずお酒を出してくれたのに、今はコーヒーなんだね」

「……それより、なにかあったんだろ。大丈夫か？」

茉莉花は、遠くを見るような目をして黙り込んだ。

ややあって、ねぇ、と茉莉花は自分の長い髪を耳に掛けて、微笑む。

「寝ようか、英輔」

英輔は弱ったように目をそらした。

「……茉莉花、俺、もうそういうのやめようと思ってるんだ」

「そういうのって?」

「彼女でもない女の子と、寝たりとか」

「え、なに、今さら」

「マジで今さらなんだけど……。俺、今さらながら、もう少しマシな人間になりたい、って思いはじめて」

「私と寝るのは、ろくな人間じゃないってこと?」

「そうじゃねぇよ、そんなんじゃなくてさ」

英輔は困ったように頭を掻く。

「……それじゃあ、彼女にしてよ、だって気も合うし体の相性も合うし、お互いの外見は好みなわけだし、支障はないでしょう?」

茉莉花は前のめりになって、英輔の服をつかむ。

「たしかに、そうかもしれないけど、ごめん」

「どうして?」

「俺、茉莉花に対して……特別な感情は持ってない」

ふたりの間に沈黙が訪れた。一拍置いて、茉莉花は高らかに笑う。

「そっか、英輔にとって私は本当に都合のイイ女だったわけだ」

英輔は、少しムッとしたように茉莉花を見た。

「それは、茉莉花も同じだろ?」

「うん。都合のイイ男だったよ。私は誰かとガチ恋するわけにはいかない。でも、誰かのぬくもりが欲しくて仕方ない時がある。英輔は顔もスタイルもいいし、なにより、私と同じだったから……」

「同じ?」

「私も英輔も中学の時に芸能界デビューしたでしょう?　私は大型アイドルグループの一員、英輔はアイドル的なダンスボーカルユニット。私がグループを卒業したのは、『大所帯にいても目立てないし、稼げないよ。君ならソロでやっていける』って言われたから。その時はその言葉を信じたけど、今になって思えば体《てい》のいい首切りだった。ソロで活動を始めても、なかなか芽が出ない。来るのはきわどい仕事ばかり。……英輔も同じだったじゃん。解散後、埋もれて、なんなら私より仕事がなかった。そんな自分よりもパッとしてない英輔と寝るのは、癒された」

まくしたてる茉莉花に、英輔は眉根を寄せた。

「茉莉花、マジでなにがあったんだ?」

「もう限界なの」

「限界?」

「事務所の社長に言われたの。六本木に店を持っているから、そこで働かないかって」

「え、どういうことだ？」

「キャバ嬢になれって。おまえはもう芸能人としては稼げないって」

英輔がなにも言えずにいると、茉莉花が歪んだ笑みを浮かべた。

「私は、スターになるために上京したの。田舎のみんなは、『うちの田舎から芸能人が出た』って喜んでくれているの。こんなのって……」

そこまで言って茉莉花は泣き崩れる。

「茉莉花……」

「……もちろん、これは社長の脅しだってわかっている。だけど、そんな時に英輔の噂を聞いたら、いてもたってもいられなくなって」

「俺の噂って？」

英輔は、眉根を寄せて首を傾げた。

「ドラマの話」

「なんのドラマだよ？」

「ネット配信のドラマの主人公、英輔に内定したって話……」

えっ、と英輔は目を見開いた。

「知らないの？　うちの社長は、所属タレントをゴリ押ししてたんだけど、制作側が英輔がいいって譲らなかったって」

時代は大きく変わっている。これまでは、キー局と呼ばれる主要放送局が手掛けるドラマばかりが注目されていたが、今はネット配信オリジナルドラマの需要も高い。

「いや、俺、そんな話はなにも……」

英輔は、すぐにスマホを確認すると、田辺からメールが入っていた。

『英輔君、お母様の件は大丈夫でしたでしょうか？　お話があったのですが、帰られてしまったのですね』

そういえば、田辺のメールには話がある、とも書かれていたのだ。さっきは母に激昂し、そのままビルを飛び出してしまった。

『お仕事が内定しました、添付の資料をご確認ください』

田辺はきっちりしたタイプのマネージャーだ。仕事の大小にかかわらず、詳細をＰＤＦに纏めて送ってくる。

中を見るまでは、大きな仕事かどうかわからない。これがそのドラマの話だろうか？　今、添付資料を見てその仕事だとわかったら、茉莉花の前でも露骨に喜んでしまいそうだ。確認はあとにしよう。英輔は、スマホから目を離し、伏せて置いた。

茉莉花は大きく息を吐き出して、天井を仰ぐ。

「英輔は急に変わって、風向きも変わって、どんどん上昇していって、そのうえ私を捨てようとしているって思ったら、もう、悔しくて苦しくて……」

「捨てるってなんだよ」

「今、まさに、私との関係を断とうとしている」

「いや、関係を断とうなんて思ってねぇし。また、都合が良いって言われるかもしれないけど、俺にとっても茉莉花は同志っつーか。彼女とはちがうかもしれないけど、同じ戦場で戦友同士、これからもなんでも話せる間柄でいたいって思ってる」

そう言って英輔は、真っすぐに茉莉花を見詰めた。

茉莉花は大きく目を見開き、なにそれ、と笑う。

「友達として、好きなんだよ。この世界にいたら息が苦しくなる時があるけど、必ず力になるから、お互いがんばろうな」

「ったく、綺麗なこと言って。本当に都合が良い」

と、茉莉花は睨むも、ふふっ、と笑う。

「でも、悪くない。今の言葉が嘘じゃないって伝わるから」

茉莉花は立ち上がり、英輔を見下ろす。

「……私、帰るわ」

ああ、と英輔も立ち上がり、ふたりはなんとなく微笑み合った。

3

いつものように書斎で仕事をしていた葉月は、佐藤律子から届いたメッセージを確認し、眉根を寄せた。

『佐久間真治のことを調べていったら、結構な人数の女性が彼に弄ばれていることがわかったの。しかも狙うのは、伸びしろのある業界人ばかり。それが、またタチが悪いっていうか。調べれば調べるほど、あいつ、最低だわ』

葉月の脳裏に、佐久間真治の甘い囁きが蘇る。

佐久間は現場でいつも優しい言葉を掛けてきていた。ふたりきりの時に『葉月はいつも一生懸命で、可愛いな』と頭を撫でてきた。そんな些細なことで、葉月は簡単に心を奪われ、なにもかも許していた。葉月にとって、初めての男女交際だった。

『俺たちが付き合っていることは誰にも言わないで欲しい。君もこの世界の人間ならわかるだろ?』と、彼は常にそう言っていた。

芸能人だ。当然だろう、と理解していた。

しかし、そんな彼との終わりは早かった。批評家が葉月を『パクり作家』と貶し、世の中がその意見に同調した時、佐久間がいきなり連絡を絶ったのだ。

すべての人が敵に回ってしまったような錯覚に陥っている時に、一番支えて欲しい人にまで距離を置かれ、葉月は戸惑った。

どうして、と詰め寄ると、『いやいや、察してくれよ。連絡がなくなった時点で終わったってことだろ』と佐久間は冷たく葉月を拒絶した。

その時、葉月はようやく気づいた。佐久間は、自分が脚本家として有望だと判断したから近づいたのだ。が、あの騒動で、利用価値がなくなった。

――それから、葉月は自分の物語を書けなくなってしまった。

『葉月もムカつくでしょう?』

と、律子からまたメッセージが届いた。

律子は、葉月がかつて佐久間と関係があったことを知らない。それでも、そう思うよね、と共感を求められる。

律子の気持ちはわかるが、葉月としてはもう佐久間とは関わりたくはなかった。一応、合わせるような返事を書き、小さく息をつく。

その時、今度は美沙からのメッセージが届いた。

『ごめん、今日は帰り、遅くなる』

最近、美沙の様子がおかしい。わりと常に機嫌の良い美沙がいつも冴えない顔をし、自分と目を合わせるのを避けたり、重い溜息をついたりすることが多くなった。

『了解。美沙も大学生なんだから、気にせず楽しんで』

すると、うさぎが両手を合わせて謝っているスタンプが届く。

葉月は、ふっ、と頬を緩ませて、スマホを置いた。

これまで美沙は授業が終わると真っすぐ帰宅して、食事の支度をしていた。『もっと遊んでおいでよ』と言っても『彼氏もいないし』と笑っていたのだ。

「やっぱり、彼氏ができたんだな」

その彼氏を姉に紹介しないのは、なにか理由があるのだろう。気になるが、詮索するつもりはなかった。美沙もう大人だ。美沙には美沙の世界があるのだ。

美沙ももう大人だ。美沙には美沙の世界があるのだ。恋に苦しむこともあるだろう。話を聞くのは、相談してくれた時でいい、と葉月はしみじみ思う。

「しかし、恋か。眩しいな。私は誰かとデートなんて何年もしてない」

黒崎とランチに行ったが、あれは仕事だ。

気を取り直してパソコンに向かうと、羅列されたネットの記事の中に『鈴木英輔』という文字が目に入り、葉月はクリックする。

記事には、今話題のネット配信ドラマの主役に抜擢された——と書いてある。

これは、英輔からすでに報告を受けている。葉月自身、この話を聞いた時はひっくり返るかと思うほどに驚いた。が、蓋を開けてみると、オムニバスドラマの中の一話の主役ということだった。

しかし、それでもすごいことには変わりない。

ネット配信ドラマは、即座に世界中で観られるのだ。

今回英輔の役どころは、元ロックバンドのボーカルで、今はホスト。制作側が、『この役は、鈴木英輔しかいない』と断言したというのもうなずける。

今、間違いなく鈴木英輔は、波に乗っている。

彼の武器である抜群のルックスに加え、意外性のあるキャラクターが思った以上に世間に受け、今や彼の人気は、うなぎのぼりだ。

「よし、私もがんばろう」

背筋を伸ばして、再びキーボードに手を伸ばす。

メインの脚本家が立てたプロットを確認し、それに沿って原稿を書いていく。葉月が書いたセリフ回しはなかなか好評だ。いつかまた自分の物語で活かせたら、と思う。

部屋が陰る頃、スマホが着信を知らせた。

葉月はパソコン画面に目を向けたまま、着信も確認せずに、はい、とスマホをタップして電話に出る。

「あっ、先生、俺」

「また、俺俺って……今度はどうしたの？」

「今、久しぶりに『ぎをん』に来てるんだ。出て来られないか？　川島さんとオッサンとマリアさんも来てるぜ。今日は個室が空いてたんだ」

英輔の陽気な声を受けて、葉月は時間を確認し、夕食時か……とつぶやく。

「いいよ、ちょうど、今日は外で食べたい気分だったし」

すると即座に、「よっしゃ」と英輔は嬉しそうな声を出す。

葉月は、まったく、と顔を綻ばせながら、肩をすくめた。

「皆さん、お待たせ」

葉月は、Tシャツにジーンズ、ノーメイクといつも通り力の入っていないスタイルで小料理屋『ぎをん』の個室に顔を出した。店の奥にひとつだけある掘り炬燵式の和室である。

「おっ、先生」

「小鳥遊先生、お疲れ様です」

英輔と川島、神楽とマリアが並んで座り、ジョッキを片手に楽しそうに語り合っている。

ジョッキの中のビールは残り少なかった。

「おじゃましまーす。すでにできあがってる感じ？」

「いややわ、葉月ちゃん。これからやで」

と、マリアはすでに酔っぱらっている様子で、陽気に言う。

葉月は靴を脱ぎながら、「お義父さん、私にもジョッキお願い」と伝えて囲炉裏テーブル、英輔の隣に腰を下ろした。

神楽は、おや、と首を伸ばして、入口に目を向けた。

「今日、美沙さんは？」

「それが、デートみたいで」

「へぇ、美沙ちゃん、彼氏いるんですね。どんな方なんですか？」

川島が興味津々で訊ねる。

葉月は、さあ、と小首を傾げて、ちょうど運ばれてきたジョッキを手にした。

とりあえず、乾杯、とジョッキを掲げて、葉月はごくごくとビールを喉の奥に流し込むように飲み、ふぅ、と息をついた。

「美沙の彼氏がどんな人なのか知らないの。実は彼氏ができた報告も受けてなくて」

そうなんや、とマリアは頬杖をついた。

「ほんなら、まだ付き合うて間もないんやな」

「そんな感じ。ただ、ちょっと悩んでる感じだから、もしかしたら手放しで良い人じゃないのかも」

神楽が神妙な顔つきになり、それは心配ですね、と相槌を打つ。

「お姉さんとして、なにも言わないんですか？」

「今は見守っているところです。相談も受けていないのに、口出すのもなぁって」

川島が、でも、と意味深な視線を見せた。

「美沙ちゃんは、彼氏ができた雰囲気でありながら悩んでる様子なんですよね？　不倫とかだったらどうするんですか？」

「…………」

実のところ葉月も、不倫ではないか、と懸念していた。それが故に問い詰められなかったのだ。知ってしまえば、間違いなく、猛反対してしまう。

美沙は、葉月と同様に不倫など言語道断というタイプだ。反対されて引き下がれるなら、そもそも不毛な恋などしないだろう。

「もし、そうだとしても、相談を受けるまでは見守るつもりです。恋愛って人に反対されると、盛り上がっちゃったりすることもあるし……」

「まぁ、そうですよねぇ。さすが、小鳥遊先生は大人やなぁ」

相変わらず少し嫌み臭い、と葉月は頬を引きつらせながら、ビールを口に運ぶ。

マリアは英輔の方を向き、そうそう、と前のめりになる。

「ネット配信のドラマ、主演が決まったんやて？　おめでとう」

あざす、と英輔は嬉しそうに会釈する。

「主演つっても、オムニバスの一話っすけどね」

「それかてすごいことやで」

「ネットを確認したら、もう二話まで配信されているのね」

と、葉月はスマホを手に言う。

元々、人気少女漫画の短編集をドラマ化したもので、一話の主人公は男性看護士、二話は料理人だった。作品の特徴は、フィクションでありながら、ノンフィクションのような演出をしていること。

仕事の描写が緻密で、ナレーションを含めて、まるでドキュメンタリー番組を観ているような感覚になる。そこに人間ドラマと恋と成長が、しっかり描かれているのだから、ドラマとしての満足度は高い。

原作の良さはもちろんだが、リアリティを追求する演出が素晴らしいと評判だった。

「英輔君の役どころは？」

神楽の問い掛けに、葉月は我に返ってスマホから目を離す。

「元バンドボーカルの、ホストっす」

それを聞いて川島が、ぷっ、と笑った。

「まるでアテ書きしたみたいにピッタリやなぁ」

「『美形を売りにしたビジュアルバンドのボーカルが、芸能界から転落してホストに』って、まんますぎですよね」

と、葉月が笑って言うと、英輔は少し驚いたように目を見開いた。

「あ、ごめん。言い過ぎた?」

「っていうか、先生って俺のこと『美形』だと思ってたのか?」

「思ってるけど。実際、美形だし」

「そういう扱いしてねぇだろ」

「美形に対する扱いなんてあるの?」

「あるだろ。きゃあきゃあ言ったり、モジモジしたりとか」

葉月は、ごほっとむせて、なにそれ、と笑う。

「おい、笑うなよ」

「それじゃあ、がんばって、モジモジするわ」

「バカにしてるだろ」

「してませーん」

ふたりのやり取りを見て、川島が愉しげに目を細める。

「相変わらず、仲が良いですね」

葉月はすぐに居住まいを正した。

「別に、普通ですよ」

「ま、どうせ、俺は泥だしな」

「泥って、なんのこと？」

「黒崎さんが雲なら、俺は泥なんだろ？」

しっ、と葉月は口の前に人差し指を立てるも、

「クロがどうかしたんですか？」

川島が首を伸ばして訊ねる。

「人間性が、黒崎さんと英輔では雲泥の差という話で」

葉月はにこりと笑って答えながら、テーブルの下で英輔の太ももを強くつまむ。

「つっ」

英輔の太ももには贅肉がほとんどないため、より痛みを感じたようだ。恨めしそうに睨んできたが、葉月は素知らぬ顔をつき通した。

「あー、クロはいい奴ですよね。でも、テレビマンとしては真面目すぎてつまらなくないですか？」

「そんなことは」

「あいつ、業界人のくせにいっつもスーツなのは、自分のセンスに自信がないのとスーツを『制服』に見立てているそうなんですよね」

「そうだったんですね。私もすぐスーツに頼っちゃうからわかります」

黒崎の話題に自然と葉月の顔は綻ぶ。英輔はというと、もう太ももから手を離したというのに、まだ痛みが残っているのか面白くなさそうな顔でこちらを睨んでいた。

「それよりよ」

英輔は黒崎の話題を遮って、葉月を見据える。

「先生、俺にまた、アドバイスして欲しいんだけど」

葉月はジョッキを置いて、うーん、と唸る。

「演技のことは川島さんにお任せして間違いないと思うし、私からはもうスキャンダルに気をつけろってくらいかな」

「スキャンダル……」

英輔はごくりと喉を鳴らした。

「どうせ、ちゃらちゃら遊んでいるんでしょう？　気をつけなさいよ」

「いや、そういうのはもうしてないんだ。ほんとに」

「別にそんなに向きにならなくてもいいけど。ただ、気をつけた方がいいって話」

向かい側で神楽が、そうだ、と口を開く。

「知性を身につけていくといいと思いますよ」

「神楽教授、それはもっともな話ですけど、知性ってそう簡単に身につきませんよ」

「おい、ハナからバカ扱いするなよ、先生」

立ち上がる勢いで言う英輔を前に、神楽は愉しげに口角を上げた。

「英輔君は度胸もあって頭の回転も速いし、なにより吸収力に優れています。ですので、空き時間に本を読むようにしてはどうでしょうか？」

あーいや、と英輔は苦々しい表情を見せる。

「俺、本とかって苦手で」

「わたしは、ショートショートが好きで隙間時間に読んでいるんです。一篇が数ページでアッと驚く結末や、笑えるオチもある。もし良かったら、これを。たくさんの言葉とセンスを吸収できると思いますよ」

そう言って神楽は鞄の中から文庫本を出して、英輔の前に差し出す。

英輔は本を受け取り、パラパラとページをめくった。

「マジで一篇が短い。これなら少しずつ読めそうだ。お借りしていいんすか？」

「どうぞ、差し上げますよ」

「あざます」

そんなやりとりを葉月と川島は微笑ましい気持ちで眺めていたが、マリアだけは暗い表情で俯いていた。

「マリアさん、どうかしました？」

「あ、言うたらあかんてわかってるんやけど、やっぱり私は英輔君に歌《う》とて欲しい。もう、ほんまに歌はやめたんやろか」

切に訊ねたマリアを見て、英輔は弱ったように頭を掻く。

「歌は卒業ってことで。ちょっと、トイレ行ってきます」

英輔はそう言って、逃げるように個室を出て行った。

「マリアさんは、本当にボーカリストだった英輔のファンなんですね？」

葉月が問うと、マリアは、わかってない、という様子で皆を見回した。

「あの子の歌、ちゃんと聴いたことある？」

葉月と川島と神楽は、思わず顔を見合わせ、首を横に振った。

そういえば、と川島が頬杖をついた。

「ＢＢは中学生の可愛い男の子たちが、ダンスをしているイメージしかないなぁ」

「たしかに。そのあと、彼らが成長しても、『中学生の美少年たち』というイメージで」

「歌も、ラップが多かったですよね」

川島、葉月、神楽がそう言うと、マリアは大きく息をついた。

「一般的にＢＢは若くて可愛い男の子が歌って踊ってるってイメージしかないやろし、歌もダンスを引き立てるラップがほとんどや。せやけど、少しだけバラードも歌とてたんや。ほんまに素晴らしくて、こないにすごいボーカリストが日本にいたんやって、私は本気でそう思た。せやから私は……」

マリアはそこまで言い、頭を横に振った。

「まあ、あの子が唯一の武器を捨てて、それでも業界で生きていこうて決めたんは、私としても嬉しいんやけど。けど、やっぱりもったいないいて思うねん」

葉月は身を乗り出して、しっかりとマリアの目を見る。

「もったいない——ではなくて、マリアさんがもう一度、聴きたいんですよね？」

その言葉に、マリアは大きく目を見開いた。一拍置いて、ははっと笑う。

「ほんまやね。もったいないいんやなくて、単に私がもう一度、聴きたいだけなんや。あの子の歌に助けられたさかい……」

「助けられた、って？」

「ま、私も色々あったんや」

と、マリアはお茶を濁す。

葉月がそれ以上訊けずにいると、英輔が戻ってきたので、皆は話題を変えた。

4

一方、美沙はその頃、黒崎と京都駅のドーム形の天井下の空中径路を散歩していた。

高さは、地上四十五メートル。京都タワーや京都市内を一望できる展望スポットだ。

「京都出身やのに京都駅にこんなところがあったなんて知らなかった……」

美沙は窓に顔を近づけて、しみじみと言う。

「前に撮影の現場で来たんです。ここは、穴場の夜景スポットなんですよ」

ですが、と黒崎は続けた。

「本当にここで良かったですか？　素敵なバーも近くにありますよ？」

夕食後、もう一軒行きませんか？　と申し出た黒崎に、それよりも散歩したいです、と美沙は答えた。

「私、こうしてのんびり散歩して、お喋りするのが好きなんです。それに黒崎さんはこのあとも大阪に戻って仕事なんですよね？　バーなんかに行かはったって、お酒飲めへんやないですか」

「えっ、どうして、仕事だと？」

「黒崎さん、食事の時もミネラルウォーターを飲んだはりましたし、仕事なんやろうなぁて思ってました」

美沙がそう言うと、黒崎は弱ったように頭を掻いた。

「いつも、ゆっくり会えなくて、すみません」

そんな、と美沙は首を横に振った。

「お仕事なんやし。それより、もう敬語はやめてください」

「本当ですね」

「あっ、また」

美沙はふふっと笑って、そうそう、と思い出したように紙袋を差し出した。

黒崎はキョトンとして、「これは？」と美沙を見た。

「マフィンを焼いたんです。お仕事の合間、小腹が空いた時に食べてください」

黒崎は紙袋の中を覗き、頰をほんのり赤らめる。そのまま、美沙を抱き締めた。

「ありがとう、美沙さん」

黒崎は美沙の頰に手をあて、ゆっくりキスをした。

美沙は目を閉じ、鼓動の強さに身を委ねる。黒崎は唇を離したあと、また美沙を抱き締めた。

「このまま家に連れて帰りたい。あなたと一緒に暮らしたいです」

「えっ、もう、なに言うんですか」

「今度、小鳥遊先生に交際の挨拶に行かないといけないね」

その言葉に、美沙の肩がぴくりと震えた。

「それは……待ってください」

えっ？　と黒崎が訊き返す。

「姉に報告するのは……ちょっと」

「どうして？」

「お姉ちゃ……姉は、その、テレビ関係者と交際するのはオススメできないって言うてたから、その……」

この言葉は、嘘ではない。葉月は常々、時間も休日も不規則で忙しいテレビ関係者との交際は大変だと話していた。

黒崎も納得したようで、たしかにそうですね、と洩らす。

「ですが、ちゃんとご挨拶はしたいです」

「……そのうち必ず。ですが、今は少し待っていただけると」

わかりました、と黒崎は残念そうに答える。

美沙は、目をそらして安堵の息をついた。

彼とこうして一緒に過ごす時間が幸せだった。だが、家に帰ると息ができなくなるほど苦しく感じる。姉の顔を見るのが辛く、自分の中のまっとうな自分が責め立てる。

——こんなにもお世話になっている姉を裏切っている、最低女。どうして大人しく身を引かないんだ。

心の中で自分を責めて、美沙は苦しくなり目を伏せた。

「美沙さんに小鳥遊先生の話をすると、いつも辛そうな顔をするのは、反対されるのが怖いからですか?」

美沙は、弾かれたように顔を上げる。自分が辛そうな顔をしているとは思っていなかったのだ。少しの間のあと、そっと首を縦に振る。

「——そうですね。怖いです」

第七章

1

葉月は久々に上京し、港区のテレビ局内にいた。手掛けていた全三話ドラマの脚本がいよいよ本格的に始動し、今日はキャストと顔合わせをする日だ。

ドラマ制作はプロデューサーが中心となり、脚本家とスタッフで企画を立ち上げるところから始まる。脚本家の仕事は、制作会議が通ってから、本格的にスタートする。

脚本家がせっせと原稿を書いている間、制作スタッフは本格的なキャスティング、ロケ地の確保、スタジオづくり、衣装のタイアップ、宣伝に向けて動いていく。

そうして、キャストと『顔合わせ』だ。この時、プロデューサー、脚本家、各所スタッフ、キャストが一堂に会し、互いに自己紹介をして、撮影開始となる。

その後、『本読み→立ち稽古→ドライリハーサル（セットを使ってのリハ）→カメラリハーサル（カメラを通してのリハ）→本番』という流れだ。

ちなみに、脚本家がどれだけ現場に立ち会うかは人それぞれだ。葉月はというと、メインの脚本家ではないため、今回はすぐに帰宅する予定だった。

広い会議室の中、出演者が順番に自己紹介をしていく様子を眺めながら、早く帰りたい、と葉月は心の中で思う。

理由は、別の仕事が詰まっているのと、もうひとつあった。

「佐久間真治です、よろしくお願いします」

笑顔で深々と頭を下げる佐久間の姿を見ながら、葉月は心の中で舌打ちする。

相変わらず、佐久間真治の外面は良く、好感度が高い。

整った顔立ち、爽やかな笑顔、他の俳優よりも深くお辞儀をする姿勢。スタッフにも気さくに声を掛けるため、評判はいい。

今度のドラマでは、準主役。主人公の心の拠りどころとなる年の離れた兄役だった。

書いていて気に入っていた役だったため、『佐久間真治はどうだろう』とプロデューサーから問われた時は、『絶対に嫌です』と声を大にして言いたかったが、そんな権限はない。

もし、あったとしても、公私混同は良くない。

実際、彼の外面と役のイメージは合っていた。

あの男と一緒に仕事しなきゃならないなんて……。

とはいえ、サブの脚本家がキャストに会うのは、顔合わせと打ち上げくらいだ。打ち上げは、次の仕事につながる大事な場でもあるから、なるべく参加したい。

今回の仕事だけは耐えよう。

そう思いながら、葉月は皆に向かって挨拶をした。

「今回、脚本のサポートをさせていただきました、小鳥遊葉月です。今日の日を迎えられて、本当に嬉しく思っております」

顔合わせが終わり、葉月はそそくさと会議室をあとにした。

「疲れた……」

皆の挨拶を聞いて、自分も一言挨拶をし、プロデューサーから意気込みなどを聞いただけなのだが、ぐったりしていた。それもこれも、佐久間真治のせいだ。

顔合わせの間も葉月の方を見ては、不自然なほどに白い歯を見せてきていたのだ。

「なんだあれ」

吐き捨てるように言っていると、葉月のポケットの中でスマホがブルルと震えた。

スマホを確認すると、黒崎からメールが入っている。

仕事の連絡事項の最後に、『今度、お食事に行きたいと思っています。ぜひ、ご都合の良い日を教えてください』という一文が添えられていた。

わっ、と葉月の顔が明るくなる。憂鬱だった気持ちが一気に晴れた。

その時、「小鳥遊先生」と背後から声がした。

忘れものでもしただろうか、と振り返ると、英輔が片手を上げていた。

「英輔？」

「ビックリした？　誰かと思っただろ」

ここは、東京のテレビ局だ。芸能人の誰と会っても、不思議ではない。それでも、多少は驚いたため葉月は、まぁ、と答える。

「俺もここでインタビューの仕事あって。そしたら田辺さんが新ドラマの顔合わせをしてるから、きっと先生も来てんじゃねーか、って言ってて」

そういえば、キャストの中に英輔と同じ事務所の俳優もいた、と葉月は振り返る。

「ところで、ネット配信のドラマの撮影は？」

「この前、終わったとこだよ」

「どうだった？」

「撮影に入る前、川島さんにたくさんアドバイスをもらったから、それを参考にした」

「アドバイスって？」

「今回は、『元バンドボーカルのホスト』っていうキャラの強い役だから自分の頭の中でしっかりイメージを固めろって。『実際にいる俳優を思い浮かべてもいい』っつーから、自分ん中で『あの人だ』って俳優を決めたんだ」

「誰に決めたの？　実在のバンドのボーカル？」

「いや、ジェームス・ディーン」

まさかここで、往年のハリウッド俳優の名が出てくるとは思わず、葉月は思わず、おおっ、と洩らす。

「ジェームス・ディーンを知ってたんだ？」

「名作映画観ろっつったの先生だろ。先生に言われてからネットで昔の映画も結構観てるし。

もし、ジェームス・ディーンがホストだったら、カッコいいなぁと思って」

「それで、監督や演出家はなんて？」

「なんか、『存在感が増したね』って褒められたよ」

「そっか、成功したんだね」

葉月が安堵と感心が入り混じった気持ちでいると、英輔は機嫌良く話を続ける。

「先生は今日は泊まりなのか？　俺、明日は『土曜でＳＨＯＷ』に出るのに関西へ行くんだよ。だから一緒に……」

「私は日帰りです」

と葉月は、英輔の言葉を遮って答える。

「あっ、そうなんだ？　俺も今日は午後の撮影で仕事は終わりだし、前乗りしようかな。それなら一緒に……」

「わざわざ、前乗りしなくてもいいって。あんたと一緒に行動するつもりないし。過剰に目立つでしょう？」

「ったく、冷てぇな。さっきまでスマホ見て、にやにやしてたくせに。えらい違いだ」

「えっ、にやにやしてたかな」

「気持ち悪いくらいにやにやしてた。なんかあったのかよ？」

「それがね、聞いてくれる？」

「うわっ、やっぱ聞きたくねぇな」

「いやいや、聞いてよ。黒崎さんに誘われてしまって」

英輔は、ふーん、と興味なさそうに目を細めた。

「そんなの、社交辞令だろ？」

「でも、『ご都合の良い日を教えてください』まで書いてあったら、社交辞令じゃないよね。こういうのって、どう思う？　脈あるかな？」

「知らねぇよ、そんなの」

「だよね。でも、ちょっとしたことで、すぐ期待しちゃうんだよなぁ」

「ったく、単純だな」

「単純ってそれ、英輔にだけは言われたくないけど」

そんな話をしていると、背後でクックと笑い声が聞こえてきた。

葉月が振り返ると、佐久間真治が口に手を当てて、肩を揺らしている。

「あらためて、お久しぶりです。小鳥遊先生」

葉月は、どうも、と思わず身構えながら会釈する。

「また、先生と一緒に仕事ができて嬉しいです」

「こちらこそ」

と、葉月も嫌みなほどに、にっこり笑う。

「そうそう、例のシーン、がんばってくださいね」

笑顔でそう続けた佐久間に、葉月は言葉を詰まらせた。

全三話の脚本は書き上がっている。そのうち、葉月が担当した見せ場のシーンにパンチ力が足りない、とプロデューサーに言われたのだ。

葉月が書いたシーンは、ヒーロー役の青年が辛いことがあっても、おくびにも出さずに、笑顔を見せるという展開だ。

『悪くないんだけど、もっと大人の女性がグッと来るようなシーンにしたいんだよね』

メインの脚本家は男性だ。葉月が大人の女性と見込んで、このシーンを任せたのだろう。

しかし、葉月は、『弱さを見せずに凛として立つ男』の姿にグッとくるため、どうしたものかと思っていたのだ。

「小鳥遊先生も、黒崎ディレクターのごり押しで復活したようなものですし、がんばらないとなりませんね」

そう言った佐久間に、葉月は「黒崎さんの、ごり押し？」と眉間に皺を寄せた。

そんな葉月の横で英輔は、佐久間に向かって、「お疲れ様です」と頭を下げる。

「ああ、ベリーの子だよね。今、勢いあるよね」

「……はい。元ベリーベリーの鈴木英輔です。よろしくお願いします」

英輔君か、と佐久間はゆっくりと歩み寄り、英輔の肩に手を乗せて、耳元で囁いた。

「君の話は聞いたことがあるよ」

「えっ？」

「もう病院は行ってないんだ？　すっかり卒業なのかい？」

と、佐久間は小声で言う。

その瞬間、英輔は顔色を変えて、弾かれたように佐久間から離れる。

「じゃ、また」

と佐久間は片手を上げて、背を向けた。

英輔は苦虫を噛み潰したような顔で立ち尽くしている。

葉月もまた眉間に皺を寄せて、腕を組んだ。

2

美沙は、大学で講義を終え、帰り支度をしながらスマホを手に取った。

今日、葉月は東京へ出張に行っている。日帰りと言っていたが、関係者に誘われて飲み会に行く場合もあるだろう。

結局、どうなったんだろう？　そう思いながら、葉月にメッセージを送る。

『お姉ちゃん、まだ東京？』

すると葉月から、すぐに返事が届いた。

『今、帰りの新幹線の中。名古屋通過したところ』

名古屋から京都までは、約四十五分。もうすぐ到着ではないか。

『本当に日帰りなんだね』

と、美沙はメッセージを送る。

『泊まりになると思ってた？』

『うん、日帰りって言ってて泊まりになること多いし。それじゃあ、夕飯用意するね』

『あ、夕飯はテキトーに食べるから気にしなくていいよ』

『いやいや、疲れて帰ってくるんでしょう。なにか美味しいもの作るよ』

『ありがと。でも、ウキウキしてて、そんなに疲れてないから大丈夫。京都駅のデパ地下で美味しそうな惣菜買って帰るよ』

おおっ、と美沙は目を輝かせる。

『それじゃあ、お願いしちゃうね。ウキウキってことは、なにか良いことあったの？』

『黒崎さんに食事に誘われちゃった』

その一文のあと、てへっ、というスタンプが届く。

どきん、と美沙の心臓が嫌な音を立てた。返事に困り、にっこり笑っているスタンプだけを送る。

彼は、どうして姉を食事に誘ったのだろう？

自分のいないところで、交際報告をするつもりなのではないだろうか……。

美沙は早足で校舎から外に出て、すぐに黒崎に電話を掛けた。

しかし仕事中なのか、彼は電話に出ない。

「どうしよう……」

美沙は落ち着かず、そわそわしながら、近くにあったベンチに腰を下ろした。

陽は西に傾いている。構内の木々が橙色に染まる光景が美しく、なぜか胸が痛んだ。

――彼との交際を始めてから、もう数度、唇を重ねた。なんとなくそれ以上の関係に進みたがっているのを感じたけれど、気づかない振りをしてかわしている。

嫌なわけじゃない。心の奥底では、彼ともっと深い仲になりたいと思う自分がいた。だが、それをしてしまうと本当に裏切りだ。いや、もうとっくに裏切っているけれど。

「本当に、どうしよう……」

もう、姉に知られるのは時間の問題だ。どうしたら良いのだろう？

額に手を当てて、俯いていると、

「美沙さん、どうしました？　大丈夫ですか」

男の人の声がして、美沙は弾かれたように顔を上げた。

そこには、心配そうな顔をした神楽の姿があり、美沙は力が抜けたような声を出す。

「神楽教授……」

「大学でこうして顔を合わせるのは初めてですね」

「そういえばそうですね」

「お隣、よろしいですか？」

美沙は戸惑いながらも、こくりと頷いた。

神楽は美沙の隣に腰掛け、穏やかな口調で囁いた。

「お姉さんが、心配していましたよ」

えっ？　と、美沙は神楽を見た。

「苦しい恋をしているんじゃないかと」

その言葉に、また胸が痛み、美沙の目から涙が溢れ出た。

なんでもお見通しなのだ。しかし、妹が自分の好きな人と付き合っているとは、夢にも思っていないだろう。

「わたしで良かったら、お話を聞きますよ」

「ありがとうございます……でも、言えません」

「そうですか。では、ここで一緒に、陽が沈むのを見ることにしましょう」

神楽はにこりと笑って、空を仰ぐ。

夕陽が美しいぶん、自分の醜さが浮き彫りになる気がして、胸が痛む。

「私は……最低の女なんです」

神楽はなにも言わずに美沙を見た。

「裏切り者なんです」

「……お相手の男性は、あなたがそんな気持ちでいることを知っているのですか？」

「知りません」

「では、言わないと。分かち合うべきですよ」

美沙は首を横に振った。

「それは、絶対にできません」

彼に『姉の好きな人はあなたなんです』とは絶対に言えない。そのことを姉が知ってしまったら、プライドが傷つくだろうし、今後の仕事にも影響する。

「わかってるんです。いつまでも、こんなこと続けられないって……」

そう、もうタイムリミットが来たのだ。自分がするべきことはひとつだ。

美沙は意を決して、膝の上で拳を握る。そのまま立ち上がり、神楽に向かって深くお辞儀をした。

「神楽教授、ありがとうございます、私、気持ちの整理ができた気がします」

「わたしはなにもしてませんよ」

「誰かに聞いてもらうだけで、冷静になれました」

「笑顔が戻って良かったです、また『ぎをん』で会いましょう」

はい、と美沙はもう一度頭を下げて、その場を離れる。

校門を出たところで、美沙のスマホが振動した。黒崎からの折り返しだった。はい、と美沙は電話に出る。

「あっ、美沙さん、電話に出られなくて、すみません」

「いいえ、お仕事中にごめんなさい」

「どうされました?」

何度、敬語はやめてくださいと言っても、彼はいまだに敬語を使っている。

美沙は切なさを感じながらも、そっと口角を上げた。

敬語のままの関係で終わるんだ。

「私、もう、黒崎さんとお別れしたいんです」

美沙は一語一句、はっきりと言い、目を瞑った。

少しの間があり、「……えっ?」と、黒崎の戸惑った声が届いた。

「電話口でごめんなさい。短い間でしたけど、とても楽しかったし幸せでした。ありがとうございました」

美沙はそれだけ言って電話を切る。

「これでいい……」

と、言い聞かせるように、黒崎の情報をブロックして、遮断した。

先程までの苦しさとはまた別の苦しさに襲われたが、それでも美沙は前を向いて、家路を急いだ。

3

葉月は京都駅と直結している百貨店の地下で惣菜を買い込み、外に出てタクシーに乗り込んだ。

行き先を告げると、タクシーの運転手は心配そうに言う。

「お客さん、清水寺に行かはるんですか？　もう、閉門する時間ですよ」

「いえ、近くに自宅があるんです」

そう言うと、へぇっ、と運転手は少し驚いたように言う。

葉月はスマホを手に取り、美沙にメッセージを送った。

『今、タクシー乗車。デパ地下でローストビーフと、お洒落なサラダや美味しそうなエビとか買ったよ』

と、すぐに美沙から返事が届く。

『ローストビーフ以外、情報が曖昧。笑』

最近、様子がおかしかった美沙だが、メッセージはいつもと変わらない。ここのところゆっくり話せていなかったから、夕食の時にでもそれとなく聞いてみようか。

葉月はそんなことを思いつつ、スマホを操作して、ネットニュースを確認する。

意図せず画面に、佐久間真治の顔が出てきた。

この男とまた関わることになるなんて、嫌な予感がする。

ふと、佐久間が『黒崎ディレクターのごり押しで復活したようなものですし』と言っていたのを思い出して、葉月は顔をしかめる。あれはどういうことなのだろう？　それに、英輔にも変なことを言っていた。病院や卒業とか……。

葉月は不穏なものを感じながらも、まぁ、いいわ、と息をついた。やがてタクシーは東山へと入っていき、『東山邸』の前で停まった。

ありがとうございます、と葉月は車を降りる。

「ただいまー」

玄関の扉を開けると、キッチンの方から美味しそうな香りが漂ってきた。

葉月がリビングのドアを開けると、キッチンに立っていた美沙が笑顔で振り返った。

「おかえりなさい、お姉ちゃん」

「ご飯買ってきたのに、作ってくれたの?」

「スープだけ。あと、フランスパンを切っておいた」

「うわぁ、美沙特製のミネストローネだぁ、美味しそう」

葉月は首を伸ばして、キッチンを確認しながら嬉しそうな声を上げると、美沙は、ふふっと笑った。

「お惣菜もありがとう。盛り付けるから、お姉ちゃんは手洗いうがいね」

はーい、と葉月は子どものように返事をして惣菜が入った袋を美沙に託して、洗面所へと向かう。

「ほんと、うちの妹は最高だわ」

ふんふん、と鼻歌交じりに、手を洗い、うがいをする。廊下に出た時、インターホンが鳴った。

葉月は、「あ、はーい、今」と声を上げ、インターホンのモニターを確認せず、そのまま玄関へと向かう。

扉を開けると、門扉の前に少し息を切らし気味の黒崎がいた。

「突然、すみません」

葉月は戸惑いながら、門扉を開ける。

「えっ、どうされたんですか？」

「急にすみません、美沙さん、いらっしゃいますか？」

「美沙なら今、キッチンに……」

そう言い掛けると、黒崎は大きく息を吐き出した。

「あの、美沙さんを呼んでもらってもいいでしょうか？」

「あっ、はい」

葉月はよくわからないまま、美沙ーっ、と声を上げる。

はーい、と美沙は玄関までやってきて、黒崎の姿を確認するなり、足を止めた。

「すみません、美沙さん、突然、押し掛けて。少しだけお話しできますか」

美沙は、怯えたように黒崎を見ていたが、すぐに顔を背けた。

「い、いえ、私は話なんてないです」

「あんなふうに電話で一方的に別れを告げられて、そのまま連絡を遮断されてしまうのは、どうしても納得できなくて。これで最後にしますから……」

黒崎は必死な様子で言う。美沙は身を震わせたが、そのまま顔を伏せていた。

えっ、と葉月は、大きく目を見開いた。

立ち尽くしたまま、黒崎と美沙を交互に見る。

最近になって、食事に誘ってくるようになった黒崎。その際には、美沙も一緒にという言葉が必ず添えられていた。そして、最近様子がおかしかった美沙——。

バラバラだったパズルのピースが、葉月の頭の中で一枚の絵になった。

「美沙さん、なにか言ってください」

「な、なにも言うことはないです……」

と、美沙は、逃げるように踵を返して階段を上がっていく。

葉月は、ちょっと待っていてください、と黒崎に言って、美沙のあとを追った。

ノックもせずに美沙の部屋の扉を開けると、美沙はベッドにうつ伏せになっていた。

「美沙」

葉月が声を掛けると、その肩がびくんと震えた。

「黒崎さん、まだ玄関で待ってるけど？」

美沙はゆっくりと体を起こした。今にも泣き出しそうであり、どこか怯えたような、そんな表情で葉月の方を見る。

「あの……お姉ちゃん……」

「黒崎さんと付き合ってたんだ」

なにか言い掛けた美沙の言葉を遮って、葉月は言う。

美沙は委縮したように、身を縮めた。

「黒崎さんの言葉に一喜一憂して浮かれてる私の姿を見て、美沙は楽しかった？」

「そんなわけ……」

「あんたはいつだってそう」

えっ、と美沙が瞳を揺らす。

「いつだって、私の欲しいものを簡単に手に入れる……」

大切な妹だ。ずっと可愛く思っていた。それなのに、今、葉月の胸に沸き上がるのは、美沙への苦々しい感情ばかり。葉月の人生に突然現れた一回り以上も年の離れた妹は、葉月が欲しかったものをいつも簡単に手に入れていた。

葉月は、小さな頃から親に甘えられない子どもだった。いつも『しっかりしているね』と言われて育ってきた。『葉月はひとりでも大丈夫な子だから』と何度言われただろう？

甘え上手な美沙は、いつも母の愛情を一心に受けていた。

美沙を可愛がる母の姿を見て、『お母さんって、こんな風に子どもを甘やかすことができる人だったんだ』と素直に驚いたほどだ。その頃は中高生で、肩肘を張っていたけれど、本当はただ羨ましかった。

可愛らしい容姿も、思わず助けたくなる雰囲気も私にはないもの――。

「私の好きな人だから、好きになった？　取ってやりたくなった？」

そう問うと、美沙の顔が歪む。口に手を当てて、ぼろぼろと涙を流した。

「そんなことあるわけないいやん。お姉ちゃんの好きな人やから、こないに辛くて苦しい。そやけど、私はお姉ちゃんの方が好きやから、もうお別れをしようって……」

ああもう、と葉月は頭を横に振る。泣きたいのはこっちの方だ。

「もう、いい加減にして」

美沙はまた体を震わせて、葉月を見た。

「私を憐れに思って別れたとか、そんな同情ごめんだから」

そう言って、美沙の手首をつかんで引っ張る。

「いつまでも黒崎さんを待たせないで。続きはふたりでごゆっくり」

美沙は弱々しい足取りで、部屋の外へと出て行く。

葉月はしばしその場に佇み、窓の外を眺めていた。やがて黒崎と美沙が門を出て行く姿が目に入る。ふたりが並んで歩く姿は、カップルそのものだ。

「私ってバカみたいだ」

目頭が熱くなったが、泣くものか、と必死で耐える。

浮かれて美沙に報告していた自分を振り返り、羞恥と悔しさに逃げ出したくなる。

「恥ずかしい、バカみたい」

葉月は額に手を当てて、うっ、と嗚咽を洩らした。

美沙と黒崎は二年坂を下り、円山《まるやま》公園の方へ向かって歩きながら、話をしていた。

「黒崎さん、お仕事は？」

「すみません。無理やり時間を作りました。またすぐ戻る予定です」

「……ごめんなさい」

「僕の方こそみっともないってわかっているんです。でもどうしても納得できなくて……なにか、至らないところがあったのでしょうか？」

「そんなこと……」

「では、他に、好きな方が現れたんですか？」

「他に好きな人なんていません」

「では、僕のことはまだ好きですか？」

美沙は弱ったようにしながら、そっとうなずいた。

「それじゃあ、どうしてですか？」

美沙はためらいがちに口を開いた。

「私と姉は十三歳も年齢《とし》が離れています。姉は姉というより保護者のひとりなんです。実際、姉の言うことはいつも正しいですし……。そんな姉が『テレビ関係者とは大変だから付き合って欲しくない』と常々言っていたので、黒崎さんとのことを言い出せませんでした。身内に反対される方との交際は、辛いだけかなと思いまして……」

黒崎は眉を顰めて、美沙を見る。

「美沙さんご自身は、テレビ関係者との交際は大変だと思いますか？」

「それは、正直、思います」

「だから、付き合えないと？」

「……はい」

黒崎は大きく息をついた。

「美沙さんにとって、小鳥遊先生は『絶対』なんですね」

「……そうですね」

それは嘘ではない。美沙にとって葉月は、優しく正しく頼れる、絶対的存在だった。

黒崎は、美沙の手を握った。

「美沙さん、僕が小鳥遊先生の代わりにはなれませんか？」

えっ？　と美沙は戸惑い、目を泳がせる。

「あなたにとって、小鳥遊先生は保護者も同然、つまり親も同然ってことですよね？」

はい、と美沙は戸惑いながらうなずく。

「子は、必ず親元を去るんです。そして共に生きていくパートナーを見つけるんです」

黒崎は、握った手に力を込めた。

「あなたが幸せなら、小鳥遊先生だって、きっと認めてくれます」

「黒崎さん……」

黒崎に抱き締められ、美沙は涙を流した。

「結婚を前提に、一緒に暮らしませんか?」

美沙は驚いて、顔を上げた。

「あなたはもう大学四回生で、来年は大阪の事務所に就職する。うちからの方が通いやすいでしょうし」

美沙は嬉しさを感じたが、すぐにまた苦しくなった。

「その返事は、今はまだできません」

「そうですよね、また焦ってしまってすみません……」

黒崎はくしゃくしゃと頭を掻く。

でも……、美沙が小声で続けた。

「今日は、家に帰れないんです」

「美沙さん……」

「黒崎さんは、今日もこれからお仕事なんですよね? また、夜通しですか?」

「あ……はい。そうなると思います」

「黒崎さんの部屋に置いてもらっていいですか? いない間に掃除とかもしますので」

美沙は顔を伏せながら、そう訊ねた。

「え……ええ、喜んで」

黒崎は、救われたように微笑む。その屈託のない笑顔を前に、美沙ははにかんだ。

もう、元には戻れない。

美沙は目に浮かんだ涙をぐっと堪え、黒崎の手を強く握った。


美沙と黒崎が出て行き、数時間後。

葉月はリビングのソファにどっかりと座って、日本酒を飲んでいた。

美沙の今までの様子を思い出しながら、それにしても、と息を吐く。

ふたりはいつ頃から付き合うようになったんだろう？　美沙が初めて彼に会ったのは、出演者の緊急降板で、脚本が書き直しになり、彼が家に来た時だ。その後、たまたまふたりは一緒に食事をする流れになった。あの時に親密になったのかもしれない。

美沙は、彼のことで浮かれている姉を見て、どう思っていたのだろう？

『私と付き合ってるのにバカみたい』と嘲笑っていたのだろうか？

いや、美沙の性格上、それはなさそうだ。その証拠に最近、美沙の様子がおかしかったのだ。あれはどう考えても罪悪感からだろう。美沙は美沙で辛い思いをしてきたことはわかる。

「ああ、もう」

考えたくない。どうしても嫌な方に考えてしまう、と葉月は首を横に振った。

目に涙が浮かんできたので、酒を呷る。

その時、スマホがブルルと振動した。画面をタップすると、

「先生、俺」

　と、英輔の呑気な声が耳に飛び込んできた。

「なによ」

「結局、前乗りして、今、『ぎをん』にいるんだ。先生出て来れねぇ?」

「行かない」

「仕事が忙しいのか?」

「そんなんじゃないけど、別にどうでもいいでしょう」

「なにイライラしてんだよ、失恋でもしたか?」

　英輔が笑ったその瞬間、葉月の鬱屈された思いは頂点に達した。

「そう、失恋したの。なんか文句ある? だから、にこにこ笑って『ぎをん』になんか行けない。そもそもあんたのプロデュースなんてもう終わってるの、教えられることなんてなにもない。だから、もう電話して来ないでいいし、『ぎをん』にだって誘わないで!」

　葉月は一気に捲し立てて電話を切り、スマホをソファに投げ出して、泣き崩れた。


「あー、大人げない……」

　英輔に当たってしまった。

　葉月はひとしきり泣いたあと、英輔に当たったことを恥じていた。自己嫌悪に陥り、ため息をつき、また日本酒を呷る。

その時、インターホンが鳴った。

時計を見ると、もうすぐ夜の十時になろうとしている。

もしかして、美沙が帰ってきたのだろうか？

葉月はゆっくりと起き上がり、インターホンの画面を確認する。暗がりに帽子を目深にかぶった男が、『小鳥遊葉月さん宛てに、バイク便です』と甲高い声で言った。

「あ、はーい」

なんだろう、と葉月は不審に思いつつも、外に出て、門扉を開ける。

と、背の高い男が、ニッと笑って帽子を脱いだ。

「小鳥遊葉月さんですね。超美形男子をお届けに上がりました」

――英輔だった。

「……受け取り拒否します」

葉月はすぐに門扉を閉めようとするも、

「ったく、そんな殺生なこと言うなよ」

英輔は一歩足を入れて、敷地内に入ろうとする。

「ちょっと、入れるつもりないけど。早く帰りなさい」

葉月が英輔の体を押しのけていると、たまたま通り掛かった近所の住民が、「小鳥遊さん、大丈夫ですか？」と声を掛けてきたので、葉月はぎょっと目を見開いた。

「あ、はい。大丈夫です。友達とふざけていただけで。おやすみなさい」

そう言うと葉月は、慌てて英輔を部屋に引き入れた。相手は鈴木英輔である。醜聞にでもなったら大変だ。

英輔は再び、お邪魔しまーす、と言って、部屋に上がり込む。そのまま応接室ではなくリビングに顔を出し、うわぁ、と声を上げた。

「リビングも広いんだな。やっぱすっげぇ、豪邸」

そう言ったあと、英輔はテーブル上を見て、ぷぷっと笑う。

「日本酒飲んでたのか？　絵に描いたようなやけ酒だな」

「悪かったわね」

「まーまー、そう、ピリピリすんなよ。グラスくれよ。乾杯しようぜ」

そう言って英輔は、ソファに腰を下ろした。

「まったく、図々しい」

葉月はぶつぶつ言いながらも新しいグラスをテーブルの上に置くと、英輔はすぐに手酌をして、「乾杯」と、グラスを掲げた。

葉月は諦めて、「はいはい、乾杯」とグラスを合わせて、英輔の隣に腰を下ろした。

「あっ、この酒、うまっ」

と、英輔は驚いたように目を瞬かせる。

「伏見……京都の地酒だから」

「へぇ、覚えておこう」

と、英輔は、銘柄を確認したあと、葉月に視線を移した。

「でっ？　失恋したって？」

「傷をえぐりに来たの？」

「失恋って、相手は黒崎さんだろ？」

「そう」

「彼女の存在でも発覚したとか？」

「そんな感じ」

「まっ、仕方ないよな」

葉月は、ははっと乾いた笑いをした。

「そう、仕方ないんだけど。傑作なのは、その彼女が妹の美沙だったってこと」

英輔は絶句し、水を打ったような静けさが襲った。ややあって、えっ、と洩らす。

「マジで？」

「内緒で付き合ってたみたい」

「美沙ちゃんは、先生の気持ち、知ってたんだよな？」

「まぁね」

「黒崎さんは？」

「黒崎さんは、私の気持ちは知らない様子だったけど」

それだけは救われた、と葉月は心から思う。

そっか、と英輔は洩らし、黙り込んだ。

「黒崎さんは、私には目もくれなかったんだけど、美沙に会ってすぐ気に入ったみたい。美沙は、可愛いし、癒される雰囲気だし、選ばれて当然なんだけど」

そう言って葉月は、また日本酒を口に運ぶ。

「美沙と私は異父姉妹なの。だから二言目には姉妹なのに似てないですね、って言われるくらい似てない。英輔から見たって美沙は可愛いでしょう？　同じ姉妹なのに、随分な違い。黒崎さんが美沙を選ぶのも無理はないってわかってる」

はぁ、と息をつくと、

「……だっせぇな、おまえ」

英輔は不愉快そうに、顔をしかめた。

葉月は目を丸くして、はっ？　と訊き返す。

「だっせぇ、って言ったんだよ、なんだよそれ」

「どうせ私は、ださいし。わかってるから」

「ああ、普段のおまえは、信じられねぇくらいださいよ。でも、中身までださいとは知らなかったよ。だっせぇ女」

葉月は一瞬言葉を失うも、すぐに英輔を睨みつける。

「いきなり押し掛けてきて、人の傷をえぐらないでよ。さっさと帰ってくれない？　どうせ私は外見も中身もださ女だし！」

葉月は、大体ね、と英輔の頰をギュッとつまんだ。

「こんな端整な顔立ちをしていて、背も高くてスタイルも良くて、誰からもチヤホヤされて、ろくに失恋もしたことがないだろう、あんたにはわからないわよ！」

英輔は、葉月の手を軽く払った。

「痛てぇな、わかんねぇよ、ださ女のことなんか」

「大きなお世話、それなら私だって言わせてもらうけど、まるで芸能界から引退する感じでBBを解散しときながら、今も芸能界にしがみついていたり、それでいて、特技の歌をまったく歌おうとしない、あんたのことがわからないわよ！」

「俺が、芸能界にしがみつくのは、他に行き場所がないからだよ！」

英輔は声を荒らげて反論する。

「俺には……帰る場所がどこにもない」

強い言葉に葉月は我に返り、口をつぐんだ。

再び沈黙が訪れた。一拍置いて、英輔は、ふぅ、と息をつく。

「俺、先生は……誰よりカッコいいと思ってる」

葉月は怪訝に思いながら眉根を寄せた。

「物怖じせず媚を売らず、芯が通ってて頭が良くて堂々としてる。それが先生だろ？　そんな先生が、『あの子は可愛いから誰もが選んで当然で、どうせ私なんて誰も好きになってくれないの』……なんて、そんなだっせぇこと言うなよ。ムカつく。おまえは俺の『ヒギンズ教授』だろ？　そんなださいこと言うのは、やめてくれよ。おまえを選ばなかった黒崎なんて、妹にくれてやれよ！」

　葉月は瞳を揺らしながら、英輔を見る。

「先生はマジですげぇよ。そんなおまえを選ばない男なら、その程度ってことだ。なにも落ち込むことなんかねぇよ」

　向きになったように言う英輔を前に、葉月はぽかんと口を開けた。そのあとに、肩を小刻みに震わせて笑う。

　英輔の目に涙が溜まっていたからだ。

「もう……どうして、泣いてるの？」

　気がつくと、葉月の目にも涙が浮かんでいる。

「泣いてねぇよ、バーカ」

　英輔は手首で涙を乱暴に拭って、そっぽを向く。

　そんな英輔の姿を見て、荒んでいた葉月の心に温かいものが流れ込んできた。

「励ましに来てくれたんだね」

「鬼教官が、惨めに泣いてるのかと思うと、気になってよ」

　その言葉に、葉月は多少引っ掛かりながらも、頬を緩ませた。

「ありがとう……」

　そう言うも途端に気恥ずかしくなって、葉月は目をそらす。

「しおらしい先生って、気持ち悪いな」

「この年になって失恋なんて、心身共に堪えるの。しおらしくもなるわ」

英輔は、ふぅん、と洩らす。

葉月は酒を一口飲んで、ごめん、と囁く。

「さっきは、つい酷いこと言ったね」

「いやぁ、俺が先に言ったし。目には目をだろ」

「それを言うなら、売り言葉に買い言葉ね」

「さっきの話だけど、先生が言ったことは、これまで何百回と訊かれてきたよ」

「どうして、芸能界にしがみつくんだって？」

「いや、それは訊かれたことない」

「そうなんだ？」

「この業界から抜けられないって人間は多いから、しがみつくのは理解してもらえるんだけど、『それならどうして歌わないんだ』って、もう耳にタコができるくらい」

英輔は天井を仰ぎながら、独り言のように話す。

「……世間一般では、ＢＢが解散したのって、学業に専念するためだと思われていたよね？けど、本当は他の理由があったの？」

「……言いたくないな」

葉月は申し訳なくなって、ごめん、と俯いた。

「別に話すのが辛いとかじゃないんだ。ただ、聞いたら、先生は絶対に俺のことを軽蔑するよ。もう……会ってくれなくなるかも知れない」

「どういうこと？」

英輔は息をつき、でも、とソファにもたれた。

「この前、佐久間さんもあんなこと言ってたし、そのうち人づてに聞くこともあるかもしれないから、俺の口から伝えるよ」

葉月は、佐久間の意味深な言葉を振り返り、眉間に皺を寄せる。

「俺たちは元々、歌舞伎町《かぶきちょう》の出身だったんだ。実は歌舞伎町ボーイズで『ＢＢ』」

「歌舞伎町出身……？」

「そっ。親が歌舞伎町で水商売やっててその界隈で育った子どもたち。メンバーはガキの頃から一緒だった。歌舞伎町って良くも悪くもエンタメの街で、俺らガキんちょは、ろくに学校も行かずにラップを歌って踊って遊んでた。そこをたまたまスカウトされた。中学生――十四歳でデビューして、十六になる頃はもうブレイクしてた。みんな揃って街のバカの集まりだから、すぐ有頂天になって、私生活はもう乱れに乱れた状態だった」

想像がつく、と葉月は相槌を打つ。

「仕事は分刻みだし、次々に新曲が届くし、振り付けや歌詞を覚えなきゃなんねーしで、俺たちはもう限界だったんだ。混乱するほど忙しくなってるのに、それでも時間が空いたら隠れて夜の街に繰り出してって、乱れた私生活を送っていた……今、思い出しても歪んだ毎日だったと思う」

目を伏せながら話す英輔の言葉を葉月は黙って聞いていた。

「その内にメンバーが、眠らなくてもハイでいられる薬をどこからか仕入れた」

違法薬物……？　と葉月は思わず声を洩らす。

「サプリみたいな形して洒落た名前がついていても、結局、違法薬物なんだよな。で、みんな、ドラッグに走るようになった。もちろん俺も」

英輔は言い辛そうにそう言い、息を吐き出す。

「始めた頃は良かったよ。もうサイコーの気分だった。仕事は楽々こなせたし、無敵だと思ったし、楽しくて仕方がなかった」

英輔は、葉月の方を見ないようにしながら、でも、と話を続けた。

「すぐに最悪になったんだ。他のみんなは平気だったみたいだけど俺は悪夢にうなされるようになった。体は薬を欲しがるのに、それをすると気持ち悪くなって、悪夢を見るんだ。バッドトリップってやつ？　眠れないし悪夢に苦しむし、それでも薬は欲しいし、仕事では歌ったり踊ったりして、楽しそうにしなきゃならない。地獄だった」

で、と英輔は天井を仰ぐ。

「助けてもらいたくて、母親に会いに行ったんだ。うちの母親は元々クラブ歌手で、ひとり親家庭で育ったんだ。父親の顔は見たこともない。夜の仕事をしている母親にひとり息子なんて傍から見りゃ寂しい家庭に見えただろうけど、周りにはそんな奴らばっかだったから、それが当たり前でなんとも思ってなかったたし、普通に楽しかったたし幸せだったよ。俺はたまに母親が歌う姿を舞台の袖で見るのが好きだった。思えば母親のおかげで歌うことが、小さい頃からとても身近だったんだ」

葉月はなにも言わずに、英輔の話に耳を傾ける。

「だけど、嫌だったのは男関係。彼氏を切らさないんだ。母親は男好きと言うより、弱い人間で誰かがいないと駄目な人だった。そして小五の頃、母親は『これまで出会った人の中で一番優しかったから』って言って、男と再婚したんだ。けど、そいつが優しかったのは最初だけ。酒飲んで暴れるろくでもない男だった」

よくある話だ。

「俺は、酒乱のバカオヤジに殴られっぱなしだった。母親はクラブ歌手をやめさせられて、オヤジの言いなりになっていた……中学に入る頃になると俺は家に帰らなくなった。学校もろくに行かないで、友達の家を転々としながら、遊んでばかりいたよ。オヤジは、俺を厄介払いできたって感じで、清々した様子だった」

それなのに、と英輔は皮肉めいた笑いを浮かべる。

「デビューした途端、態度を変えて金をせびってくるようになったんだ」

それまで冷たかった周囲の人間が掌を返して、すり寄ってくる——これも、よく聞く話だ。

「俺はそんな親を軽蔑したたし、絶対に頼りたくもなかった。それなのにもう本当に限界だったんだ。窮地に陥った時、子どもは親を頼るんだな、って、その時、思ったよ。壊れた自分を母親に……母さんになんとかしてもらいたくて、もうBBをやめたいんだって、泣きついた」

「……それで？」

「そしたら、バカオヤジが、『歌をやめるのは反対だ。おまえみたいな奴に他になにができるんだ。おまえには歌しかないんだ、他は空っぽなんだよ。薬をして良い仕事ができるんだったら、それはそれでいいだろう』って言いやがったんだ。母さんもなにも言わなかった。あいつら、俺のことよりも俺が、BBをやめて金が取れなくなることを心配したんだよ」

そんな……と葉月は口に手を当てる。

「でも、あいつらのおかげで、すべてを捨てる決心がついたんだ。BBを解散して、俺は病院と更生施設に入った。マジで苦しい毎日だったよ。なにかの中毒になるのがこんなに恐ろしいことなんだ、って身をもって知った」と、英輔は囁く。

「それで退所したあと、どうしたの？」

「事務所と話し合って、芸能活動を再スタートすることにしたんだ。事務所に捨てられることを覚悟したけど、プロダクションの会長が後押ししてくれたとかで……」

「英輔が歌をやめたのは、義理の父親に言われたことを引きずってるんだね……」

おまえには歌しかない、他は空っぽだと言われたのだ。

まあな、と英輔は苦笑する。

「俺、子どもの頃から歌ったり踊ったりするのが、なによりも好きだったんだ。嫌なことがあっても忘れられた。デビューできてマジで嬉しかった。だけど、やっていくうちに俺たちの歌と踊りが大人たちのいいようにされている気がして、なんつーか後半はずっとモヤモヤしてたんだ。そして、クソオヤジにあんなことを言われたのが決定打だった。俺はもう歌を道具にしないって決めた。歌以外で復活して成功してやるって……」

そうだったんだ、と葉月はそっとうなずく。

英輔が、頑なに歌を拒否していたわけがようやくわかった。

無邪気だった中学生の男の子たちが芸能界に入り、浮かれたのも束の間、自分たちの歌と踊りがたくさんの大人たちに搾取されていく様子を目の当たりにし、胸を痛めたのだろう。

最後は、義理とはいえ父親に酷いことを言われたのだから……。

英輔にとって歌と踊りがとても大切なものだった。だからこそ、苦しかったのだろう。もう二度と人の前では歌わないと決意するほどに……。

しばしの沈黙が訪れた。

葉月がなにも言わずに酒を飲んでいると、隣で英輔がぽつりと口を開く。

「先生……」

「うん?」

「軽蔑しただろ。欲にまみれて、違法薬物に手を出して……マジで弱い人間だよな」

「でも、立ち直った。それはすごいことだよ。恥じることなんて少しもない」

葉月は、英輔を真っすぐに見つめて言う。

英輔は驚いたように顔を上げたあと、唇を嚙み、目をそらした。

「俺さ、最近までエゴサーチばっかしてたんだ。自分がどう見られているのか、いつも食い入るように見てた。でも、今はほとんど見なくなった……世間の評価なんて気にならなくなったんだ」

「どうして？」

「世間の評価より、先生に評価されたいって思うようになった。俺は世間よりも、先生に、認められたいって」

葉月は思わず、なにそれ、と笑う。

「だから、過去のことを話すの……すっげぇ怖かった」

英輔はそう言って、目を伏せた。その目には涙がうっすらと浮かんでいる。

「英輔……」

「ったく、とことん、みっともねぇな」

英輔はばつが悪そうに涙を拭った。葉月はなにも言わずに、英輔の顔を凝視していた。

いつまでもなにも言わずに、じっと見てくる葉月を前に、英輔は戸惑ったように言う。

「なんだよ、そんなに見て」

「英輔、ありがとう。最高だと思った」

「え？」

「『目に涙を浮かべて弱さを見せるイケメン』が絵になるっていうのは、よく言われることだけど、私は今まで、それは違うと思っていたの。『弱さを押し隠して笑顔を見せるのが、たまらない』って。もちろん、それもいいんだけど、あんたの姿を実際目の当たりにすると、すごいと思った。その魅力に絶対クラクラする。うん、すごくいい、英輔、魅力的だった。それ、もらってもいい？」

はっ？　と英輔はよくわからないまま、とりあえずうなずく。

「ありがとう。実は、脚本のリテイクで行き詰まっていたの。あんたのおかげで今こうインスピレーションが来たわ。さっそく仕事に生かすね」

葉月はすぐに立ち上がってノートとペンを手にし、せっせとメモをしている。

英輔はぽかんとしながら、葉月を見上げた。

その視線に気づいた葉月は、我に返ったようにノートを閉じる。

「ごめん。脱線した。いい、英輔、人はみんな弱いの。でもその弱さを認めることができて、なおかつ克服した人間こそ真の強さ、優しい強さを持った人間になれる。だから英輔は、素晴らしい経験をしたと思う。よくがんばった。今の英輔は、決して弱い人間なんかじゃない」

「ああ……ありがとう、でっ、魅力にクラクラって？」

「誤解しないでね、私がクラクラするわけじゃなくて、視聴者の話」

「視聴者？」

「そう、テレビを通して観たことを想定しての話。いや〜、映えるわ」

葉月は嬉しそうに、ノートを眺める。

「ったく、この女は……」

「えっ、なにか言った?」

なんでもねぇよ、と英輔は舌打ちする。

すると葉月は再び、英輔の隣に腰を下ろし、ふたつのグラスに日本酒を注いだ。

「さっ、乾杯し直そうか」

「ああ、そうだな」

「そういえば明日は、早いの?」

「九時半に大阪入りだから、普通」

「よし、今夜は飲んで語ろう」

そう言う葉月に英輔は、おう、と声を上げる。

「それにしても、英輔って本当にアーティストだったんだねぇ」

しみじみと言った葉月に、英輔はぽかんとして小首を傾げた。

4

一方、小料理屋『ぎをん』に残された神楽とマリアは個室からカウンターに移動して、ともにこちらも熱燗を飲み交わしていた。

神楽は、慌てて出て行った英輔のことを思い浮かべ、ふふっと笑う。

「きっと英輔君は、葉月さんの許に向かったんでしょうね」

マリアも、きっとそうやね、と笑う。

「英輔君も変わらはった。あないに誰かを思いやれるて」

「……彼のファンだったことは承知していますが、随分彼のことを知っているようですね」

神楽が窺うと、マリアはニッと微笑んだ。

「そりゃあ、ずっと応援してきたし。ファンってそんなもんや」

「そういえば、以前、彼の歌に助けられたって言っていましたよね？」

そうやねぇ、とマリアは意味深に笑い、神楽を横目で見る。

「どないなエピソードなのか、聞きたい？」

「……許されるなら」

マリアは少し笑ったあと、息をついた。

「神楽教授は、既婚者なん？」

「随分前に、妻に先立たれて、今はひとりです」

そうやったんや、とマリアは洩らす。

「私は、二十二で結婚。それから、ずっと夫婦でやってきたんや。せやのに八年前、いきなり夫から離婚を切り出されてしもて」

神楽は黙って次の言葉を待つ。

「もう、ええ年齢《とし》やで。『なんで今さら』て思うやん。そしたら、『好きな女ができた』て。

二十も年下の秘書とええ仲になったって。『おまえとは見合い結婚で、この年齢になって初めて恋をした。子どもらも大きくなったし欲しいものはなんでもやるから、離婚してくれ』と、こういうわけや。なんやそれと思うやん。情けなくて悔しくて……。夫との結婚生活、これまでの人生が全部嘘やったように思た」

マリアは当時を思い出したのか、苦々しい表情を浮かべた。

「『離婚はせえへん！』て突っぱねたんやけど、もう夫の顔は見たくあらへん。家を出て、ひとり暮らしを始めたんや。せやけど、家にひとりでいてもしんどいだけやし、毎日ぶらぶら歩いてた。そんな時、街で英輔君たちを見掛けたんや」

「デビュー前の？」

神楽の問いに、せや、とマリアはうなずく。

「最初は、若い男の子が歌って踊ってるなぁ、て思うてただけなんやけど、そのうちに英輔君がスローテンポの懐かしい曲を歌ってくれて……」

「懐かしい曲というと？」

「『スタンド・バイ・ミー』やねん」

ああ、と神楽は目を細める。

「懐かしいですね」

「せやろ。一瞬で心をつかまれてしもた。英輔君が歌い終わるまで、その場を離れられへん。雑音すら聞こえへんかって」

ほんで、とマリアは息をつく。

「ちょっとちゃうんやけど、『恋に落ちる』ってこういうことなのかもしれへんて思うたんや。雷に打たれるように、夫もこんな感じになってしもたんやって、許せへんけど、ちょっとわかった気がした。ほんで、『もうしゃあない』って諦めて、もらえるものはもろて、別れを決めたんや」

なるほど、と神楽は大きく首を縦に振る。

「それは、救われましたね」

「せやろ」

「マリアさんは、その後、東京から関西へ戻ってきたんですか？」

ええと、とマリアは目を泳がせる。

「まぁ、行ったり来たりやな。向こうでも仕事があるし」

「お仕事をされているんですね？」

「せやねん。夫はいくつか事業をしてたんやけど、私はそのうちのひとつを任せてもらうことになって。まぁ、息子にも手伝てもろてるし」

「そうですか。もしかして……」

神楽は意味深に笑い、マリアを見る。

「なんやねん、その顔は」

「……なんとなく、色んなことがわかった気がします」

「わかっても、今はナイショやで」

「かしこまりました」

ふたりはふふっと笑い、あらためてまた乾杯した。

5

葉月は扉が開く音で、なんとなく目を覚ました。

あ……誰か部屋に入ってきたのかな？

うっすら目を開けると、いつもの寝室ではない光景が目に入ってくる。

どこだろう、と一瞬戸惑ったが、すぐにリビングの天井だと気がついた。

「そうだ、リビングで飲んでて……」

そのままソファで寝てしまったようだ。

英輔はどうしたんだろう？

葉月はズキズキと脈打つように痛む頭を押さえて体を起こすと、自分が英輔の腹部に頭を乗せて寝ていたことに気づき、目を丸くした。

英輔はソファの上で、気持ち良さそうに眠っている。

「お姉ちゃん……？」

扉の方から美沙の声がして、葉月の肩がびくんと震えた。

美沙は、葉月と英輔が重なり合って眠っている姿に驚いたようで目を泳がせている。

葉月は慌てて立ち上がり、言い訳をした。

「ああ、これはね、ここで飲んでて、そのまま寝ちゃっただけなの」

そうなんや、と美沙はつぶやいて、目を伏せる。ちゃんと話さなければならないと思ったのだろう。深呼吸をしてから、ゆっくり口を開いた。

「もし、このままお姉ちゃんに絶縁されてしもても、ちゃんと話しときたいて思って」

覚悟を決めた美沙の眼差しに、葉月はなにも言わずに耳を傾ける。

「きっかけは、お姉ちゃんが急に来られなくなって、黒崎さんとふたりきりで食事をした時やった。お姉ちゃんが好きになるのもわかる素敵な人やって思た。そのうちに、私も意識するようになってしもて、そやけどお姉ちゃんの好きな人やから、好きになるのはあかんて思ってた。そやのに私は……」

一生懸命に説明しようとする美沙に向かって、葉月は大きく息をついた。

「もう、いいよ」

「お姉ちゃん……もう私の話も聞きたくないくらい軽蔑して怒ったはる？」

「怒ってるわけでも、軽蔑しているわけでもない。悔しいだけよ」

「私、お姉ちゃんの好きな人やって、わかってたのに……」

「だから、もういい。だって仕方ないじゃない」

「仕方ない……？」

「美沙と黒崎さんは、想い合ってるんでしょう？　もう仕方ないじゃない」

美沙は目に涙を浮かべながら、葉月を見た。

「美沙、人はね、本当に好きな相手に出会ってしまったら、親よりも友達よりも、好きな人を選んでしまうものなのよ」

えっ、と美沙は驚きの表情を見せた。

「だって、それが本能だから。親や友達からは決して得られないものがあるから。苦しくても辛くても好きな人を選んでしまう。だから、仕方ないことなの」

「お姉ちゃん……」

「あんたは私に似て理想が高いから……黒崎さんに惹かれるのも無理はない。業界人との交際は賛成できなかったけど、彼だけは例外。いい人と出会えて良かったね」

美沙は、うっ、と嗚咽を洩らして、葉月に抱きついた。

「お姉ちゃん、ごめんなさい、ごめんなさい」

「私こそ、昨日はあんな態度を取って、ごめんね。美沙も辛かったのにね」

美沙は泣きながら、首を横に振った。

「黒崎さんは、私の気持ち知らないんだよね？」

葉月の問いに、美沙は強く頷いた。葉月は目に涙を浮かべて、美沙を抱き締め返す。

「ありがとう、黙っててくれて」

美沙は、また首を横に振る。

その時、英輔が寝返りを打った。葉月は、英輔が寝たふりをしながら自分たちを見守ってくれていたことに気づき、そっと微笑んだ。

6

いよいよ、英輔主演のドラマが、ネット配信された。

役どころは、元ロックバンドボーカルのホスト。

英輔はこの役を演じる際、ハリウッドの伝説的俳優ジェームス・ディーンを意識したと言っていた。

その話を聞いた時、葉月は実のところピンと来ていなかったのだが、ドラマを観て、すぐに納得した。

物憂げな瞳、漂わせる孤独感、大人になりきれず、繊細でありながら、ふとした時に爆発しそうな危うさ。

立ち居振る舞いが洗練されているわけではないのに、カッコいいと思わせる。画面に現れるだけで、空気がピリッと引き締まり、目を奪われる。

これが、英輔の解釈したジェームス・ディーンなのだ。

そのドラマが、きっかけだった。ジェームス・ディーンをイメージして演じたという英輔の判断は、彼自身が思うよりも、主に業界内で反響を呼んだ。

ジェームス・ディーンに憧れた世代は、今や業界内で重要な役職に就いている者ばかり。そうした面々に、『あいつはなにか持ってる。売れるんじゃないか』と思わせることに成功したのだ。

結果、英輔にCMの仕事が入るようになった。ルックスを最大限に生かしたものが多かったが、トーク番組では相変わらず、少しおバカであり、涙もろい、素直なキャラクターだったため、今度はそれがお茶の間に受けた。

それが奏功し、英輔に大きな仕事がふたつ舞い込んだ。

ひとつは、関西のテレビ局が制作を務める、開局周年記念・時代劇ドラマ『新撰組』の主演のひとり。沖田総司役だ。

もうひとつは、音楽の祭典として知られるスペシャル歌謡イベント『ワールド《W》・ミュージック《M》・フェスティバル《F》』のMC補佐だ。

人気はうなぎのぼりで、今や『ぎをん』にも顔を出せない日が続いていた。

マリアや神楽は寂しがっているようだったが、葉月はむしろ誇らしかった。だがそれと同時に自分の仕事も忙しく、英輔の成長ばかりを喜んでいる余裕もなかった。

しかし、英輔とは腐れ縁があるようでその開局周年ドラマには葉月も携わっていたのだ。

とはいえ、メインの脚本家ではなく、あくまでサポートだ。そうした場合、制作発表会等は辞退することが多い葉月だが、今回ばかりは出席していた。

せっかくだから、英輔の晴れの舞台を見届けようと思ったのだ。

ステージには出演者が一列に並んでいる。葉月は、その様子を舞台袖で見守っていた。

出演者の中で最初に挨拶したのが――、

「鈴木英輔です、よろしくお願いいたします」

主演の英輔だ。眩しい光の下、堂々と意気込みを語っている。

「まさか、こんな日が来るなんて……」

葉月は複雑な心境の中、ぽつりと零す。

それは、英輔が主演のドラマに携わっているからではない。会場には、共演者として土方歳三役の佐久間真治が、そして自分と同じ舞台袖には、ディレクターの黒崎圭吾がいるからだ。

どんなオールスターだ。

葉月が顔を引きつらせていると、黒崎がやってきて、ぼそっと耳打ちした。

「英輔君、光っていますね」

葉月は、そうですね、と小声で答える。

黒崎は元々、英輔を推していた。そのうえで、昨今の活躍だ。なおかつ、英輔は上層部に好かれている。起用される条件は満たしていた。

「あの、美沙は、元気ですか？」

葉月が小声で訊ねると、黒崎ははにかみながら嬉しそうに答える。

「はい、また週末挙式の打ち合わせにご両親に会いに行くんです。良かったら小鳥遊先生もご同行いただけたらと思いまして」

——騒動のあと、彼はあらためて挨拶に来た。

その後、すぐに実家へも挨拶に行ったそうだ。

今、ふたりは結婚を前提に同棲をしている。交際期間にしては早い展開だが、一緒に暮らさなければ、なかなか会えないほど彼が多忙なためだ。

「私は仕事があるので、遠慮します」

「そうですか、そうですよね」

と、黒崎は残念そうに言う。

ふたりの仲の良い様子を笑顔で見守り続ける自信がない。葉月は胸に迫る苦しさを押し殺し、出演俳優陣の方を向いた。

佐久間真治を見て、葉月は目を細める。

思えば昔、佐久間真治にもこんな風に恋をしていたのだ。

あの恋心が今はまったくないように、いつかこの苦しい想いも消えてなくなってくれるのだろうか？　いや、佐久間のことは人間的に軽蔑できたから、想いを断ち切るのも早かったのだ。でも、彼のことは……。

葉月はちらりと黒崎を見て、小さく息をつく。

どうしてだろう。昔から本当に欲しいものは手に入らない。

いつも肩肘張って背筋を伸ばして、自分を叱咤して頑固に生きている。

プライドが高くて強がりで、でも傷つくことが怖くて……こんな自分が嫌いで……。

葉月がそんなことを思っていると記者会見が終わり、出演者たちは挨拶をして、各々はけていく。

葉月も挨拶をして帰り支度をしていると、英輔が笑顔で駆け寄ってきた。

「おっ、さすがにめかしこんでるな」

そりゃあね、と葉月は胸を張る。

「それより、結構カメラ来てたじゃん。良い傾向だね」

お疲れ様です、と黒崎の声が耳に届いた。彼は、俳優やスタッフ、一人ひとりに声を掛けている。

すると、英輔が大きく息をついた。

「ったく、しつけぇ女だな。なんだよ、その未練たらたらな顔は」

はあ？　と葉月は、英輔を振り返る。

「なんなら告って、しっかり振られろよ」

「未練たらたらって、そんなんじゃないから！」

へえへえ、と英輔はあしらって、葉月に背を向けた。

英輔は通路を出て、ずんずんと大股に歩き、誰もいない窓際まで来て足を止めて、ああもう、と頭を掻く。

「ったく、なんで、こんなにイライラするんだよ」

ぼそっと洩らして窓の外を眺めていると、佐久間真治が、ひょっこりと顔を出した。

「お疲れ、ベリーちゃん。こんなところに隠れてたんだ」

ますます苛立つのを感じながらも、英輔は笑みを返す。

「お疲れ様っす。別に隠れてないっすけど。なにか？」

「いやぁ、ベリーちゃん、また歌う気ない？　君に会ったって話をしたら、つないで欲しいって色んな人に言われてて」

「いや、すみません。俺、実はもう歌えないんですよ……」

英輔は喉に手を当てて頭を下げる。これは嘘だった。俳優としてテレビに再び出るようになると、歌の仕事を頼まれることが増えたため、こうして断っているのだ。

「あー、そうだったんだ。そりゃ仕方ない。それで、一生懸命ご奉仕してるわけだ」

「ご奉仕？」

「小鳥遊葉月だよ。一度は失落したけど、また復活してきたみたいだし、取り入っておけば悪いことはないよな。多くの脚本家はファミリーを作るものだし、ベリーちゃんにも、ちゃあんと脳みそはあるわけだ」

「そんなんじゃ」

英輔がムッとすると、まあまあ、と佐久間は肩に手を乗せる。

「でも、あいつはなかなかいいよ。ガリガリかと思えば、意外にいい体してるしな。それに尽くすんだぜ」

　佐久間はそう言って楽しそうに笑う。

「――えっ？」

「昔ちょっと遊んでやったことがあってさ。あいつが売れてる頃。あいつが失落したから、切ったんだけどな。また遊んでやろうかな。今回だってもしかしたら、俺が忘れられなくて起用したのかもしれないし」

　ははっ、と佐久間は笑う。

「にしても、あんな一般人に手を出すのも、俺らにしてみればボランティアだよな。ゴミ拾いと同じだよ、マジで。今の葉月みたいに脚本家やらプロデューサーやらになってれば抱いてやってもいいけどよ」

　佐久間が半笑いで吐き捨てた瞬間、英輔は佐久間の胸倉をつかんだ。

「……それ以上言うと、ぶん殴るぞ」

　佐久間は、は？　と目を丸くする。

「どうしたって言うんだよ、まさか、ゴミの肩を持つのか？」

「おまえがゴミだよ！」

　英輔は怒りに手を震わせながら、胸倉を締め上げる。

　佐久間は顔を引きつらせていたが、すぐに、あははと笑った。

「殴りたけりゃ殴れよ。大騒ぎしてやるよ、『鈴木英輔、佐久間真治を暴行！』って明日のスポーツ紙の一面だぜ」

「ああ、そうしろよ、そん時は、俺も洗いざらい話してやるよ。『佐久間真治が一般人の女はゴミだ。利用できる奴ならボランティアで抱いてやってもいい、って暴言を吐いたから思わず殴った』って語ってやるよ」

佐久間は、ぐっ、と息を呑む。

「どうして、そんなに向きになるんだよ。もしかして、惚れてんのか？」

「ああ、そうだよ。なんか文句あるか？　このクズ！」

英輔の迫力に危機感を覚えたのか佐久間は青褪めて、英輔を突き飛ばした。

「覚えてろよ、俺を敵に回したことを後悔させてやるからな！」

捨て台詞を吐き、佐久間は逃げるように足早にその場を離れていった。

英輔は興奮している自分を抑え、息を整える。

自分の発した言葉を振り返り、眉根を寄せた。

「え……？」

英輔は、葉月を思い浮かべ、口に手を当てる。

「はっ、マジで？　嘘だろ？」

英輔は動揺からその場をウロウロし、しゃがみ込んで頭を抱えた。

第八章

1

美沙が家を出て、一か月が経った。

葉月は書斎を出てリビングに入るなり、その雑然とした光景に苦笑する。『自分は居候だから』と、美沙はいつも部屋をピカピカにしてくれていた。

美沙がいなくなって、この家は火が消えたようだ。葉月は息をつき、簡単にリビングの掃除を始めた。ひとりがこんなに寂しいものだとは思わなかった。

「私は、好きな人も大事な家族も失っちゃったんだなぁ」

目に浮かんだ涙を拭い、「さて、なにか食べよ」と冷蔵庫を開けるも、食材はほとんど入っていなかった。

葉月は、うっ、と呻く。

「缶詰、なんかあったかな……」

戸棚を開けるとオイルサーディンや牡蠣の燻製等の缶詰が綺麗に並んでいる。

これは、美沙が葉月のために揃えていたものだ。再び寂寥感が募り、肩を落として振り返ると、だだっ広いリビングが目に入った。

「……ほんと、この家は広すぎるわ」

今までのように仕事をしながら、この大きな家でひとり暮らしをするのは無理があるのかもしれない……。

切ない気持ちになっていると、葉月のスマホが鳴った。

着信を確認すると見たこともない電話番号からだ。こういう場合、警戒して電話に出ない人も多いだろう。が、番号を登録していない仕事の関係者から電話が掛かってくるというのは、葉月にはよくあることだった。とはいえ、念のため名乗らずに電話に出る。

「あの、小鳥遊先生、突然すみません、田辺です」

相手は、英輔のマネージャーだった。

「えっ、田辺さん？　どうかされましたか？」

「ちょっと困った状況になりまして、お手隙でしたら、『ぎをん』に来ていただけないでしょうか……」

電話の向こうで声がしている。

「英輔君、駄目だって。『ぎをん』は今日、宴会で貸し切られてるらしいよ」

「えっ、マジで？」

田辺だけではなく、川島と英輔もいるようだ。

葉月は額に手を当てて、息を吐き出す。

「……それじゃあ、うちに来てください」

葉月はため息をつき、『ぎをん』にデリバリーを頼んだのだった。

電話を終えて、約二十分後、英輔、田辺、川島が、両手いっぱいに食べ物や飲み物を持って、『東山邸』を訪れた。

応接室に足を踏み入れるなり、田辺は嘆息した。

「うわぁ、立派ですねぇ」

すげぇだろ、と、なぜか英輔が、自慢げに胸を張る。

「小鳥遊先生ってお嬢様だったんですね」

そう言った田辺に、葉月は苦笑した。

「それ、田辺さんが言いますか？　ここはかつてそこそこ裕福だった祖父が、たまたまこの家を買っただけで、今や固定資産税にひーひー言ってます」

田辺は、へぇ、と洩らしてテーブルの上に缶ビールやつまみなど買ってきたものを並べる。

ちょうど『ぎをん』から宴会メニューの数々が届き、葉月も一緒にテーブルについた。

「この大きさの家で、お手伝いの人もなく大変じゃないですか？」

そうなんです、と葉月は強く首を縦に振る。

「これまでは、美沙――妹が家のことをしてくれていたので、問題なかったんですけど、出て行ってしまった今は持て余してしまって……ここを手放してマンションに住むのも考えたり……」

葉月は頬に手を当てて、はぁ、と息をつく。

すると川島が顔を明るくさせて、挙手した。

「それじゃあ、妹さんの代わりに俺がここに住みたいです！　家事、得意ですよ」

葉月が笑ってかわそうとすると、英輔が、はっ？　と声を上ずらせた。

「なに言ってんすか。ありえないっすよね」

「英輔君、いきなりマジ切れ」

あの、と葉月が声を上げて制止する。

「ところで、なにがあったんでしょう？」

「実は……」

田辺が話し始めようとすると、英輔が遮るように一歩前に出た。

「俺の口から、きちんと話したい。先生、少しだけふたりになれないか？」

英輔の神妙な顔を見て、葉月はうなずき、

「それじゃあ、リビングにでも」

と、応接室を出て、リビングに向かった。

「で、一体なにがあったの？」

リビングに入るなり、葉月は腕を組んで、英輔を振り返る。

「——撮られたんだ。明日発売の週刊誌に俺の記事が載る。これがその掲載される記事」

と英輔は、スマホの画面を見せた。

そこには、『鈴木英輔、元リップ☆スティック茉莉花と深夜の自宅デート！』という大きな見出しと共に英輔が茉莉花の肩を抱き、マンションに入っていく写真が掲載されていた。

「ああ、茉莉花って知ってる。英輔、あの子と付き合ってたんだ」

葉月は、へぇ、と洩らす。

「はっ？　言うことは、それだけかよ」

「まぁ、スキャンダルには気をつけろとは言ったけど、不倫とかそういうわけではないしね。絶賛売り出し中の今、こういう話が出ると、多少ファンが離れるかもしれないけど、長い俳優生活にはあることだし。仕事にはさほど影響ないと思う。私は、爽やかに交際宣言とかしちゃう方が好きだなぁ」

「嫌なんだよ！」

はぁ？　と葉月は小首を傾げる。

「嫌って言っても、もう止められないでしょう」

「いや、そうじゃなくて、交際宣言はできない。彼女じゃないんだ」

「どういうことそれ」

英輔は口をつぐみ、沈黙が訪れた。

「そっか、ただのお遊びの関係ってわけだ。これだから、芸能人は嫌い」

葉月は、やだやだ、と肩をすくめて、リビングを出ようとする。

「ちょっと待ってくれよ！　芸能人だとか、そんなのは関係ないだろ」

「関係大あり。ほんとろくでもない奴ばかり！　英輔は芸能人だけどもう少しマシな男だと思ってた」

「じゃあ、なんで先生は付き合ってたんだよ！」

葉月は動きを止めて、英輔を見上げた。

「佐久間と、付き合ってたんだろ？」

「……英輔には、関係ないじゃない」

葉月が低い声で答えると、英輔は目を見開き、その場にしゃがみ込む。

「マジかよ……」

英輔は、額を押さえた。

「佐久間のハッタリじゃなくて、マジで付き合ってたわけだ」

落胆したような英輔のつぶやきに、葉月は顔を歪ませた。

「うん、付き合ってた。厳密に言えば、『付き合っていたと勝手に思ってた』。ちょっと相手にされて舞い上がって有頂天になっていただけ。ただの遊び相手だっただけ！　だから……芸能人なんて嫌い」

葉月は強い口調で言い放ち、目に涙を浮かべる。

そんな葉月を前にして、英輔は弱ったように息をついた。

「……たしかに茉莉花とは、ずっと体だけの付き合いをしてた。けど、もうそういうのは、やめようって思ったんだ。この時はなにもしてない。茉莉花とはただの友達になった」

「そう、それは良かったね」

「ちゃんと聞いてくれよ」

「興味ないし、どうでもいい」

「先生の言う通り俺は最低だったかもしれない。でも前にも言ったけど、先生に会って変わろうと思った。今の俺は先生に呆れられるようなことはない！」

英輔は、真っすぐに葉月を見てそう言い放つ。

あまりの迫力に、葉月は戸惑いの表情を見せたあと、小さく息をついた。

「……私にそんなに必死で弁解しなくたっていいから。こういう写真って、撮るだけ撮っておいて、一番良いタイミングで出されるものだしね」

「今回のこと、俺としては先生にさえわかってもらえれば、それでいいんだ。でも茉莉花は、清純派で売ってて……このスキャンダルは大きなマイナスになると思う、どうしたら良いかな」

「知らないそんなこと。案外向こうはラッキーぐらいに思ってるかもね。今の英輔は注目度が高いし、良い宣伝だわ」

葉月はサラリとそう言ったあと、真っすぐに英輔を見た。

「英輔、私は、あなたの保護者でもマネージャーでもなんでもないの。自分の不始末は自分でなんとかしなさい。自分のしたことに対して責任を取っていくのが人生なの」

はい……と、英輔は落ち込んだ様子で頷く。

葉月は、やれやれ、とリビングを出て、応接室へと向かった。

2

タイミングが良いのか悪いのか、週刊誌が発売された当日、英輔は映画の試写会に呼ばれていた。

試写会会場には、たくさんのマスコミが詰め掛け、ここぞとばかりにプライベートに関する質問をぶつけてくる。ある意味、記者会見場のようなものだ。

スポンサーの関係もあって、欠席もできない。

会場に向かう車の中で、英輔は険しい表情で窓の外を眺めていた。先ほど茉莉花から『迷惑掛けてごめんね』とメッセージが届いたばかりだ。

このまま知らぬ存ぜぬで、やり過ごすべきなんだろうか？

しかしそれだと茉莉花の立場がなくなる。でも、交際宣言だけはしたくない。茉莉花の立場を守り、ふたりがなんの関係もないことを伝えるには、どうしたら良いんだろう。

英輔は少し考えたあと、意を決したように顔を上げた。

「田辺さん」

と運転している田辺に向かって、呼び掛ける。

「なんですか？」

「俺……、少しずつ築き上げてきた人気を一気に崩すかもしれない」

田辺は聞き取れなかったようで、えっ？　と眉を上げた。

英輔は小さく笑って、窓の外を眺める。

「そしたら、またイチからがんばるよ」

3

「お姉ちゃんの好きなフルーツタルト、買うてきたよ」

その日、美沙が差し入れを持って、葉月の許を訪れていた。

「もう、ちっとも顔出さないんだから」

葉月は嬉しくてたまらない気持ちを隠し切れずに、お茶の準備を始める。

「あっ、お姉ちゃん、私がする」

「ううん、いいのよ」

葉月は紅茶の用意をし、ソファに座る美沙の前にカップを置いた。

「新生活はどう？　黒崎さん、忙しそうだけど、ちゃんと帰ってこられているの？」

「うん、遅くなっても、ちゃんと帰ってきてるよ」

美沙は、幸せそうに微笑む。

その笑顔を見て、ちくりと葉月の胸は痛んだ。嫉妬してどうする、と葉月は心の中で自分を叱咤した。

「お姉ちゃんは、仕事の方はどう?」

「うん、順調だよ」

「そうそう、英輔君、主演が決まったんやね」

「うん。大阪のテレビ局の開局周年ドラマね」

「英輔君もここまで来たかぁ、って勝手に鼻高々になっちゃった」

早く観たいなぁ、と美沙はそう言ったあと、そういえば、と前のめりになる。

「ネットニュースで見たんやけど、英輔君、アイドルの茉莉花と付き合ったはるって。ちょっとビックリしたし」

その言葉に、葉月は、いやぁ、と口の端を引きつらせる。

「付き合ってはいないみたいよ」

「えっ? どういうこと?」

「どういうことって……」

葉月が返答に困ると、

「そうだ、今、ワイドショーつけたら、英輔君のことやってるかな」

と美沙は、リモコンを手にし、テレビをつけた。

すると、ちょうど、芸能ニュースが取り上げていた。

『……試写会には、たくさんの芸能人が招かれました。その中で、今注目の若手俳優・鈴木英輔さんがアイドルの茉莉花さんとの交際について、衝撃の発言をしました』

アナウンサーの言葉に、葉月と美沙は思わず顔を見合わせる。

画面は試写会場に変わり、ラフなスーツ姿の英輔に、大勢の記者たちが詰め寄っていた。

『英輔さん、茉莉花さんとの交際について、なにか一言お願いします』

『おふたりは、いつ頃からお付き合いされているんですか？』

記者たちの質問に、英輔は弱ったような笑みを浮かべて、はっきりと答えた。

『お付き合いは、してません』

葉月は驚き目を丸くした。

『えっ？　でも、ふたりでマンションに入っていったわけですよね？』

突っ込んだ質問に、英輔はまた苦笑し、

『はい、その通りです』

素直にうなずいた英輔に、一同は『えっ？』と戸惑う。

葉月と美沙は、ぽかんと口を開けて、画面を見ていた。

『俺、リップ☆スティック時代から、茉莉花さんのファンだったんすよね。たまたま現場で一緒になった時、彼女が「犬が大好き」って言ってたんです。で、このチャンスを逃せないと思った俺は「うちにすっげぇ可愛い犬がいるから見においでよ」と言ってマンションに呼んだんですよ。ふたりきりになったら口説くチャンスがあるかなって。で、部屋に入るなり、豆柴のぬいぐるみを見せたら、彼女は「バカにしないで！」と怒って帰っていきました』

英輔の言葉に、記者たちは一瞬、返答に困ったように息を呑んだ。

『え……っと、というと？』

『平たく言えば、フラれたんです』

『えっ、それは、本当ですか？』

『こんな嘘をついてもあんまりメリットないですよ。できれば、ここで交際宣言とかした方がカッコいいですし』

ははは、と英輔は力なく笑う。

『いやいや、そんなこと言って、しっかり付き合ってるんじゃないですか？』

『いやぁ……ほんと言うと俺も、付き合えるんじゃないかと思ったんですけどね』

『あの……残念でしたね。今も、茉莉花さんのことは好きですか？』

『もちろん、好きな気持ちは残ってますが、フラれたので諦めようと思ってます』

明るく言いながらも、英輔は傷ついた心を隠しきれない様子に見える。

女性記者は、そんな英輔を目の当たりにして思わず同情したようだ。『英輔さんなら、きっとすぐ良い人ができますよ』『次の恋は、がんばってくださいね』となぐさめられていた。

美沙は目を丸くして、ぽつりと零す。

「えっと、英輔君、そんなことまで言っていいの？」

葉月は、ごくりと喉を鳴らした。

「こういう形に出たんだ……」

マンションに入ったのは事実ですがふたりの間にはなにもありません、等と言っても、信じる人は誰もいない。が、口説きたくて、家に連れ込んだものの怒って帰られた——そんな事実を言われたら、それ以上突っ込みようがないだろう。

こうすることで、茉莉花のイメージを守ることができる。

自分の人気が、落ちるかもしれないのに……。

でも、この会見で人気は落ちないだろう。もちろん、『嘘をついて連れ込むなんてサイテー』と憤る人もいるだろうが、会見での英輔の情けない表情を観てしまえば、苦笑する人が大半ではないか。

カッコ悪い部分をさらけ出すというのは、親しみを感じるものだ。

それはなにより、間違いなく視聴率に反映される。

「茉莉花って、ほんとに天然なんだね。そして、あの英輔君をフッちゃうなんてすごいよね」

と美沙は、まるで視聴者代表のようにしみじみつぶやいている。

茉莉花は少女のように純真なキャラで売っている。可愛い犬がいると聞いて、嬉しくなって部屋に入ったというエピソードも彼女ならばありえると思わされるのだ。

これで『鈴木英輔をフッた女』として、知名度をぐんと上げるだろう。

「英輔君、まだ茉莉花のこと好きな感じやったね。お姉ちゃん、どう思う?」

美沙に振られて、葉月は我に返った。

「まぁ、七〇点ってところかしら」

「なにが？」

「今の会見。まだ未熟な点もあるけど、思ったよりも良い演技をしたわ」

傷ついた心を隠しつつも、カラ元気を装う表情は、なかなかだった。

ふふっと笑う葉月を見て、美沙は小首を傾げた。

4

「英輔君、すごいよ、すごい反響だよ」

会見の様子がテレビに流れた直後、関連するいくつものワードがトレンド入りし、即ネットニュースが配信されるなど、インターネットやＳＮＳは鈴木英輔一色だった。

好意的な意見は、『英輔君のやり方はどうかと思うけど、会見で正直だったのは良かった』、『芸能人なのにあそこまで言っちゃう英輔君がすごい』、『ビックリしたけど男の子って感じで可愛かった』といったものだ。

もちろん、否定的な意見も多い。『女性に嘘をついて部屋に呼ぶなんて犯罪行為』と厳しい声もある。

だが、英輔自身は、今回の会見でおさまりがつかないほどに炎上して、また一からやり直す覚悟をしていたのだ。好意的な意見がある事実に驚きを隠せなかった。

「そうなんだ、あんなこと言ったのに……」

英輔は拍子抜けしたように、スマホをチェックする。

『犬がいるってだけで、男の部屋にほいほい入る茉莉花もどうなの？』という意見が目に入った。

「茉莉花が恨まれなきゃいいけどな」

「まぁ、大丈夫でしょう。茉莉花さんはあのキャラクターで売っているので、うっかり信じたんだろう、と思われていますし。なにより、この話題もそのうち流れていきますよ」

そんなものだよな、と英輔は笑う。

「そして、週末はドラマの放送日。これは視聴率見込めますよ〜！」

田辺は、興奮気味に拳を握り締めた。


その週末、英輔の出演するドラマの視聴率は好調であり、週明けのスポーツ紙には、『鈴木英輔、失恋転じて福となす？　ドラマ高視聴率！』という見出しが一面を飾った。

局の控室で田辺は仁王立ちした状態で、スポーツ新聞を広げて読み上げた。

「――アイドル・茉莉花との交際が発覚した当日、鈴木英輔は完全否定。『可愛い犬がいると言ってマンションに連れ込んだものの怒って帰られました。平たく言えばフラれたんです。付き合えると思ったんですがね』と悪びれずに失恋したことを告げた彼に記者たちは思わず唖然。その週末、鈴木英輔が出演する開局周年記念ドラマは高視聴率を打ち出した。ネットの掲示板には彼の浅はかな行動を叱咤しつつも、がんばってという応援メッセージが一〇〇〇件を超えた――とのことですよ、英輔君！」

田辺は嬉しそうに新聞の横から顔を出す。

「別に、声に出して読まなくても……」

「だって、嬉しいじゃないですか」

露骨にはしゃぐ田辺の姿を横目に見ながら、英輔はスマホを確認する。

茉莉花からのメッセージが入っていた。

『今回の件で信じられないくらい急にたくさん仕事が入ってきてる。英輔にもらったチャンス、無駄にはしない。本当にありがとう』

おう、と英輔はスタンプを送る。

先日の『土曜でSHOW』では、司会の神山に『ほんまにしょうもない嘘をついて女の子を部屋に連れ込むなんて、今後絶対したらあかんで！』と公開説教を受けた。

これは英輔にとってとてもありがたかった。視聴者の言葉を神山が代弁したため、すっきりした人も多かったようだ。

BBを解散して、病院や更生施設を出たあと、なにをやってもどんなにがんばっても上手く行かないこと続きだった。そんな最悪の時が続いたかと思えば、失敗すると思うようなことでも、上手く転がることもある。

皮肉なものだよな、と英輔は思わず苦笑を浮かべた。

「英輔君、次の大仕事もがんばりましょうね」

次の大仕事、それは、音楽の祭典、『ワールド・ミュージック・フェスティバル』のMC補佐だ。

5

騒動から一週間経った土曜日。久々に、小料理屋『ぎをん』には、英輔、葉月、美沙、マリア、神楽、川島が集結していた。

「WMF、MC補佐決定おめでとう！」

いつもの個室に揃った面々を前に、マリアはそう言って、ビールジョッキを掲げる。

マリアの音頭を受けて、皆も「おめでとう」と声を揃えた。

「いやー、マジで嬉しい！　あざます」

英輔はジョッキを片手に嬉しそうに会釈し、それを合図に皆で「乾杯！」とグラスを合わせた。

「そして、初スキャンダルおめでとう」

葉月がすかさずそう言うと、裏事情を察していた皆がドッと笑った。だが、真相に気づいていない美沙だけは顔をしかめる。

「お姉ちゃんってば、そんな。英輔君、辛い思いをしたんやで」

「おっ、嬉しいな。ありがと、美沙ちゃんは、優しいんだな」

にこりと微笑んだ英輔を見て、美沙は「いえっ」と真っ赤になって首を横に振った。

神楽が、あの、と言いにくそうに訊ねた。

「ちなみに、わたしは疎いもので、ＷＭＦというイベントをよくわかっていないんですが、どういうものなのでしょうか？」

それについては葉月が答えた。

「年に一回、コンサートホールから生放送される歌の祭典です。世界中で活躍している、今勢いのあるアーティストが呼ばれるんですよ。雰囲気としては、昭和の歌謡番組っぽいんですが、それはあえての演出で。音楽業界では、『ＷＭＦ』に出演するのを目標にしている人も少なくないです」

「今年からは、ネット中継で全世界同時配信やて」

と、マリアが続けると、神楽は感嘆の声を上げた。

「そんな大イベントに抜擢されるなんて、英輔君、大快挙ですね」

あざます、と英輔は頭を下げる。

マリアが、実は、と口を出す。

「英輔君はＢＢの時も一度出演してるんやで」

それまで黙って話を聞いていた川島が、へぇ、と興味深そうに洩らした。

「同じ舞台に今度はＭＣとして立つってことなんだ。それは感慨深いね」

「せやけど、私としては司会やなく歌手として……」

また同じことを言い出すマリアを、葉月はすぐさまなだめた。

「まあまあ、マリアさん」

葉月は、英輔から歌いたくない胸の内を聞いてしまったため、あまり言わないでやって欲しい、という心境になる。

「私は、どうしても英輔君にリクエストしたい曲があるんや。英輔君のあの歌は、きっと世界に届くちゃうやろかて世界征服の野望を持ってたんや」

「世界征服って」

と肩をすくめた葉月の向かい側で、英輔が訊ねる。

「ちなみに、なんの曲っすか?」

「『スタンド・バイ・ミー』や」

タイトルを聞き、ああ、と英輔は天井を仰ぐ。

「昔、街中で歌ったことがあるなぁ」

せやろ、とマリアが前のめりになる。

英輔が、ははは、と弱ったように笑ったその時、美沙のスマホが振動した。

「ごめんなさい」と美沙ははにかんで、いそいそと個室を出て行く。

その幸せそうな美沙の様子を見て、きっと黒崎からの着信だろうと葉月は思わず目をそらした。

その刹那、英輔と視線が合った。きっと同情しているのだろう、英輔は痛々しげな目を向ける。

勘弁してよ、と葉月は目をそらしてビールを口に運ぶと、英輔は小さく息をつき、「俺もちょっと」と腰を上げた。


英輔が個室を出ると、美沙が通路の隅で通話をしていた。

「あ、はい。今日はお姉ちゃんのところに泊まるつもり。えー、そんな寂しそうな声を出さないで。たった一日やないですか」

と、美沙は嬉しそうに話している。

「はい、おやすみなさい」

美沙の電話が終わったようだ。

英輔はゆっくりと歩み寄る。

「もしかして、黒崎さんと電話?」

英輔が話し掛けると、美沙は赤面し、あたふたしながら、「はい」とうなずく。

「いいなぁ……黒崎さんが羨ましい」

えっ?　と美沙は目を丸くして、英輔を見た。

「俺も美沙ちゃんのこと可愛いと思ってたんだよな。だから悔しいっつーか」

「そんな、なにを言うんですかっ!」

美沙は目を泳がせながら、裏返った声を出す。

「もう黒崎さんと幸せみたいだし、彼女になって欲しいなんて思わないんだけど……でも、たまに話し相手になってくれると嬉しいなって」

「えっ、ええっ？」

「寂しい時ちょっと話に付き合ってくれるだけでいいんだ。連絡先だけ……」

英輔はスマホを出して、切なげに美沙を見る。

美沙は自分の身になにが起こっているかわかっていないようで、硬直していた。英輔がもう一歩前に出た時、美沙が「でも……」と弱ったように俯く。

その瞬間だ。

「英輔、なに人様の彼女を誘惑しているの？」

背後から威圧的な葉月の声が届き、英輔は体をびくっとさせた。

「先生……っ！」

葉月は、呆然としている美沙の前で、英輔の耳を引っ張る。

「こっちに来なさい」

「痛っ」

店の裏口から外へと連れ出した。

「なに考えてるのよ、美沙を誘惑するなんて！」

外に出るなり葉月が怒鳴ると、英輔は腕を組んでそっぽを向いた。

「邪魔すんなよ、もう少し押したら連絡先ゲットできたのによ」

「美沙は今、黒崎さんと結婚を前提に同棲しているんだよ？」

「知ってるけど、それが？」

「なにを開き直って……。もしかして、美沙のことを本気で好きに？」

「そんなんじゃねーよ」

「それならどうして……」

「美沙ちゃんが黒崎と別れたなら、話はまた違ってくるだろ」

英輔は目を背けながら、そう言った。

「え、なにそれ……」

「だから、美沙ちゃんが黒崎と別れたら、先生にまたチャンスが来るわけだろ」

その言葉を聞くなり、葉月は思わず英輔の頬を平手打ちした。

「バカにしないで。そんなことしてもらったって嬉しくもなんともない！」

英輔は、向きになったように口を開く。

「じゃあ、先生は悔しくないのかよ。おまえがあんなに辛い思いしてるのに、バカみたいに浮かれやがって、おまえの気持ちも知らないでよ！」

「バカなこと言わないで。私はもう清算してるんだから」

「はぁ？　清算なんてこれっぽっちもしてねぇだろ？　ちょくちょく切なそうな顔しやがってマジでムカつくんだよ。そんなに好きならちゃんと伝えろよ。妹だって、あんたから好きな男を奪ったんだから、あんただって妹から好きな男奪ったっていいだろ。人は好きな人と一緒じゃないと、幸せになれないんだろ？」

そう言った英輔を前に、葉月も声を張り上げる。

「大きなお世話、本当に本当に大きなお世話！　私は、こういうことに慣れてるの。昔から本当に欲しいものは手に入らないの。だから、慣れてるの！」

「本当に欲しいものは手に入らないって、なに言ってんだよ、バーカ！」

はあ？　と葉月は目を剝いて反論しようとするも、英輔の勢いに押された。

「その『本当に欲しいもの』とやらを一度でも『欲しい』って言ったことあるのかよ？　声を大にしてそれが欲しいって言ったことあるのかよ。今度だって一度も欲しいなんて言ってないだろ。一度も舞台に上がらず、最初から最後まで舞台の袖にいただけだろ。一度でも舞台に上がってみろよ！」

葉月の体が小刻みに震えた。悔しさに涙が滲む。

「私、先に帰る。みんなに謝っておいて」

と、英輔に背を向けた。

「そのご大層なプライドも早く捨てろよ」

「うるさい、自意識過剰の自惚れ男！」

涙混じりの声で反論し、葉月は走り去っていく。

葉月の背中が見えなくなるなり、英輔はその場にしゃがみ込んだ。

「本当に俺……なにやってるんだろう」

英輔は大きく息を吐き出して、頭を抱えた。

葉月は、大股で歩きながら、英輔の言葉が頭から離れないでいた。

――その『本当に欲しいもの』とやらを一度でも『欲しい』って言ったことあるのかよ？

葉月は足を止めて、下唇を噛む。

英輔の言う通りだった。欲しいものを、欲しいと言ったことがない。

「言えるわけない……」

いつも言えない状況になるのだ。今もそうだ。黒崎の姿を思い浮かべると、胸がちくりと痛む。

それでも、随分傷は薄れてきたのだ。

「ほじくり返さないでよ、バカ英輔！」

葉月が思わず、そう洩らした時、

「小鳥遊せーんせ」

と、背後で声がした。

振り返ると、川島がいたずらっぽく笑っている。

葉月は慌てて、目の端に滲んでいた涙を指先で押さえて、姿勢を正した。

「あっ、川島さん。すみません、先に失礼してしまって……」

「こちらこそすみません。タバコ吸おうと外に出た時、たまたま、ふたりの会話を聞いてしまったんですよ」

瞬時に、葉月の頭の中が真っ白になる。川島は、黒崎の先輩なのだ。

「それは……その、お見苦しいところを……できれば、このことは……」

「もちろん、誰にも言うつもりはありません。俺としては小鳥遊先生の印象が変わって、ちょっと親しみを持てました」

「印象？」

「小鳥遊先生は、まさに『女史』って雰囲気で、いつも自分の周りに壁を作ってる感じがしてたんですけど、英輔君とやりあってるところなんて、駄々っ子みたいで」

川島は口に手を当てて、ふふっと笑う。

「……また、嫌み言ってます？」

「嫌みなんて。それに『また』って、そないに嫌み言うてます？」

と、川島は地が出たようで、京都弁になっている。

「嫌みというより、いけずと言った方が良いのかもですけど」

そら失礼、と川島は愉しげに笑い、話を続ける。

「小鳥遊先生は、前に英輔がめちゃブルーやった時、『俳優にとって感情はすべて財産だ』って伝えたって、ほんまですか？」

「あ、はい。言ったと思います」

「その話を英輔君から聞いて、それってきっと、クリエイターすべてに言えることやなぁて思たんです。そう思えば嫉妬も痛みも苦しさも全部糧やし、クリエイターって美味しい仕事やなて」

あなたのその経験も、すべて創作に生かせるでしょう――。

そんな川島の思いが伝わってくる。

「本当ですね。この失恋もクリエイター的には、美味しい経験なのかもしれません」

そう言ったあと、葉月はふふっと笑う。

「どないしました？」

「川島さんって、意外と優しいんですね」

「意外て心外やなぁ。でも俺、興味持った人にしか優しくできないところはあるかも。ま、英輔君の気持ちもわかっちゃったし、しばらくは高みの見物させてもらいます」

「なんのことですか？」

葉月が訊き返すと、いえいえ、と川島は首を横に振った。

「とりあえず、俺たちはＷＭＦを楽しみにしましょうか」

そうですね、と葉月はうなずく。

けど、それが終わったら、英輔はさらに忙しくなりそうだ。本当に自分たちの手の届かないところに行くだろう。

そう思ったものの、口には出さなかった。

6

ＷＭＦのチケットの先行予約が開始される前に、関係者用チケットが配られる。

「英輔君、頼まれていた枚数、用意しましたよ。あと発送用の封筒です。速達扱いで届きますので」

田辺はそう言って、封筒を英輔に手渡した。

「先生、川島さん、マリアさんに神楽さん、そして美沙ちゃん……」

あれ、と英輔はあらためて枚数を確認する。

「田辺さん、一枚多いっすよ」

「黒崎さんの分です。小鳥遊先生の妹さんと婚約されたとか」

英輔は、ああ、と洩らして、チケットに目を落とす。

もし、黒崎を呼んだなら、美沙とふたりでイチャイチャしながら会場に来るかもしれない。

葉月が落ち込むのは目に見えている。送るかよ、と英輔は口を尖らせた。

チケットをそれぞれ発送用の封筒に入れ、スマホの住所録を開き、事前に聞いていた住所を書いていく。

手紙など仰々しいものはつけない。メモ紙に『よろしく』と書くだけだ。

葉月へは、『この前はごめん』と書くことにした。

そして最後に残った一枚を眺めた。

「そのチケット、関係者もなかなか手に入れられない超プレミアチケットなんですよ。毎年、ＷＭＦの一般チケットは秒殺ですしね。もし、転売したら破格の値段がつくでしょうねぇ」

「破格ねぇ……」

英輔は少し考えたあと、最後のチケットを封筒に入れて、住所を書き始めた。

7

常に目まぐるしく物事が動くエンターテインメント業界に身を置く者にとって、時間が経つのは矢のように速い。気がつくと、まだまだ先の話だと思っていたイベント、『ワールド・ミュージック・フェスティバル』の当日となっていた。

会場は武道館だ。葉月と美沙は、東京メトロ『九段下駅《くだんした》』の二番出口から地上に出て、皆との待ち合わせ場所へと向かう。

すでにマリア、川島、神楽の姿があり、葉月と美沙は黒山の人だかりをかき分けて歩いた。

「お待たせしました」

「待ってへん、私らも今来たとこや」

と、マリアは胸を張って言う。今日は黒いシックなドレスに身を包んでいた。

「お疲れ様です、葉月さん、美沙さん。すごい人ですね」

そう言った神楽に、本当に、と葉月は強く同意した。

「覚悟はしてたんですけど、この人の多さには参りました」

おやおや、と川島が意外そうな目を見せる。

「小鳥遊先生、日本有数の観光地に住んでるのに……」

「うちの方まで来ると人はそんなにいないし、基本的に引きこもって仕事してるから」

そんなやりとりをしていると、葉月のスマホが振動した。ポケットから取り出して確認すると、英輔からだった。

はい、と電話に出ると、

「あっ、俺……英輔だけど」

葉月は、ちゃんと名乗れるようになったじゃん、と少し笑って武道館を仰ぐ。

「今、みんなと合流したところ。会場前に来てるよ」

「そうなんだ、俺はリハが終わって、メイクと着替えをすませたところなんだ」

「そう……英輔、緊張してる?」

「緊張っていうより……なんだか、武者震いがする」

「大舞台、しかも生放送だもんね……」

葉月はしみじみと洩らし、皆に背を向けて小声で言った。

「英輔、この前は、ありがとう」

「えっ?」

「言いにくいこと言ってくれて。あの時は反論したけど、時間が経つにつれて英輔の言う通りだなって思った」

いや、俺こそ……、と英輔は困ったような声で言う。

葉月は頭を掻いたあと、気を取り直したように、口を開く。

「英輔、大舞台にトラブルはつきもの。どんな状態になっても、自分が良いと信じる道をいくこと。自分の思うことに自信を持って、がんばってね」

「大舞台を前に少しビビッてたんだ。今の活で引き締まった感じだよ。サンキュー」

「みんなで応援してるからね」

そう言って葉月はスピーカーに切り替え、皆の中心にスマホを出した。

マリア、美沙、神楽、川島は顔を見合わせて、ふふっと笑い、順番に口を開く。

「がんばるんやで」「がんばってください！」「応援してますよ」「楽しみにしてるよ」

英輔は「あざます」と嬉しそうに言い、電話を切った。


皆の激励を受けた英輔は、葉月との電話を切り、ぐっ、と拳を握り締める。

メイク室を出ると、慌ただしく動くスタッフたちの姿が目に入る。

「英輔君も着替えたんだね」

背後で声がして振り返ると、メインMCのひとり、女優の相川奈緒美が微笑んでいた。リハではTシャツにジーンズだったが、今は真っ赤なドレスに着替えている。

「わっ、奈緒美さん、綺麗ですね」

英輔の素直な言葉に、相川奈緒美は満更でもないように、ありがと、とはにかむ。

「英輔君のタキシード姿も素敵よ。この大イベント、ベストを尽くしましょうね」

相川奈緒美は右手を出して、握手を求める。

「はい、よろしくお願いします」

英輔がその手を取って、握手を交わしていると、

「やぁ、奈緒美さん。お美しい」

と、フォーマルなスーツを着た佐久間真治が姿を現した。

相川奈緒美と佐久間は、テレビドラマでよく共演している。楽屋に親交のある芸能人が挨拶に訪れることは珍しくない。

「お疲れ、ベリーちゃん」

「……お疲れ様です」

「ベリーちゃんの見事な復活劇、楽しませてもらってるよ。まさか、WMFのMCまでゲットするなんて驚いた」

「俺も驚いてます」

「そうそう、復活劇といえば新太もだよね。一度は低迷したのに、またブレイクして、この

舞台に立つんだから」

英輔は、かつて関西のテレビ局で新太とすれ違った時を振り返った。

あのあとに出した新曲――理不尽な世を儚む悲痛なバラードが今の若者の胸に刺さり、大ヒット。見事、再ブレイクを果たした。

「新太とも仲良くさせてもらってるんだけど、あいつ、ベリーちゃんと共演できるの楽しみにしていたよ」

佐久間はそう言って、にこりと微笑む。

あのテレビ局での一件を振り返れば、この言葉が嘘であるのは明らかだ。

「それじゃあ、がんばって」

と、佐久間は手をひらひらさせて背を向けた。

英輔君、と相川奈緒美が腕を組んで、英輔を見据える。

「今のあなたの快進撃にやっかんでいる人は多い。こういう生放送では、なにが起きるかわからない。絶対に開封済みのものを飲んだり食べたりしないこと。コップでの飲料なんてもってのほかよ」

英輔は迫力に圧されながら、はい、と答える。

「素直でよろしい。出る杭は打たれるけど、出すぎた杭は打たれない。この世界は、とことんふんばった者勝ちよ。がんばってね」

相川奈緒美は、ぽんっ、と英輔の腕を叩く。英輔は強くうなずいた。

――本番まで、あと三十分。

葉月たちは入場し、チケットを手にシートを確認する。

南側二階席の前列だ。

「お姉ちゃん、良い位置だよね」

「さすが、招待席や」

川島、神楽、マリア、美沙、葉月と横並びに座る。談笑していると、ほっそりとした中年女性がやってきて、おずおずとチケットを確認しながら、「失礼します」と葉月の隣に腰を下ろした。

葉月も会釈を返しながら、その女性の顔を見て、息を呑んだ。彼女は貧相な印象ではあったが、とても美しく、なにより英輔に似ていたのだ。

「葉月ちゃん、もしかして、隣の人、英輔君のお母さんやない？」

マリアが首を伸ばして耳打ちしてくる。

葉月はごくりと喉を鳴らして、微かに首を縦に振った。

……お母さんに招待状を出していたんだ。

英輔は、まだまだ母親を許せないでいるのだろうと思っていた。意外に思うと同時に葉月は嬉しさも感じた。

だが、いつまでも英輔の母親をチラチラ見ているわけにはいかない。落ち着かない気持ちではあったが、ステージに視線を移し、開演を待った。

生放送ということは、時間通りにスタートするだろう。

もうすぐ始まる。

夜七時になった瞬間、フッと会場のライトが消えた。ドンドンと和太鼓の音が会場に響いたかと思うと、ステージが眩い光に覆われた。

ステージには和太鼓が並べられ、和服の美しい舞姫たちが、一斉に舞台に躍り出た。

今年から、全世界に生中継されるという話だった。なるほど、海外向けに『和』を意識した演出なのだろう。日本舞踊をイメージしつつリズムと華やかさを加えた美しいダンスに、会場全体から感激の声が上がっている。

ステージ両サイドには、液晶大画面が設置され、ステージの様子が映されていた。

オープニングステージが終わった直後、舞台から閃光がほとばしる。

と、真っ赤なイブニングドレスに身を包んだ相川奈緒美と、タキシード姿のベテランアナウンサーの男性、そして鈴木英輔が姿を現した。

わっ、と会場に歓声が沸く。「英輔、カッコいい」と皆が黄色い声を上げていた。

相川奈緒美が「第十回、ワールド・ミュージック・フェスティバル」と言うと、続いて英輔が、「只今からスタートいたします」と笑顔を見せる。

まさに、あえての昭和の歌謡番組っぽいスタイルだ。年配層は懐かしさを覚え、若者はそのノスタルジックな雰囲気が一周まわって新鮮に感じるようだ。

マリアと美沙は手を取り合って、きゃあきゃあ、と興奮していたが、葉月はというと手に汗を握っていた。

「もう、自分のことのように緊張する……」

葉月は小声で洩らしたあと、隣に本当の母親がいるのを思い出し、ちらりと横目で確認する。彼女も強張った面持ちで固く手を握っていた。

緊張してるんだ。やっぱり、お母さんなんだね、と葉月は顔を綻ばせる。

英輔は、母親や葉月の想いとは裏腹に、ステージではいつも通り、場をまとめ順調に進行している。

「なかなか、堂々とした司会やな」

「そうですね」

葉月は頷きつつも、やはりハラハラした気持ちは隠し切れなかった。


ステージでは、次々に旬のアーティスト達が素晴らしい演奏や歌を披露していく。

演奏の間、英輔は舞台端に移動し、演奏を見守りながら、進行表の確認をする。そして、演奏が終わると同時に、相川奈緒美と共にステージに出た。

相川奈緒美が拍手をしながら、

「歌姫によるラブソング、これはまさしく、みんなの恋の応援歌という感じでしたね。英輔君はどう感じました？」

「俺もまた恋をがんばろうと思えました」

そんなやりとりに、会場がドッと沸く。

「では、次は、今年またまた大ブレイク。シンガーソングライター、新太さんです」

新太はアコースティック・ギターを手に、マイクの前に立ち、彼の最新曲であるバラードを歌い上げる。

ちょっとしゃがれたハスキーボイスが独特であり、会場の観客たちは、新太の歌に引っ張られて、苦しそうな表情になっている。

歌い終えた新太は、ははっと笑って、英輔に向かって手招きをした。

英輔は嫌な予感を覚えながらも、新太の許に向かう。

「実は、俺が復活できたのは、ここにいる英輔君のおかげやねん。曲とか作れなくなって、スランプやったんやけど、前にあいつにカチンと来ることを言われて、まぁ悔しかったんや」

せやけど、と新太は話を続ける。

「こいつがめっちゃがんばってるのが、テレビからも伝わってくるんや。それがまた悔しくて、俺も負けてられるかって作った曲が今歌った歌や。おおきに、英輔君」

英輔は戸惑いながら、いや、と首を横に振る。その瞬間、新太は英輔の肩に手を回して、叫んだ。

「俳優の英輔もカッコええ。せやけど俺はまたこいつに歌ってもらいたい。みんなも聴きたいやろ？」

おおお、と会場がどよめく。

やられた、と英輔は顔を引きつらせた。

が、意外にも新太の言葉に嘘はないようだ。本当に、あの挑発に触発されて曲を作り、今となっては、ポジティブな印象を抱いているらしい。

舞台にいる相川奈緒美は、にこにこ笑ってこちらを見ていた。驚いた様子はない。ということは、彼女は事前にこの流れを聞いていたのだ。

なぜ、自分だけ聞かされていなかったのだろう？

思わず舞台袖の方を見ると、佐久間の姿が見えた。愉しげにこちらを窺っている。

あいつの嫌がらせか、と英輔は下唇を噛む。

佐久間は、英輔がもう歌えないと思い込んでいる。英輔を困らせようと、『ステージでサプライズ演出をしよう』と新太に入れ知恵をした。そして、スタッフや相川奈緒美にもそれを伝え、英輔だけには知らせなかった、そんなところだろう。

おそらく佐久間の悪意と、新太の善意で、この状態になった。

このステージ上で、喉に手を当てて『もう歌えない』なんて嘘をついたら、場がしらけるに決まっている。どうしたら良いのだろう。

――「おまえは歌しかない」

義父の声が頭に響き、口の中に苦いものが込み上げる。

歌が好きだった。生きていく支えだった。それを多くの大人たちに搾取されていくのが、苦しかったのだ。歌を金儲けの道具にして欲しくなかったのだ。

義父を思い出し、息が苦しくなった刹那、

――それにしても、英輔って本当にアーティストだったんだねぇ。

ふと、葉月の言葉が過る。

失恋したと聞き、小鳥遊邸を訪れた夜のこと。葉月は、そんな言葉を洩らしたのだ。

どういうことかと訊ねると、葉月はしみじみと答えた。

『作家の中にはね、作品がブレイクすることで、自分の作品がお金儲けの道具に使われるのが耐えられなくなって筆を折ってしまう人がいるの。そういう人って、芸術家気質が強いんだと思う』

先生は？　と問うと、彼女は笑って答えた。

『私は職人だから。自分の作品が売れれば売れるほど嬉しい。私の作品は、金儲けの道具でいいし、むしろそうなりたい』

その言葉に少し驚いた。どうしてかと問うと、葉月は目を輝かせて答えたのだ。

『作品が売れるってすごいことだもの。関わる人間すべてが嬉しい気持ちになれる。それって、たくさんの人が幸せになれるってことでしょう？　そんな光栄なことはないわ』

そんな風に考えたことがなかった。

今度は、先ほどの激励の言葉が頭を過る。

『大舞台にトラブルはつきもの。どんな状態になっても、自分が良いと信じる道をいくこと。自分の思うことに自信を持って、がんばってね』

「…………」

英輔は意を決して顔を上げ、観客を見た。

「――新太さんが言ったように俺も以前、歌っていました。ですが色々なことがあって、歌からは卒業したつもりでいました」

自分の歌を聴いて元気になれる人がいたのは知っている。それは、すべて自分の力だと思っていたのだ。でも、そのうち『俺の歌を搾取しないでくれ』『人の歌で金儲けするなよ』と感じるようになった。まるで、自分が大切に抱えている宝物を大勢の人に奪われるような気持ちになっていたのだ。

でも、そうじゃなかったのかもしれない。

「最近、俺の歌で、誰かを幸せにできていたのかもしれないと思えることがありました」

歌が売れることでファンだけではなく、関係者たち、その家族に至るまで、もしかしたら笑顔にできていたのかもしれない。

英輔はそこまで言って、新太を見る。

「新太さんの気持ちも嬉しいです。人は、人との出会いでいくらでも変われるんだと思いました。今、ここに来てくださっている皆さんともそうです」

そう言って、英輔はステージに目を向けた。

「今宵の出会いに、感謝の気持ちを込めて、歌いたいと思います」

歌うと宣言した英輔に、会場内はさらにどよめいた。

舞台裏からスタッフたちが、期待に満ちた目を向けている。

大丈夫だ。人前で歌わなくなっただけで、歌うのをやめたわけではない。シャワーを浴びながら、料理を作りながら、掃除をしながら、いつだって歌っていた。

英輔はマイクを持つ右手に力を込め、左手を胸に当て、アカペラで歌い始める。

曲は、『スタンド・バイ・ミー』。マリアからのリクエストだ。

いつだって側にいてくれているのを感じている仲間たちへのお礼の気持ちを込めて。

隣にいた新太が驚いたように、目を丸くし、

「なんやねん、こないに歌上手かったんか?」

呆然と囁きながら、英輔の歌に合わせて、ギターを奏で始めた。


観客席では、葉月も皆と同じように息を殺して、英輔を見ていた。

背筋がゾクリと粟立ち、鳥肌が立っている。

「本当に、すごい……」

目が離せない。英輔の独壇場だった。彼の歌に会場全体が惹きつけられている。

マリアは口に手を当てて、嗚咽を押し殺していた。

この世の理不尽さを歌った新太に対して、英輔は誰かが側にいてくれることの素晴らしさを歌う。人生は色々ある。それでも、この世界には救いがある。

そして、この歌は、一度どん底に落ちた英輔だからこその説得力があった。

泣いているのはマリアだけでなく、会場内の観客も同様だった。あちこちから、すすり泣く声が洩れ聞こえている。

葉月が目だけで隣を見ると、英輔の母親も目に涙を浮かべていた。

英輔が歌い終え、新太のギターが鳴りやむと小さく息をついた。

広い会場は水を打ったようにしんと静まり返っている。

「ありがとうございました」

と英輔が深々と頭を下げたと同時に、割れるような歓声と拍手が起こった。


ステージの隅で英輔の歌を聴いていた司会の相川奈緒美は魂を抜かれたように、ぼうっ、としていた。スタッフからインカムに『相川さん、進行お願いします』と指示が入ったことで我に返り、拍手をしながら英輔の許に歩み寄る。

「素敵なサプライズをありがとうございました！　新太さんと英輔君の素晴らしい歌に、私も感動してしまいました」

おそらく台本通りであろう相川の言葉に、客席から再び拍手が起こる。

しかし、英輔は喝采を受けながら、自分の中にあるわだかまりが解けたのを感じていた。

8

「これが舞台裏なんだね……」

美沙は、通路を歩きながら、ぽつりと洩らす。

葉月、美沙、マリア、神楽、川島、そして英輔の母親は、一列になって英輔の楽屋に向かっていた。

約三時間半にも及ぶイベントが終わり、葉月たちが帰り支度をしていると、客席に英輔のマネージャーの田辺がやってきて、『楽屋へご案内しますよ』と申し出てくれたのだ。舞台が終わってもスタッフの仕事は山積みだ。忙しそうに駆け回っている。一方、大仕事を終えた出演者たちは、満ち足りた顔を見せていた。

少し離れたところに佐久間真治がいた。ぶすっとした表情で足早に歩き去っていく。

英輔の活躍が、面白くなかったのだろうか？

その英輔は楽屋の中ではなく、通路にいてスタッフと談笑していた。

「英輔」

葉月は思わず、声を上げた。英輔はこちらに顔を向けて、屈託ない笑顔を見せる。

「先生にみんな！」

「もう、泣けました」

「感動しましたよ」

「最高だったよ」

美沙、神楽、川島がほぼ同時に言う。

最後にマリアが目を潤ませながら、英輔の手をギュッと握った。

「ほんまにおおきに。あないなサプライズを用意してくれてたなんて感動やった。私を驚かせとうて黙ってたんやろ？」

「いやいや、サプライズじゃなくて、俺にとってはアクシデント。あのやりとりは、全部アドリブだから」

苦笑する英輔を前に、皆は、ええっ、と訊き返す。

「演出やなかったんや？」

「俺的にはあの歌が、今日のメイン」

そう言った川島に、英輔は照れたようにはにかむ。

「スタッフはみんな知ってたけど、俺には知らされてなくて。まぁ、ほとんどヤケクソだったんすけど、でもああなったからこそ、土壇場で気持ちの整理もつけられて」

笑っていた英輔だが、皆の陰に隠れるように立っていた母親の姿を見つけ、動きを止め、静かに洩らす。

「母さん……」

彼女はばつが悪そうにしながらも、皆を見回して深々とお辞儀をした。

「はじめまして。英輔がいつもお世話になっております。英輔の母の鈴木紗江子《さえこ》です」

英輔の母親――紗江子は顔を上げて、英輔を見た。

「今日は招待してくれてありがとう。あなたから手紙が届いて、とても嬉しかった」

「……いや、実は賭けだったんだ」

「賭け？」

「あのチケット、高く売れるらしいから」

そういうことだったんだ、と葉月は苦々しい心持ちになる。英輔は、母親が自分のハレの舞台を観に来るか、目先の金を選ぶかを試したのだ。

「たまたまね、あなたからの郵便をあの人に見つからずに済んだから……もし見つかってい たら、来られなかったと思う。いつも無理やり奪っていくから」

と、紗江子は力なく笑って言う。

「今日はここに来て、大丈夫だったんだ？」

英輔の問いに、紗江子は首を横に振った。

「嘘をついて出てきたの。あなたからのチケットが届いて、そのチケットを絶対に見つからないように隠し場所を必死で探しながら、『自分はなにやってるんだろう』ってあらためて思った。ずっと悩んできたけど、今日のあなたのステージを見て思ったの。私、いい加減、決断しなきゃって」

「母さん……」

「最初はひとりになることが怖かったけど、そのうち、あの人に殴られるのがただ怖くて、なにも考えられなくなっていた。でも、英輔のステージを見て、『もう一度、自分の人生を自分の足で歩きたい』って思ったの……」

英輔はしばし黙り込み、わかった、と洩らす。

「あいつと離れるって言うなら、力になるから」

紗江子は、ありがとう、と掠れ声で言って頭を下げる。

「英輔、あなたが歌をやめたいって家に帰って来た時、力になってあげられなくて、ごめんなさい。あんな酷いことを言ったあの人を黙って横で見過ごしたりして、ううん、それだけじゃない。これまでのことすべて……ごめんなさい」

と、紗江子は泣き崩れる。しばし黙り込んでいた英輔だが、ややあって、「もういいよ」と目をそらした。

マリアが紗江子の肩を抱き、明るく言う。

「私も力になるよ。家出するってならお手伝いするよ。なんなら、しばらくうちに身を潜めるといいさ」

紗江子は少し笑って、首を横に振る。

「ありがとうございます。ですが、ちゃんと、自分で決着をつけたいと思います」

紗江子は、何度も頭を下げ、皆に背を向けて歩き出す。

すると神楽とマリアが顔を見合わせて、うん、とうなずきながら、

「心配なので、英輔君のお母さんをお送りしてきますね」

「私も一緒に行くよ」

と言って紗江子のあとを追った。

葉月も、紗江子が心配だったため、ホッと安堵の息をつく。

あのふたりが一緒なら大丈夫だろう。紗江子、マリア、神楽の背中を見送っていると、英輔がぽつりと洩らした。

「母さんを許す気になったのも、先生のおかげだよ」

えっ、と葉月は小首を傾げる。

「先生の名言を思い出したんだ。母さんもそうだったんだろうなって」

——人は、好きな相手を選んでしまうもの。

自分が発した言葉を思い出し、葉月は気恥ずかしくなり、額に手を当てた。

「そういや、先生からは、ちゃんと今日の舞台の感想聞いてなかったな」

気恥ずかしそうに言った英輔に、葉月はポカンとしたあと、小さく笑う。

「素晴らしかった、本当に最高だった」

「なんだよ、取ってつけたみたいに」

「本気で言ってる。田辺さんが、英輔の担当になってあなたを手の届かない大スターにする、

と思った気持ちがわかった気がする。私も鼻が高いわ」

「俺の『ヒギンズ教授』だもんな」

英輔が笑って言うと、葉月は小さく頷いた。

「ほら、プロデューサーの所に行きなさいよ。それじゃあ、またね」

「ああ、またな」

英輔は片手を上げて、背を向ける。

この大舞台をキッカケに、英輔は更なる飛躍を遂げるだろう。きっと、うんと手の届かないところへ行くのだろう。『ヒギンズ教授』の助言は、もう必要としなくなる。

……私から卒業する日も近い。

葉月は振り返り、英輔の背中を見て息をついた。

最終章

1

大きな話題を呼んだイベントから、一か月後。

「——先生、お夕食ができました」

書斎の扉をノックする音と共に、控えめな声が届く。

葉月は、はーい、と立ち上がり、扉を開けた。

「ありがとうございます、紗江子さん。私のことは『葉月』で良いですよ」

葉月は、この半月何度も口にしたことを、紗江子に伝える。

紗江子は、そうでした、とはにかんだ。

「すみません、先生。あっ、葉月さん」

葉月はふふっと笑って、紗江子と共に一階に下りて、リビングへ向かう。

ダイニングテーブルには、筑前煮、ほうれん草の胡麻和え、厚焼き玉子、焼き生麩等が並んでいた。

「うわぁ、美味しそう」

「生麩は錦《にしき》市場で買ってきたんです。鍋も良いけれど、焼いて田楽味噌をつけて食べるのもおすすめと聞きまして」

「そうそう、生麩を焼いて食べるのも美味しいんですよねぇ」

「ご飯は炊き込みにしました」

「嬉しいぃ」

――色々あって英輔の母親・紗江子には、今、葉月の家に住み込みで働いてもらっていた。

その『色々』は一言ではとても伝えられない。

あの夜、紗江子は、神楽とマリアに付き添われ、タクシーで帰宅した。英輔の前では、毅然としていた紗江子だが、車中では終始、怯え震えていたという。

マンションの前に着くなり、『紗江子さんが怯える気持ちがわかった』とマリアが話していた。

自宅前では夫が外で仁王立ちして紗江子を待っていたのだ。タクシーから降りてきた紗江子を見るなり、怒鳴り声を上げ、髪をつかんで家の中に引きずり込もうとした。

そこを助けたのが、神楽だった。夫の手をつかんで捻り上げて、紗江子を引き離し、すぐに紗江子をまたタクシーの中に避難させた。

その間、夫がわめき暴れたため、マリアが警察に通報。

夫は逮捕され（すぐ釈放されたのだが）、紗江子は一度、マリアが自宅に連れ帰った。

これから、本人同士が顔を合わさずとも離婚ができる離婚調停をしよう、と話を進めていったのだが、とにかく紗江子は夫が自分を捜し出すのではないかと怯えていた。

紗江子の人間関係を把握している彼に、行動範囲を読まれていると言うのだ。

マリアが、しきりに自分の家にしばらくいるよう勧めていたが、紗江子は遠慮がちだ。

その様子を見て、葉月はふと思い、提案した。

『とりあえず、一旦うちに来ませんか?』

葉月の家は、京都に詳しい人でも、『こんなところに住宅があったんだ』と驚くような場所にある。夫に見つかることは、まずないだろう。万が一見つけ出されたとしても狭い住宅街だ。近所に助けを呼ぶこともできる。

『今、大きな家にひとりで住んでいて、同居人がいると心強いんです』と言った葉月の言葉が、紗江子の心に届いたようだ。

『自分が少しでも役に立てるのであれば、少しの間お世話になります。よろしければ家事を手伝わせてください』

と、紗江子はうなずいた。

もちろん『一旦』と言ったように、葉月も紗江子も一時的に、という認識だった。

だが、葉月は紗江子を家に招いて、その家事スキルの高さに感嘆した。料理、洗濯、掃除、庭の植物の世話、剪定に至るまで、見事にこなす。それは手伝いの域を超えていた。

『料理や掃除は、夫が厳しかったので……。そして、実は一軒家に住んだのがこれが初めてで、庭のお手入れから、階段のお掃除、全部が楽しいんですよ』

と、紗江子は頬を紅潮させて嬉しそうに言う。その姿を見て、葉月は決めた。

『――あの、紗江子さん。ここにいる間、ハウスキーパーになっていただけませんか？ちゃんとお給料をお支払いしますので』

『そんな。とてもありがたいですけど、期間はどのくらいですか？』

『紗江子さんがここを出たくなるまで』

えっ、と紗江子は目を瞬かせたのだった。

そんなわけで、今に至る。

「こういう和食だと、お茶かな。いや、やっぱり熱燗かなぁ」

「葉月さんは、もう少し休肝日をつくった方が良いですよ。今日はお茶にしましょう」

「はーい」

こんな感じで、ふたりは上手くやっている。

「そういえば、今日は大阪のテレビ局でお仕事だったんですよね？」

向かい合って座る紗江子の問いに、葉月はうなずく。

「打ち合わせがあって……」

葉月は答えながら、今日の出来事を振り返った。

プロデューサーとの打ち合わせを終えたあと、葉月は誰もいない休憩ブースでコーヒーを飲んでいた。

棚には週刊誌が並んでいる。英輔の写真や見出しも目に入った。以前は、自分のことのように誇らしかったのだが、今はなぜか寂しい。

『こんにちは、小鳥遊先生』

黒崎の声がして、葉月はとっさに立ち上がる。

『あっ、こんにちは』

『「WMF」、すごかったですね。美沙が感動したとしきりに語ってましたよ」

そうですか、と葉月は目を柔らかく細める。

黒崎から美沙の話を聞いても以前ほど辛くないのは、時が癒してくれたのだろうか？

このまま、自分の恋心は最初からなにもなかったように、消えるかもしれない。

そう思った瞬間――『本当に欲しいもの』とやらを一度でも『欲しい』って言ったことあるのかよ？　という英輔の言葉が脳裏を過った。

葉月は、ごくりと喉を鳴らす。

『……黒崎さん』

はい、と黒崎も葉月を見つめ返した。

『あの……』

と、葉月は俯く。

しんとした静けさが襲った。

私は、あなたのことが好きでした。あなたの優しさや寛容さ、知的で仕事ができるのに、どこか鈍感で少年のようで……。そんなあなたに、ずっと惹かれていました。

葉月は心の中でそう伝えて、口を開く。

『ありがとうございました』

葉月が頭を下げると、黒崎は不思議そうな顔をしていた。

『私の復活の足掛かりとなったドラマのお仕事、黒崎さんがごり押ししてくださったと小耳にはさみまして……』

いえいえ、と黒崎は慌てたように首を横に振る。

『僕自身、あなたのファンなので、ただそれを語っただけなんです』

これは今の自分にとって、なにより嬉しい言葉かもしれない。

一度書けなくなったのは、厳しい批評を受けたからだけではない。

あとからわかったことだが、あの批評家は佐久間と関係があった女なのだ。彼女の存在から佐久間には何人も女がいること、自分がただの遊び相手であることを知った。

世間の心ない言葉、掌を返したような反応、愛した男の手酷い裏切り、それらが重なって、業界からフェードアウトも考えていた時に、黒崎に出会った。

こんな誠実な人がいるなら、もう少しがんばってみよう、と思えたのだ。

自分が今も仕事ができているのは、彼のおかげだ。

『妹をどうかよろしくお願いします』

黒崎は真剣な表情で、はい、とうなずいた。

英輔、やっぱり、私はこういう人だ。後先考えずに行動はできない。だって想いを告げても、困らせるだけ。万にひとつ、黒崎さんが振り向いてくれても、みんなが傷つくだけ。

……この恋も一度も舞台に上がらず、尻尾を巻いて逃げることにする。

だけど、もう、『こんな私が嫌い』なんて言わない。みんなを傷つけないように、妹を傷つけないように、って考えられる……こんな私も嫌いじゃない。

でも、約束する。次の恋は、ちゃんと舞台に上がる。

葉月は、優しい笑顔を見せた。

『まぁ、黒崎さんみたいなしっかりした人が相手だったら、私が心配することはなにもないんですがね』

葉月がそう言うと、『なにを言うんですか』と黒崎は慌てたように言った。

たとえ心の中でも、ちゃんと想いを告げて昇華させたのは良かったのかもしれない。晴れやかな気持ちで、家に帰ることができた。

「――錦市場って、本当に賑やかで楽しいところですねぇ」

と言う紗江子の言葉に、葉月は我に返り、そうですね、と微笑む。

ここに来た頃、紗江子は異常に怯えて、敷地内からすら出ようとしなかった。だが一度、一緒に近所の清水寺まで散歩に行ってから、紗江子の中でなにかが変わったようだ。

「もう、怖くないんですか？」

「怖くないわけではないんですけど……これまで何度も家出しては見つけられてきたんです。どんなに怯えて隠れていても、堂々としていても、見つかる時は見つかるものなんだろうなと思ったんですよ。それなら、堂々と色んなところを観に行こうって。それに、もし見つかって、乱暴されそうになったら、もうためらわず警察を呼ぶつもりです」

そこまで言って紗江子は、自嘲気味に笑う。

「こんな簡単なことが、これまではできなかったんですよね」

「仕方ないですよ。その世界にどっぷり浸かっていたら、そうなってしまうものです。なんでも一歩離れることで、冷静になれたりしますよね」

紗江子は、そうですね、と微笑む。

「なにより、今は、助けてくださる方が周りにいるのが、とてもありがたく頼もしいです。ありがとうございます」

「それは、紗江子さん自身が心を決めたからできたことですよ」

周りがどんなに助けたいと思っても、本人がその世界から離れようとしなければ、なにもできないものだ。

本当ですね、と紗江子は泣き笑いを浮かべた。

「ここに来て勇気が持てました。京都ってやっぱりパワースポットなのかもしれないですね。ご近所さんも良くしてくださって、感謝しています」

紗江子は、ここに来た時、近所に挨拶回りをした。その後、家の前を掃きながら、周辺住民と親しくなっている。美しく穏やかで控えめな雰囲気を持つ紗江子は、短い間に皆の心をつかみ、いつの間にかこの界隈のマドンナ的存在になっていた。

「英輔のスター性は血筋……」

「えっ？」

「いえ。それより、紗江子さん、なにかやりたいことはないんですか？　うちのハウスキーパーの仕事は毎日じゃなくたっていいですよ」

葉月が少し身を乗り出して訊ねると、紗江子はほんのり頬を赤らめた。

「やりたいことは……」

2

土曜日。英輔は『土曜でＳＨＯＷ』の放送を終え、「お疲れ様です」と皆に会釈し、スタジオを出た。

ポケットの中のスマホを取り出し、電源を入れる。いくつかの連絡の中に、茉莉花からのメッセージが入っている。

久しぶりだな、と英輔はスマホをタップした。

『英輔、大変。佐久間真治が英輔のヤバい過去を暴露するつもりでいるみたい。誰かに調べさせて、裏を取ろうとしてたからハッタリでもなさそう。気をつけて』

心臓が嫌な音を立て、英輔は目を見開いた。

「ヤバい過去か……」

業界の裏話に精通している佐久間は、過去に自分が違法薬物に手を染めていたのを知っているようだ。間違いなくそのことを暴露するつもりだろう。

はぁ、と息を吐き出す。

「来るべき時が来たって感じだなぁ」

昔からなにか悪いことをしたら、必ずその代償が来た気がするし……。

「どうかしました？」

と、田辺が不思議そうに顔を覗く。

英輔は無言で茉莉花からのメッセージを見せた。

「……これ、本当ですか？　しかし、火のないところには煙は立たないですし、今すぐ対処しましょう」

田辺はそう言って、拳を握り締める。


それから、二時間後。

英輔と田辺は『東山邸』の応接室にいた。赤く色づいた紅葉が見える。夕焼けに反射し、まるで燃えているような美しさだ。

「田辺さんの言う、対処ってこういうことかよ」

はい、と田辺は強くうなずく。

「英輔君に関することでしたら、この方に相談するのが一番でしょう」

「そうかもしれないけど……」

英輔は戸惑いながら、応接室のソファに座る葉月を見る。

葉月は嫌な予感がするのか、冷ややかに目を細めていた。

「今度はなに？　ちゃんとした恋愛なの？」

英輔と田辺は、ばつが悪そうに顔を見合わせた。

「もしかして、不倫？」

前のめりになる葉月に、いやいや、とふたりは首を横に振る。

田辺は気を取り直したように、葉月の向かい側に座り、

「大変なんです、小鳥遊先生、どうかアドバイスをお願いします」

「だから、なにがどう大変なの？」

英輔は一拍置いて、口を開く。

「佐久間が俺の過去を調べ始めてる。暴露されるのも時間の問題だ」

「……また、あいつなの？」

葉月はうんざりしたように、頭に手を当てる。

「よっぽど嫌われたみたいだ」

「先生、なにかアドバイスをお願いします」

いいよ、と英輔は首を横に振り、田辺を制す。

「俺はもう、先生に頼りたくないんだ」

どうして？　と葉月は英輔を見た。

「母さんまで世話になっていて」

「それは、私がお願いしたことだから。おかげで快適に仕事ができているし」

英輔は弱ったように頭を掻く。

「あ、そういや、母さんは？」

「週末だけ飲食店でバイトすることになって、今は留守」

そっか、と英輔は息を吐き出した。

「前に先生、言っただろ、『自分の不始末は自分でなんとかしろ』って……それって真理だなと思うし、やっぱり悪いことをしたら、そのツケが回って来るんだよな」

葉月は少しの間、黙り込んだあと、英輔を見つめた。

「英輔、あなたはもうそのツケは払ってる。自ら更生施設に入って薬物から足を洗ったわけでしょう？　想像を絶するような苦しい思いをしたはず。そうでしょう？」

英輔は瞳を揺らして、葉月を見た。

「たしかに自分の不始末は自分でなんとかしなさいって言ったけど、これは別もの。しかも相手が佐久間となれば話は変わってくる」

葉月は立ち上がって、腕を組んだ。

「もう、あの男を許しておけない。目にものを見せてやろうじゃない！」

葉月は手の関節を鳴らした。

英輔と田辺は、思わず顔を見合わせた。

「どうするおつもりでしょう……」

と田辺は訊ねると、葉月は人差し指を立てた。

「先手を打つのよ」

3

それから、十日後。

佐久間真治がホテルのラウンジでコーヒーを飲んでいると、顔馴染みの男性記者が訪れて、会釈をした。

「お疲れ様です」

おう、と佐久間は片手を上げる。

「佐久間さんはこんな素敵なカフェにいつも来ているんですか？　さすがですね」

記者は感心したように言って、向かい側に腰を下ろした。

「まぁな、と言いたいところだけど、これからファンミーティングがあるんだ」

「へぇ、そういうイベントもあるんですね」

「まっ、結構、これになるんだ」

と、佐久間は、親指と人差し指でマルを作り、ニッと笑う。

それは羨ましい、と記者はバッグの中からタブレットを出し、テーブルの上に置いた。

「原稿できました。こんな感じに掲載される予定です……」

『鈴木英輔の裏の顔！　薬物中毒、乱れに乱れた私生活！』

その見出しを見て、佐久間は肩を震わせる。

「こりゃいーよ。たまんねーな、って、発売はいつになる？」

「週明けです」

「この雑誌が発売された時の鈴木英輔の顔、見てみてぇな。世間の反応も楽しみだぜ！」

佐久間がくっくと笑っていると、記者のスマホが振動した。

「あ、すみません。ちょっと失礼」

記者は立ち上がり、その場を離れて電話に出る。

佐久間が記事を読んでいると、記者が真っ青な顔で戻ってきた。

「さ、佐久間さん！」

「ん、どうした？」

「大変です、これ、見てください」

記者はスマホを操作して、ネットの記事を佐久間に見せた。

「なんだよ？」

『鈴木英輔、突然の生配信！　乱れていた私生活と薬物中毒、更生施設での日々を赤裸々に語る！』

はっ？　と佐久間は大きく目を見開いた。

「な……なんだこれ？」

佐久間はスマホに顔を近づけて、食い入るように見る。

「本人が自身の動画チャンネルで暴露してしまったんですよ。しかも、辛い過去を乗り越えた感動仕立てになっていて……」

記者の言葉通り、画面の中では英輔が自らの過去を赤裸々に語っている。

「こうなった以上、この記事は出せませんね……」

「ったく、とことん、忌々しいガキだぜ」

佐久間は、テーブルの上にタブレットを置いて舌打ちをした。

「あの、佐久間さん、そろそろお時間です」

と、佐久間の女性マネージャーがやってきて耳打ちする。

ああ、と佐久間は気を取り直したように腰を上げた。

「今回は没になったけど、あいつ、叩けば埃が出るはずだ。また、ネタをリークするよ」

「よろしくお願いします」

「そうだ。俺のファンミーティングを取材してったらどうだ？　どうせネタに困ってるんだろう？」

「ええ、まぁ、では、同行させていただきますね」

記者は苦笑して、先を歩く佐久間とマネージャーのあとに続く。

会場は、このホテルの小ホールだ。

扉の前には、ホテルのスタッフと共に三十代半ばの女性が待機していて、佐久間の姿を確認すると、深々とお辞儀をした。

「会を取り仕切らせていただきます、佐藤律子です。よろしくお願いいたします」

えっ、と佐久間は足を止める。

「律子……いや、佐藤先生。驚きました」

「驚くのはこれからですよ、佐久間さん」

律子はにっこり笑って、小ホールの扉を開く。

中には、二十代から四十代までの女性ばかり。腕を組んだり、腰に手を当てていたりと威圧的な態度で、皆が一斉に佐久間を睨んだ。

あれ、と記者が目を丸くする。

「プロデューサーやディレクター、それに演出家……と業界の方ばかりじゃないですか？」

「り、律子、どういうことだよ、これは」

「今日の会は『ファンミーティング』じゃなくて、元ファンの集い、今は『佐久間真治・被害者の会』です。よろしくお願いいたします」

かつて自分が利用してきた女たちを前に、佐久間は青褪めて、あとずさりをする。すかさず、女性マネージャーが扉を閉めて、逃げるのを阻止した。

おいっ！　と佐久間が目を剝くも、マネージャーは冷ややかに見据える。

「すみません、私も被害者の会のひとりなので」

佐久間は女たちの方を向いて、引きつった笑みを浮かべた。


葉月は書斎のデスクに就いた状態で、高らかに笑っていた。

「ああ、ちゃんと見たかしら。いい気味。ざまみろ、佐久間」

と、葉月は、パソコンの画面に向かって言う。

画面には、英輔と田辺が映っている。

今、リモートで会話をしていた。

「それにしても、思い切った作戦でしたよね。自ら先に過去を暴露してしまうなんて」

まあね、と葉月はうなずいた。

「週刊誌に面白おかしく書かれるくらいなら、自分の口から話した方がいい。それに英輔はたしかに愚かなことをしたけれど、自分の力で立ち直った。その過去は恥じるべきことではないし、むしろ、世間に伝えていくべきだと思ったの」

「伝えていくべき……」

と、英輔が独り言のように洩らす。

「そう。英輔、これからあなたは薬物乱用をやめるよう訴える活動をしていきなさい」

英輔はなにも言わずに、真っすぐな目を見せた。

「有名人の影響力は計り知れないものよ。違法薬物の恐ろしさを知る英輔だからこそ、説得力がある。それに、今立ち直りたいと思っている人たちの希望にもなる。あなたの過去を知って、勇気づけられる人がいたらそれに越したことはないでしょう」

英輔は、そうだな、と柔らかく微笑む。

「また、助けられたな。ありがとう、先生」

「どういたしまして、私こそ英輔を通じて、佐久間の奴をぎゃふんと言わせることができて、嬉しいわ」

「ムカついたとは思うけど、こんなことで、ぎゃふんとまではならないだろ？」

「ううん。脚本家友達に聞いたんだけど、今日、佐久間のファンミーティングがあるの」

はぁ、と英輔は相槌を打つ。

「でも実際、そこにいるのは、ファンじゃなくて佐久間がかつてたぶらかし、弄んで、利用してきた――佐久間に復讐したいと思っている業界人たち。かつては、下っ端だったけど、今やみんなそれなりに地位がある。ひとりで悶々としていたけれど、こんなに仲間がいるなら一矢報いたいと心に決めた有志たちの集いなの。今ごろどうなっていることやら」

ふふっと笑った葉月に、英輔と田辺は青褪めた。

「それじゃあ、私はそろそろ」

葉月がそう言うと、スマホを見ていた田辺は慌てたように頭を下げる。

「早くもネットですごい反響です。『自分も苦しんでいるけれど、英輔君もがんばったなら、自分もがんばろうと思った』といった書き込みばかりです！　過去の過ちすら美談に変えて、プロデュースするなんて……一体どこまで読んでいたんですか」

いくつか送ってくれたURLを見ながら、プロデュースって、と葉月は苦笑した。

「正直言って、私自身も賭けだった。もうこうするしかなかったし」

「でも、結果は、こうですから」

きっと、これが最後のプロデュースになるのかもしれない。

「いい、英輔」

突然、話を振られて、英輔は少し驚いた様子で、うん？　と応えた。

「大スターになってね」

「えっ？」

「そうなってもらわなきゃ。私がプロデュースしたんだもの」

「それが、先生の望み？」

葉月は一瞬、戸惑いの表情を見せたあと、「もちろん」と頷いた。

「私は、あなたの『ヒギンズ教授』だから」

英輔は、そっか、と口角を上げる。

葉月は優しく微笑んで、退出をクリックした。

4

それから、世間は鈴木英輔の話題で持ちきりだった。

否定的な意見ももちろんあったが、自ら過去の過ちを打ち明けた英輔に世間の目は温かく、やがて英輔は薬物乱用の危険を訴える広告塔になった。

今、英輔は、ＢＢの時以上の人気と知名度を誇っている。

英輔が、事務所の社長に呼ばれたのは、そんな頃だった。

その日、英輔は事務所の社長に呼ばれて、丸の内を訪れた。

「一体、なんなんだろうな、突然、社長に呼び出されるなんて」

英輔はエレベーターの中で、ぽつりと洩らす。

大手タレント事務所ＮＴプロの社長は様々な会社を経営していて、滅多に顔を合わせることがない。挨拶を交わしたことはあるが、あらためて呼ばれて話をするのは、これが初めてだった。

最上階のフロアに着くと、秘書が、「お待ちしておりました。こちらへどうぞ」と、英輔と田辺を奥の社長室へと案内した。

社長室にはまだ社長の姿はなく、立派なデスクの後ろには、全面の窓があり、東京の街を一望できた。英輔と田辺は秘書に促されるままソファに腰を掛け、出されたコーヒーには口をつけず社長が来るのを待つ。しかし十数分、社長が来る気配はなかった。

「遅っせぇな、なんだよ、人を呼んどいてよ」

英輔が怪訝そうにつぶやくと、背後で声がした。

「すまなかったね。会長と話し込んでしまっていて」

振り返ると、スーツ姿の凜とした男性が微笑んでいる。中山社長だった。

英輔は、慌てて立ち上がった。

「いやいや、座っていいよ」

社長はそう言い、ふたりの向かい側に腰掛けた。

すかさず秘書が、社長の前にコーヒーを置いた。

社長はゆっくりとコーヒーを口に運び、息をついて、英輔の顔をまじまじと見た。

「英輔君をこうして見るのは久しぶりだな。前に見た時より、ずっとイイ男になった。人気も出るはずだ。こうして見ていると、ますます、惜しくなってきたよ」

その言葉に、田辺が眉根を寄せる。

「惜しいってどういうことだ？」

社長に対してタメ口を使う田辺に、英輔はぎょっとした。

英輔の視線に気づいた田辺は、ばつが悪そうに肩をすくめる。

「実は、彼は兄なんですよ」

兄……と英輔は洟らし、目を丸くした。

「えっ、田辺さん、社長の弟？　でも苗字が……」

「はい、親が会長で。自分は身内の会社に入る気はないと、テレビ局勤めをしていたんです。が、両親が離婚したりと、まぁ、事情が変わりまして、母を支えるためにここに転職したんですよ。それで、あなたの担当になった」

そうだったんだ……、と英輔は呆然とする。

話を続けて良いかい？　と社長は笑みを浮かべた。

「これから話すことは、正直言って僕の本意ではない。けれど、伝えなければならないので、伝えるよ」

英輔は、社長がなにを言いたいのかわからないまま、うなずいた。

「英輔君、ブロードウェーにチャレンジしてみる気はないか？」

「ブロードウェー？」

「ああ、実は、『ＷＭＦ』を配信で観たプロデューサーが君に目をつけたらしいんだ。で、オムニバスのドラマを観て、いたく気に入ったらしい」

英輔と田辺は、目を見開いて互いに顔を見合わせる。

社長はやれやれと苦笑した。

田辺は険しい表情で確認した。

「兄さん、それは仕事の依頼なのか？」

「いや、残念ながらそうではなく、最初に言った通り『チャレンジ』、あくまで『オーディションを受けてみないか?』という、門をくぐるチケットが来ただけだ。オーディションには落ちるかもしれないが、そのプロデューサーは、君を育てたいと申し出てきたんだ。行くとなれば、数年の滞在となる。僕の意見は、君は今や金のなる木だし、ブロードウェーなんかに預けたくはない。テレビに映らなくなる期間が空けば、どんな人気者も世間から忘れ去られるのが芸能界だ。だがアーティストとして、これほどの挑戦はないというわけだよ」

「英輔君は、英語ができないんだが」

「だから、『育てたい』と。向こうで言葉と歌を学び、チャレンジして欲しいそうだ」

しかし、と田辺が怪訝そうに訊ねる。

「ブロードウェーに立つにはグリーンカードが必要だよな?」

グリーンカードって? と英輔が小首を傾げた。

「市民権のことか?」

「いえ、ビザのひとつで、永住権のことですよ」

ふたりの話を聞いていた社長は笑って答えた。

「グリーンカードは、才能ある外国人を受け入れる特別枠もある。ブロードウェーの舞台に立つとなれば大丈夫だろう」

話を聞きながら、英輔は首を捻る。

「……ちょっと、よくわからなくて、どうして社長にとって、そんな一円の得にもならない話を俺にするんですか?」

「ああ。さっきも言ったように、僕としては一円の得にもならないどころか君を失うという痛手まで負うことになる。だがね、どうしてもうちの会長が、君にチャレンジさせたいと言うんだよ。たとえ失敗しても君の才能に必ず、プラスになると豪語して憚らないんだ」

英輔は、ぽかんと口を開ける。

「どうして、会長はそんなに俺のことを……?」

英輔がそう訊ねると、社長が「入ってください」とドアに向かって呼び掛けた。

すると扉が開いて、女性が姿を現した。

「どうしてかなんて、簡単な話や。英輔君のファンやからや」

マリアさん……、と英輔は目を見開く。

社長は笑顔で、マリアの横に立ち、肩に手を置いた。

「紹介するよ、僕の母、NTグループの会長・中山マリアだ」

英輔は驚きからリアクションを取れず、はぁ、と気の抜けた声を出す。

マリアは、かんにんやで、と笑って、英輔の向かい側に腰を下ろした。

「……前に言うたように、英輔君の歌を偶然街で聴いたんや。ほんで、私は英輔君をスカウトするよう、指示を出したんや」

英輔は戸惑いながら、頷いた。

「そして、BBはトントン拍子で大スターになった。最初は嬉しくてたまらなかった。BBのライブやコンサートはなるべく観に行ったし……初めてのコンサートで英輔君が涙を流す姿を見て、私も一緒に泣いた」

せやけど、とマリアは息をついた。

「薬物に走るようになって、私は本当に後悔した。あないに素晴らしい子たちを私が見つけてしもたせいで、駄目にしてしまったんやて。スカウトしなければ良かったたって、何遍も思った……」

「なに言ってるんですか、薬物に走ったのは他の誰のせいでもない自分の弱さです」

英輔君……と、つぶやき、マリアは泣き笑いを浮かべた。

「英輔君がＢＢの解散を申し出て、自ら病院に入るって言ってくれたと聞いたときは嬉しかったんやで。必ず復活するまで、見守ろうと思た。もちろん、他の子たちもや」

マリアは、テーブルの上の英輔の手を握った。

「英輔君が芸能界に復帰してくれたとき、私は、また英輔君の歌を聴けるんやないかって、心待ちにしてたんや。せやけど、英輔君は頑なに歌うことを拒絶した。私も、あの時はそれはもうしゃあないて、諦めた」

マリアは、ふぅ、と息をつく。

「俳優に転身して、あんたはなかなか思うように自分が出せへん、芽が出ぇへん日が続いて、私は……あんたがまた薬物に走りやせんか、とても不安になったんや。ほんで、すまないことをしたと思うけど……当時、あんたに監視をつけさせてもろてたんや」

と、マリアは、ばつが悪そうに顔を伏せた。

「そんな時、あんたが祇園の小料理屋に入った報告を受けた。私もたまたま南座で歌舞伎を観た帰りやって、こっそりその小料理屋に顔を出したんや」

「それで……」

英輔は納得して、大きく首を縦に振る。

あの日、自分は葉月と出会ったのだ。

『私が、あなたのヒギンズ先生になってあげる』

葉月の言葉を思い出し、英輔は懐かしさを覚えた。

「そこで、私はあんたの芸能界に生き残ろうっていう決意を聞けた。で、監視を外すことにした。英輔君はもう大丈夫やって疑ごうてた自分を恥じた。ほんまにかんにんやで、英輔君」

英輔は戸惑いの表情を見せたあと、笑顔を見せた。

「マリアさんのおかげでデビューできたし、事務所を追い出されずに済んだ。しかも、今も他のメンバーのことも気に掛けてくれている。感謝の言葉しかないです」

真相を知った今、英輔の胸が熱くなる。

「葉月ちゃんと知り合うてからの英輔君は、水を得た魚のように生き生きし始めて、私もほんまに嬉しかったんや。せやけど、俳優として成長していくのを見ながら、嬉しいんやけど、どうしようもなく勿体のうて……。あんたの歌が聴きとうて、たまらへん。この前の武道館で歌を聴いた時に、やっぱりあんたは天性の歌手なんやって強く思た」

そうしたら、とマリアは続ける。

「ＷＭＦを見た本場のプロデューサーから、英輔君をブロードウェーのスターへと育てたいという申し出が来た。息子は、あんたを手放したくないって反対したんやけど、私はどうしても、あんたをもっと大きな世界に出してやりたいと思たんや」

　マリアは英輔の手を固く握った。

「英輔君、ブロードウェーにチャレンジしてみるべきや。こないなチャンスはない。オーディションは落ちるかもしれん。けど、何遍でも挑戦して世界レベルを目指して欲しいんや」

「失敗して帰ってきたら、日本のテレビ界では忘れ去られていて、またイチから始めなきゃならないわけだろ？」

「その可能性はある」

「でも、成功したら、文字通り大スターになるわけだ」

　と、英輔はつぶやく。

『大スターになってね』

　そう言った葉月の言葉が、脳裏を過った。

「英輔君は、もっと大きな舞台で自分の力を試してみようって思わへん？　こないな光栄な話、なかなかあらへんで」

　マリアは、必死な目を見せた。

　歌をやめたのは、歌がなによりも好きだったからだ。汚い大人たちや義父に金稼ぎの道具にされることが悔しかった。

しかし、葉月と話していて、考えが変わり始めていた。なにより、武道館で歌った時、本当は自分の心が叫んでいた。

もう一度、歌いたいと——。

今、世界最高クラスの舞台に立つチャンスが巡ってきた。しかしそれに挑めばどのくらいの期間かわからないが、日本を離れることにもなる。

英輔は大きく息をついて、額を押さえた。

「ほら、会長、英輔君はブロードウェーに行く気はないよ。今売れに売れているんだ。もうこの話は良いだろう?」

マリアは、そんな言葉は耳に入らないかのように、英輔だけを見つめていた。

しばし黙り込んでいた英輔だが、ややあって口を開く。

「少し、考えさせてもらってもいいですか?」

「もちろんや」

でも、と社長がすかさず言う。

「返答は早めにお願いするよ、君の仕事の問題もあるし」

「……行くとなれば、いつ出発ですか?」

「仕事の兼ね合いもあるから、三か月後くらいになりますね」

と、田辺が答える。

わかりました、と英輔は息を吐き出す。

「あっ、これ、ブロードウェーの舞台映像や」

と、マリアはUSBを英輔に渡した。

英輔は、マリアと社長に頭を下げ、田辺と共に社長室を出た。

「あの……、どうされるんですか?」

ポツリと訊ねた田辺に、英輔は頭を掻いた。

「すげぇことなのかもしれないけど、正直、実感が湧かなくてさ。ブロードウェーとか名前くらいしか知らないし」

「僕は舞台を観たことがあるんですよ。エンターテインメントの素晴らしさに圧倒されました。そこから、大スターというものに憧れを持ったんです」

英輔はなにも言えず、ただ、そんな田辺の横顔をなんとなく見た。

「だから、英輔君に会った時、その夢を託してしまいました。僕のやり方ではあなたの良さを出せませんでしたが、結果的に、求めていたところに行ってくれた……もし英輔君がブロードウェーに行ってくれるなら、僕の夢が叶う気がします。もちろん、英輔君が選ぶことですがね」

あまりのプレッシャーに、英輔は無言で髪をかきあげた。

そのまま英輔は外に出て、タクシーに乗り込み、自宅へと向かう。

街のネオンと共に、あちらこちらに自分の看板が見えた。

BBの時も同じように街の至るところで、自分の姿を見掛けた。しかし、解散と同時に、その栄華は嘘のように消えてなくなった。

だから今度は、俳優として復活し、しっかりと芸能界に根づきたいと思った。

そして今また、以前のように、いや、それ以上に自分の人気は上昇し続けている。

これが、もしブロードウェーに行ったなら、この人気も嘘のように消えてなくなるのだろう――。


英輔は自分の部屋に着くなりジャケットをソファに投げ、タブレットを取り出して、USBを挿し込む。

マリアからもらったブロードウェーの舞台のデータだ。

すぐに映像を確認した。

「へぇ、この人もブロードウェーの舞台に立ったことがあるんだ」

と、英輔は画面に映った日本人俳優の顔を意外に思いながら、つぶやく。

やがて英輔は、画面に没入していった。

一流のエンターテインメントがそこにあった。歌に、ダンスに、そして演技。

英輔は舞台を観終え、ふぅ、と息をついた。

圧倒されていた。正直言って、ブロードウェーと言われてもピンと来なかった。だが、舞台を観て、自分が今まで見聞きしてきた世界とは、レベルの違う世界だと感じ取った。

先生や皆のおかげで演技も上達したし、司会もこなせるようになった。

それでも、まだまだ小手先の話。まだ付け焼刃だ。そんな自分が、唯一、胸を張れるのは……歌だけなのかもしれない。

5

葉月は書斎で、黙々と仕事に打ち込んでいた。

ふと時計を見て、もう夜中の一時……と椅子の背もたれに体を預ける。

「まだビックリしてて、眠れそうにない……」

今日の昼間、突然マリアから電話があったのだ。

マリアは、自分の正体――英輔が所属する芸能プロダクションの会長であることを打ち明けた。

『黙ってて、ごめん』

そう言うマリアに、葉月は少し笑って答えた。

『驚いたけど、これまで、疑問に思っていた謎が解けた感じがします』

するとマリアも笑って言う。

『あーあ、葉月ちゃんと神楽教授には、お見通しだったわけやね?』

『神楽教授は、お見通しだったんですか?』

『私が身の上話をしたら、「なんとなく色んなことがわかった気がします」っていつか言ってたわ』

『ああ……神楽教授は、意外と鋭そう』

『ほんで、英輔君のことなんやけど』

と、マリアは、ブロードウェーの話をした。

『ほんまのこと言うと、英輔君にこの話をするのをためらう自分がいるんや』

『どうしてですか?』

『……葉月ちゃんは、ためらわへんの?』

『えっ?』

『英輔君に大きな世界にチャレンジしてもらいたい。でも、飛び立って行ってしまう。葉月ちゃんは、ためらわへんの?』

葉月は息を呑み、『……ためらいませんよ』と言って、笑みを浮かべた。

『だって、あの子には大スターになってもらわなきゃ』

『……葉月ちゃん』

『マリアさん、私、武道館で歌う英輔の姿を見た時、なんとなくもっと大きな世界に飛び立って行く気がしたんです。私のこういう勘だけは当たるんですよね』

葉月は、ははっと笑う。

マリアは、少しの間のあと、おおきに、と囁く。

『私もようやく決心できた』

そうして、電話を切ったのだ。

英輔はもう話を聞いただろうか。なんて返答したのだろう？

葉月は椅子から立ち上がり、体を伸ばした。

本当に、こういう勘はよく当たる。スマホを見ると、英輔からメッセージが入っていた。

「寝た？」の一言。

「起きてる」と、返事をすると、着信が入った。

はい、と葉月は電話に出る。

「まだ、起きてるんだな」

「仕事してました」

「そっか、脚本家も大変だなぁ」

「まぁね……それより英輔……どうかしたの？」

「いや、別に……」

「えっ、なんの用もなく、こんな夜中に電話掛けてきたわけ？」

思わずそう言うと、英輔は愉快そうに笑う。

「相変わらず、そういうとこ先生だよなぁ」

「なにが？」

「歯に衣着せないその感じ。今まで俺、女の子に電話して、そんな言われ方したことねぇよ」

「それは失礼しました」

「そういえば、うちの母さん。また歌ってるんだって？」

「あ、うん。義父《ちち》……『ぎをん』の店長の知り合いがやってるジャズバーでね」

「すげぇ幸せだってメールが来てた。なにからなにまでマジでサンキュー」

そんな、と葉月は首を横に振る。

「そうそう、佐久間だけど、近々、最低男だって記事が週刊誌に載るっぽい」

「そうなんだ？」

「地獄のファンミーティングで、かなり絞られたみたいよ」

「見たかったな」

だよね、とふたりは笑い合う。

一拍置いて、「英輔、私ね……」と葉月はそっと洩らした。

「うん？」

「黒崎さんに、ちゃんとお別れした」

一瞬、沈黙になった。

「……告ったの？」

「ううん、できなかった。情けないけど……でもちゃんと、心の中でお別れしたわ」

「そっか」

「うん」

「良いのか？」

「……うん。こういう気持ちになれたのも英輔のおかげ。ありがとう」

「いや、どういたしまして。じゃあ、遅くに悪かったな」

「ううん、おやすみ、おやすみ、英輔」

英輔はおやすみ、と言って電話を切った。

てっきり昼間マリアから聞いた話だと思ったのに、英輔はブロードウェーのことは、なにも言わなかった。

まだ、聞いていないのか、それとも、私には話す気がないのか。少し寂しい気持ちになったが、それは英輔の成長だ。

めでたいことじゃないか、と葉月は心の中でつぶやいた。

6

『佐久間真治、地獄の被害者の会！』『業界人女性を食い物にする悪癖』『過去には、刃傷沙汰も』との見出しが、ネットニュースを賑わせた日。

たまたま葉月の家に遊びに来ていた美沙は、興味深そうにその記事を読んでいた。

「えーと、『過去には、痴情のもつれで批評家をクズと罵り、逆上した彼女が果物ナイフを持ち出したことも』だって。佐久間真治って好青年って感じだったのに意外だよねぇ」

なにも知らない美沙は、のん気な口調でそう言う。

「まぁ、身から出た錆ってやつね」

と、葉月は興味もなさそうに言う。

業界人を敵に回した彼は、もうテレビで観ることはなくなるかもしれない。ご愁傷様、と葉月は心の中で思う。

「お姉ちゃんは、佐久間真治と個人的に関わりあった？」

ううん、と葉月は澄ました顔で首を横に振り、話題を変えた。

「それより、美沙、今日は夕食くらい食べて行けるんでしょう？」

「うん、そのつもり」

「じゃあ、泊まっていく？」

「えっと、夜中に黒崎さんが帰ってくるんや」

葉月は、そっか、と微笑む。

偽りのない葉月の表情を見て、美沙はホッとしたように息をついた。

その時、リビングの扉が開き、紗江子が入ってきた。黒いシックなワンピースを着て、綺麗にメイクをしている。

WMFの時以来だった美沙は、彼女の美しさに目を瞬かせた。

「わ、紗江子さん、お綺麗ですね。もしかして、これからお店ですか？」

紗江子は気恥ずかしそうに頬に手を当てる。

「そうなんです」

「紗江子さんは早くも名物シンガーで、ファンもたくさんついているみたい」

葉月がそう言うと、紗江子は「そんな」と頬を赤らめながら首を横に振った。

「それでは、いってきます」

いってらっしゃい、と葉月と美沙は手を振って、紗江子を送り出した。

彼女の姿が見えなくなり、美沙は、ふふっと笑う。

「紗江子さんもお姉ちゃんとの生活にすっかり慣れたみたいやね」

「うん、もうすっかり。ご近所のマドンナになってるんだよ」

「さすが、英輔君のお母さん……」

「私も同じことを思った」

と、談笑していると、葉月のスマホが鳴った。

「あっ、英輔からだ」

「えっ、今や、そうやって英輔君から、普通に電話が来はるん？」

まぁ、と葉月は答えて、「はい」と電話に出る。

「あっ、先生？」

「どうしたの？」

「今、久々、『ぎをん』で集まってるんだけど、先生も出て来れねぇ？」

葉月は、もちろん、と笑顔でうなずきかけて、カレンダーに目を向けた。今日は土曜日だ。

『ぎをん』もこれから人が多くなるだろう。

「それより、うちに来ない？」

そう言うと、マジで!? と英輔は嬉しそうな声を上げる。

それじゃあ待ってるね、と電話を切ると、美沙は、わわわ、と頰を赤らめた。

「英輔君に会えるなんて！　今日、お姉ちゃんの家に来て良かったぁ」

「ちょっと、露骨だね」

「ああ、なんだか、ドキドキしてきた。英輔君に会うの久しぶりだし」

「なに言ってるのよ、黒崎さんっていう素敵な人がいながら」

「私は、純粋に英輔君のファンなだけやし」

美沙が胸を張って言う。

やがて、英輔にマリア、神楽に川島といつものメンバーが『東山邸』にやってきた。

両手に一杯、『ぎをん』の料理と、瓶ビールを持っている。

「美沙ちゃん、久しぶりやん」

「本当ですね」

応接室に通すと、すぐに美沙がコップを運んできたので、瓶ビールを注ぎ、皆で乾杯する。

しばし談笑したあと、マリアは言い難そうに、英輔を見た。

「英輔君、あの話、考えてくれたんやろか？　返事はまだしてないいて聞いたんやけど」

マリアの言葉に、葉月の心臓が強く音を立てる。

「もう決めました。さっき返事したところです」

そう言ったあと、英輔は、皆を見回した。

「あの……俺から発表があります」

皆は、なんだろう、と期待に目を輝かせる。

「俺、アメリカに行くことにしました」

思いもしない言葉に、皆は、えええっ？　と目を見開く。

「決めてくれたんやね」

マリアの言葉にはい、と英輔はうなずく。

「ブロードウェーに挑戦しようと思います」

今度は、川島がごほっとむせる。

「えっ、それは、ほんまに？」

「いや、驚きました、どうしてそんな？」

と神楽が前のめりになる。それについては、葉月が答えた。

「WMFでの歌が向こうのプロデューサーの目に留まって、オーディションを受けられることになったそうですよ」

「え、ほんまに？　台詞覚えられへんで、イヤホンつけてる英輔君が？」

と、川島はまだ信じられないという様子で訊き返す。

「いや、川島さん。今実は、それやってないんすよ」

「え、ほんまに？」

「台詞の覚え方のコツもつかんできて」

それにしたって……と、川島は呆然としている。

皆のやり取りを眺めながら神楽は、ふふっと笑って、葉月を見た。

「葉月さん……これは、あなたの功績ですね」

神楽の囁きは、他の人には聞こえなかったようだ。

そんなことないです、と葉月は首を横に振った。

「いいえ、あなたに会わなければ、今の彼はありません……今の英輔君はあなたのアドバイスがあってこそです」

葉月は、皆の輪の中で笑っている英輔の姿を見て、頬を緩ませた。

「たしかにアドバイスはしましたが、それは飽くまでアドバイスです。今の英輔があるのは、英輔の持つ魅力のなせる業ですよ」

「……寂しいでしょう、葉月さん」

「えっ？」

「彼は、あなたの作品そのものですからね」

葉月は苦笑して、ビールを口に運ぶ。

「初めて私の書いた脚本がドラマになった時……私の思い描いていた作品とまるで違って驚いたんです。戸惑いもありましたが、脚本家というのは本を書いた時点でその仕事は、終わりなんだということがわかりました。あとは、監督や演出家や役者たちが作り上げていくもので、私の手掛けたドラマは私の脚本ではあるけれど、私のドラマではないんです」

葉月はそう言って、英輔の方を見た。

「英輔も同じです。私のアドバイスを含む多くの人の力があって今の英輔があるわけです。だから、彼が私の作品なんてことはないんです」

そして『ヒギンズ教授』の仕事は、これでもう終わり。

葉月は心の中でそう続ける。

――そうして夜も更けたため、皆は解散することになった。

マリアはワンボックスカーを呼んで、神楽と美沙と川島を送り、葉月と英輔は皆を見送ったあと、なんとなく庭のガゼボに入った。

葉月は、外灯に照らされた紅葉を眺めながら、独り言のようにつぶやく。

「よく……決心したね。日本のテレビ界を一時捨てることになる。今の人気もテレビに映らなくなったら、嘘のように消えていくわ」

まぁなぁ、と英輔は頭の後ろで手を組んだ。

「東京の街を歩いていたら、いたるところで俺の顔を見るんだ。これって、ＢＢの時と同じで、あの時は天下を取った気になってた。ずっとこの天下が続くような気がしてた。でも解散したあと、その人気は嘘みたいに消えた。つまり人気なんて水もの。今のこの人気も一時的な熱病みたいなものだって思うんだ」

葉月はなにも言わずに、英輔を見上げる。

「母さんがここへ来てまた歌ってるように俺も多分エンタメの世界でしか生きられない人間だと思うんだ。この世界でしか生きられないなら、エンタメの世界で生き抜くために、一時の人気にしがみついたりしないでエンターティナーとして一流になってやろうって気持ちになった」

そっか、と葉月は相槌を打つ。

「それで、決めたんだ」

「ブロードウェーを目指してどこまでやれるかわからないけど。もしかしたらオーディションに受からなくて呆れられて帰ってくるだけになるかもしれないけど。……行ったら一流の世界に触れることはできるだろ？　その経験だけでも、この世界で生きていくうえで、必ず大きな武器になると思うし……少なくとも、英語を話せるようになって帰ってきたいと思ってるよ」

と、英輔は拳を握り、ははっ、と笑う。

「実は、茉莉花の時の会見も、過去の暴露をした時も、全部を失うのを覚悟してた。少し前まであんなに失うことが怖かったのに、それができた。どうしてできるようになったのかって考えた時、みんながいてくれるからだって気づいたんだ」

葉月はごくりと喉を鳴らす。

「俺が世間から忘れ去られても、先生たちは覚えていてくれるだろ？」

「それはもちろん」

「それがあれば、いくらでもゼロからがんばれる」

英輔はそう言って、子どものような屈託のない笑みを浮かべた。

葉月は目頭が熱くなって、唇を結んだ。

以前は気の利いたことのひとつも言えない、ルックスだけが取り柄の、芸能界では掃いて捨てるほどいるモデル系俳優だった。

そんな英輔が、なんて成長したんだろう。今の人気も地位も捨てて、自分を磨くことを選んだんだ。

「俺、どうして、芸能界に入ったと思う?」

「歌が好きだから?」

「それもあるけど……チヤホヤされたかったんだ」

「……英輔らしいね」

「だろ。母親が歌舞伎町で働いてたから、夜の商売しているお姉さんたちに可愛がられて、子供の頃からチヤホヤしてもらってたんだ。親が忙しかったのもあって他人にチヤホヤされることが、すげー好きでさ。いつでも誰かにキャーキャー言われるような自分でありたかったし、絶対、芸能人になるって思った」

けど、と英輔は続ける。

「今は上辺だけの自分や、上辺だけのチヤホヤなんていらねぇって思えるようになった。それも先生のおかげだよ」

「どうして、私？」

「上っ面がいいだけじゃ駄目なんだ、ってことを教えてくれただろ」

「それは……英輔が自分で気づいたことよ、私は関係ない」

「先生に会わなければ、俺はこうは思えなかったと思う。本当に感謝してるよ」

真っすぐな英輔の視線に耐えられず、葉月は目をそらした。

「出発はいつになりそうなの？」

「三か月後くらい。できれば、送別会してくれよ」

もちろん、と葉月はうなずく。

やがて、帰宅を告げた英輔の背中を見送ったあと、葉月はひとり屋敷に戻る。

まだ、紗江子は帰ってきていない。リビングに入り、ソファに身を委ねると、大きく息をついた。

「そういえば英輔とこの部屋で、一緒にお酒を飲んだなぁ……」

葉月はむくりと体を起こし、そそくさと棚から日本酒を取り出した。

「成長した英輔に乾杯だわ」

ニッ、と笑って、日本酒を口に運んだ。

本当に成長した。

『あんたに、なにがわかるんだよ、このクソが！』

そう言って立ち上がった英輔の姿を思い出す。

そのあとすぐに、『どうしたら成功するのか教えてくれよ』と素直に言い出した姿を見て、あの子の『ヒギンズ教授』になってもいいと思ったんだ。

生意気な口の利き方をするけど、いつも素直で、真っすぐだった。

抜群のルックスに屈託ないキャラクター。世間が評価するたびに、自分まで誇らしかった。

『寂しいでしょう、葉月さん。彼は、あなたの作品そのものですからね』

先ほどの神楽の言葉を思い出し、葉月は、あははと笑った。

「神楽教授ったらなにを言い出すんだか……」

英輔のことを作品なんて、そんな風に思ったことは一度もない。

失恋したと知って、英輔はすぐさま駆けつけてきた。『だっせぇ女』と罵りながらも、慰めてくれた。

『おまえを選ばなかった黒崎なんて、妹にくれてやれよ！』

ははっと、葉月は笑う。

「ほんとバカ……大体、あの子は私を過大評価しすぎ」

優しくて真っすぐで屈託がなくて、自意識過剰の自惚れ屋で、でも人懐っこくて、いつもとびきりの笑顔で駆け寄ってきてくれる。

——今、ここに誰もいなくて良かった。

こんな風に泣いている姿を誰にも見られずに済む。

葉月は天井を仰ぎ、とめどなく流れる涙を袖で拭う。

どうして、こんなに涙が出るんだろう？

喜ばしいことなのに。大スターになってもらいたいと思っていた。それだけの大器だって、武道館の時に強く思ったのだ。

それなのに、いざ、遠くに行ってしまうことが、こんなにも寂しいなんて……。

「なに泣いているの……私って、バカみたい……」

葉月は顔を手で覆い、嗚咽を洩らした。

7

『鈴木英輔、日本での芸能活動休止！　ブロードウェーに挑戦』

そんなニュースがネットに飛び交ったのは、割とすぐのことだった。

どの記事も、人気絶頂にもかかわらず渡米する英輔のことを正気の沙汰ではない、という論調だった。

目先の数字ばかり追い掛けるマスコミには英輔の選択は理解できないものだろう。

英輔は、長く芸能界で生き残ることを考えて、本物になるために、渡米する。

今、英輔は残りの仕事をこなしながら、ダンスや歌、英会話のレッスンに追われているらしい。今のうちにＣＭやドラマ、映画の撮り溜めもあると言っていたので、これから渡米まで目が回るほど忙しいだろう。

光陰矢のごとし。それからの三か月は、本当にあっという間に過ぎていった。

英輔は明日、ニューヨークへと旅立つ。

送別会をしたかったが、そんな暇もないほどに英輔は忙しく、旅立つ前に少しでも皆に会いたいからと、わざわざ直行便のない関西国際空港から発つことになった。

それなのに、と葉月は苦々しい気持ちで、パソコン画面を睨みつける。

「どうして、こんな時に脚本の書き換えが来るの！　しかも提出は明日の夜までって」

英輔は、明日の正午頃出発だ。

「葉月さん、がんばってくださいね」

と、書斎に紗江子がサンドイッチとコーヒーを持ってきて、激励する。

おにぎりだと手に米粒がついてしまうから、と食べやすいサンドイッチを用意してくれた心遣いに葉月は、ありがたい、と感謝しながらそれを頬張った。

「私、明日は行けるかどうかわからないから、紗江子さんだけでもお見送りに行ってくださいね」

そう言うと、紗江子はぱちりと目を瞬かせる。

「いいえ、私は最初から見送りに行くつもりはないですよ」

「えっ、そうなんですか？」

「はい。成人した息子の仕事での旅立ち、わざわざ空港まで見送ったりしません。激励の電話はしましたけど」

「結構、クールなんですね」

「私たち親子は適度な距離感があった方が、上手くいくみたいなんです」

なるほど、と葉月は納得しながら、コーヒーを口に運ぶ。

「で、葉月さんは間に合いそうですか?」

「わかりません……」

葉月は苦笑し、また仕事に取り掛かった。

8

これから旅立つ英輔を見送ろうと、マリア、神楽、美沙、川島が関西国際空港――ではなく、近隣のホテルに集まっていた。

空港ではあまりに目立ちすぎるということでホテルのバンケットルームを借りて、短い時間だが、送別会をしようということになったのだ。

ひとしきり談笑したあと、神楽は椅子に腰を下ろして、腕時計を見る。

「それにしても、葉月さん、遅いですね」

まったく、とマリアはイライラしたように、出入口に目を向けた。

「あの子が来なくてどないすんねん」

美沙は、頬を引きつらせて肩をすくめた。

「なんでも、急な修正が入ったとかで」

川島は、あはは、と笑う。

「小鳥遊先生って、ちょっと間の悪いところあるよねぇ」

英輔はソファに腰掛けながら、ふっ、と笑った。

少し離れたところにいたマネージャーの田辺が歩み寄り、小声で告げる。

「英輔君、少し早いですけど、移動の時間もありますし、そろそろ行きましょうか」

英輔は少し黙ったあと、そっと席を立った。

「マリアさん、本当に色々ありがとうございました。向こうでがんばってきますので、これからも見守っててください」

マリアは、目に涙を浮かべながら、もちろんや、と首を縦に振る。

次に神楽を見て、英輔はニッと笑った。

「そうそう、神楽さんはうちの母の歌をよく聴きに行ってくれているとか」

神楽は照れたように頭を掻いた。

「そうなんです。すっかり大ファンで……」

「どうか、母を見守っていてください」

英輔が頭を下げると、神楽は、もちろんです、と応えた。

今度は美沙に視線を移す。

「美沙ちゃん、黒崎さんとお幸せに。あと、先生によろしく伝えてください」

「はい、必ず」

美沙は頬を赤らめつつ、しっかりとうなずく。

最後に川島を見て、お辞儀をした。

「今の俳優の俺があるのは、川島さんのお力です。本当にありがとうございます」

いやいや、と川島は首を横に振る。

「ところで、英輔君、あのね……」

川島は、英輔に耳打ちした。英輔は大きく目を見開き、そのあと笑う。

「もちろん、喜んで」

よろしくね、と川島は細い目を、より細める。

それじゃあ、と英輔がキャリーケースを手にした時、「英輔！」という声と共に扉が乱暴に開いた。

英輔が驚いて顔を上げる。葉月は息を切らしながら、バンケットルームに足を踏み入れた。

「ご、ごめん、ギリギリになっちゃった」

相変わらず、葉月の髪はボサボサで、トレーナーにジーンズ姿だ。

英輔は、プッと笑った。

「やっぱ、ボロボロなんだな」

「仕方ないじゃない。時間がなさすぎて、特急の中でも原稿書いてたんだから」

葉月と英輔は互いに顔を見合わせ、なんとなく笑い合う。

葉月は気を取り直して、姿勢を正した。

「英輔、がんばってね」

英輔は、おう、とうなずき、頭を掻き、

「ちょっと、ふたりにしてもらっていいかな？」

と、皆に向かって言う。

皆は頷くとにこにこ微笑みながら外へ出て行き、英輔と葉月が残された。

英輔は息を吸い込んで、葉月を見下ろす。

「俺、先生に謝らなきゃいけないことがあるんだ」

えっ？　と葉月は眉を顰めた。

「前に、『欲しいものを欲しいって言ったことあるのかよ』って言ったことあるだろ？　偉そうに言っておきながら、俺も実は、欲しいものを欲しいって言えないできた」

葉月は驚いたように英輔を見た。

「俺も先生と同じように、本当に欲しいものは手に入らなくて、最後にはいつも諦めてきた。欲しいって言うことで、関係が壊れるのが怖くて、臆病なだけなのに、そんな自分に言い訳ばかりしてきた」

英輔はそう言って目を伏せる。

「英輔……？」

英輔は一瞬、目を閉じ、息を吸い込んだ。

「先生……」

沈黙が訪れ、英輔は意を決したように、真っすぐに葉月を見つめる。

「俺……おまえが好きだ」

葉月は、絶句して目を見開く。心臓が強く音を立てていた。

「言っても無駄だから、言わないでおこうと思ったんだ。俺はまだまだ未熟者だから。先生の理想とは程遠いと思う。安定性なんてゼロだし、包容力はないし、将来もあやふやだし……こんな俺じゃあ駄目だってわかってる。でも、逃げずに気持ちだけ伝えようと思った。俺はおまえが好きなんだ」

葉月の手や膝が小刻みに震える。

「なに言ってるの。バカ言わないで。私は、あなたより一回り以上も年上で、今のあなたは、押しも押されもせぬ大スターで……。あなたはなにか勘違いしてる。それは恋心なんかじゃなくて……」

英輔が、葉月の手を引き寄せた。あっという間に彼の胸の中に入る。

「うるさい。好きだって言ってんだろ」

英輔が頬に手を当て、ゆっくりと顔を近づける。

「英輔……」

もう自分の気持ちは誤魔化せない、と葉月は目を瞑った。

唇が重なる。全身が痺れるような感覚がした。

「俺は一流になって帰ってくるよ。プライドも理想も高いおまえが唸るくらいの男になって。葉月に見合う男になって、帰ってくる」

英輔は、葉月を強く抱き締めながらそう言った。

「結果なんて、どうだっていい。素敵な経験を積んできて」

葉月はそっと英輔から離れて、自嘲気味に笑う。

「でもね、英輔。あなたが大スターになったとして、そのまま私の所に帰ってきてくれるなんて、そんな夢物語を素直に信じられない。だから、この約束をあなたも重荷にしないで」

英輔はぽかんと口を開けたあと、あははと笑った。

「なに言ってるんだよ、ヒギンズ教授とイライザのラストは決まってるだろ」

「……英輔、『マイ・フェア・レディ』観たんだね?」

「観たよ。名作映画を観ろって言っただろ、俺……葉月に言われたことは、全部、聞いたんだぜ」

そう言って、葉月の頬に手を触れた。

「ヒギンズとイライザは、最後に、ちゃんと結ばれるんだ」

英輔は、ゆっくり葉月の唇に、自分の唇を重ねる。葉月は涙を堪えて、二度目のキスを受け入れた。

その時、扉をノックする音とともに、田辺の声がした。

「あの、英輔君、本当にそろそろ……」

葉月は我に返り、弾かれたように離れる。

英輔は、「ああ」と頷き、何事もなかったような顔で葉月と共にバンケットルームを出た。

廊下では、田辺、美沙、マリア、神楽、川島が待機している。

「でっ、ふたりはちゃんと話せたん？」

鼻息荒く訊ねるマリアに、英輔はニッと笑って、葉月の肩を抱いた。

皆は、わぁ、と歓声を上げる。葉月は恥ずかしくて逃げ出したい気分だったが、皆は本当に嬉しそうだ。美沙に至っては泣いていた。

「お姉ちゃん、良かったね」

「さっ、英輔君」

英輔と田辺は早足で廊下を歩く。

いってらっしゃい、と葉月はその場で手を振った。

皆で英輔を見送ろうと窓の下を眺めていると、ホテルの外には、どこから嗅ぎつけたのかたくさんのマスコミの姿があった。

やがて英輔が外に出てくると、一斉に彼らが押し寄せる。

インタビューのマイクを向けられ、人をかき分けながらタクシーに乗り込む英輔の姿を眼下に見ながら、葉月は眩しさを感じた。

「お姉ちゃん、大丈夫?」

と、美沙が心配そうに、葉月を見上げた。

「もちろん、大丈夫」

どれだけ時間が掛かるかはわからないけど、英輔はきっと大スターになって帰ってくる。

「私はゆっくり、英輔の帰りを待つことにするよ」

もう、期待せずに、とは言わない。私は、あなたの『ヒギンズ教授』だから——。

感慨に浸っていると、川島がそっと肩に手を置いた。

「小鳥遊先生」

はい、と葉月は、肩を震わせて振り返る。

「お願いがあるんです——」

川島の申し出に、葉月は目を瞬かせた。

9

——半年後。

「……ゆっくり英輔の帰りを待つって、あの時、誓ったのになぁ」

葉月は苦笑しながら、ビジネスクラスのシートに身を委ねる。

前に座るマリアは鼻息荒く、振り返る。

「なに言うてるんや。いよいよ、英輔君がブロードウェーの舞台に立つんやで。これはなんとしてもみんなで観に行くしかないやろう」

そうなのだ。英輔は半年間の訓練を経て、見事オーディションをパスした。

背後には、神楽と紗江子、美沙と川島の姿もあった。美沙は、恐縮しながら、両手を合わせる。

「でも、マリアさんになにからなにまでしていただいて」

本当に、と紗江子も恐縮する。

「飛行機からホテルから舞台のチケットまで……」

するとマリアは豪快に笑った。

「気にすることあらへん。このくらい私の懐は痛くも痒くもないんやし」

皆は、「さすが」と肩をすくめる。

後ろに座る美沙は、にやにやしながら首を伸ばして葉月を見た。

「お姉ちゃん、ドキドキしてる?」

葉月は苦笑し、小首を傾げた。

「数か月ぶりっていっても、しょっちゅう連絡が来るから、あまり久し振りの感じがしなくて」

マリアが、ラブラブやねぇ、と冷やかすと、葉月は慌てて言った。

「そんなんじゃないのよ、ただ、たまになにかがあると、その報告が来るだけで」

美沙は、それにしても、と熱い息をつく。

「お姉ちゃんの彼氏があの鈴木英輔なんて信じられない。最近露出は減ったけど、日本での人気は変わらないし」

たしかに、と神楽もうなずく。

「新聞にも大きく『鈴木英輔、ブロードウェー決定』という記事が掲載されていましたね。英輔君は、ヴァンパイアの役で、出演するとか」

「『インタビュー・ウィズ・ヴァンパイア』の舞台版。プロデューサーは英輔を見た時から、自分の中でのイメージにピッタリ合っていると思ったそうですよ」

へぇ、と皆は洩らす。

「それよりも」

と、後ろの席の川島が、身を乗り出す。

「原稿の進捗はいかがですか、小鳥遊先生。そろそろタイムリミットですよ」

葉月は頬を引きつらせながら、大丈夫です、と答える。

「第一稿は上がっているので」

「それは楽しみです」

話を聞いていたマリアが、なんのことや、と訊ねる。

「ああ、実は、英輔君と約束していたことがあるんですよ」

「約束て?」

「大スターになったら、うちの劇団の舞台に出てもらうって。なので、ブロードウェーの舞台が終わったら、そのあとすぐにうちの舞台に出てもらうんです」

ええっ？　と皆は目を丸くした。

「英輔君が出てくれるわけだから、強気でロームシアター押さえちゃいましたよ」

「やっぱり京都なんやね」

「京都の劇団ですから」

と川島は胸に手を当てる。

で、と葉月が話を引き継ぐ。

「その脚本を私が書くことになりました」

おおっ、と皆は目を輝かせる。

「お姉ちゃん、それすごい」

「楽しみですね」

「どんな話なん？」

皆に詰め寄られ、葉月はほんのり頬を赤らめる。

「まぁ、その、夢みたいな話です」

今、現実は厳しく、辛いことが多い。

だからこそ、エンターテインメントの世界は、夢と楽しさで溢れていて欲しい。

「私もまた、オマージュ作品を書こうと思いまして」

葉月は、名作映画のオマージュ作品でデビューし、人気を博したものの、心ない言葉と失恋が重なり、筆を折りかけた。二度とオマージュはやめようと思った。

それでも、自分はやはり映画が好きだ。

敬意をもって、オマージュ作品を手掛けたい。それがキッカケで、基となった映画を観てもらうことにつながるなら、そんな嬉しいことはない。

歌をやめた英輔が、再び歌い始めたように、葉月も『物語』を書こうと決めた。

ようやく、腹を括ることができたのだ。

するとマリアが、どんな話や、と興味津々で訊ねる。

「『マイ・フェア・レディ』の逆バージョンのお話です……」

素材は良いけれど、パッとしなかった俳優が、人との出会いを経て、成長していく、それは夢のような物語――。

エピローグ

ニューヨーク・42ｓｔ。英輔はダンスレッスンを終えて、スタジオを出た。

窓の外は、タイムズスクエアの華やかなネオンの明かりで溢れている。自動販売機で飲料水を買い、休憩所のベンチに向かうと、待機していた日本人記者が腰を上げた。

「あっ、お待たせしてしまいましたか？　すみません」

英輔が会釈をして言うと、彼は、いえいえ、と首を横に振った。

「時間通りです。こちらこそ本番前日にすみません。では、早速よろしいでしょうか？」

もちろんです、とうなずくと、記者はすぐにレコーダーをセットして、英輔と向き合った。

「いよいよ明日ですが、緊張は？」

「緊張はしてますけど、楽しみの方が大きいですね。武者震いがするっていうか」

「それは頼もしいですね」

と、彼は愉快そうに笑い、質問を続けた。

なぜ、ブロードウェーに挑戦しようと思ったのか、これまでに苦労したこと、英語力はどのくらい身についたのか——。

一通りインタビューをした記者は頭を下げて、帰り支度を始める。

「明日の舞台ですが、日本から、どなたか招待しているんですか？」

世間話のように訊ねた彼に、英輔は口角を上げた。

「はい、かけがえのない仲間と……誰よりも尊敬する人が来てくれます」

「尊敬する人とは？」

「俺の彼女です」

えっ、と記者は目を丸くして訊き返す。

「彼女って……」

「これから、ボイストレーニングですので、また」

英輔は片手を上げて、彼に背を向けた。

「あの、どんな方なのかだけ、教えていただけますか？」

英輔は足を止め、振り返る。

「『ヒギンズ教授』みたいな人です」

記者はぽかんと立ち尽くし、英輔は愉快そうに笑って、そのまま再びスタジオに入った。

そう、明日は先生が舞台を観にやってくる。どんな観客よりも、評論家よりも、認めて欲しい人が来るのだ。

目を閉じると、明日の舞台が目に浮かぶ。

たくさんの観客にマスコミ、そして眩しいほどのライト。

それでも、きっと自分は葉月しか見えない。

京都で仲間と過ごしたかけがえのない時間、あの瀟洒な洋館での思い出、そして葉月の姿を思い出し、甘く苦しい感情が胸に迫る。

英輔は窓の外に広がる美しいネオンの海を眺め、この景色よりも眩しかったな、と優しく微笑んだ。

望月麻衣《もちづきまい》

北海道生まれ。2013年にエブリスタ主催第2回電子書籍大賞を受賞し、作家デビュー。京都を舞台にした「わが家は祇園の拝み屋さん」シリーズ、「京都寺町三条のホームズ」シリーズ、「満月珈琲店の星詠み」シリーズなどで多くの読者の支持を得ている。2016年「京都寺町三条のホームズ」で第4回京都本大賞を受賞。本作が文芸初単行本となる。京都府在住。

京都東山邸の小鳥遊先生

2023年11月6日　第一刷発行

著者　望月麻衣
発行者　千葉 均
編集　末吉亜里沙
発行所　株式会社ポプラ社
〒102-8519　東京都千代田区麹町4-2-6
ホームページ www.webasta.jp

組版・校閲　株式会社鷗来堂
印刷・製本　中央精版印刷株式会社

N.D.C.913/383p/19cm
ISBN978-4-591-17931-4

P8008436